DEJA QUE SE MUERA ESPAÑA

colección andanzas

WILLIAM NAVARRETE
DEJA QUE SE MUERA ESPAÑA

Diseño de la colección: Guillemot-Navares
Fotografía de portada: © Stephen Carroll / Arcangel Images
Fotografía del autor: © Pierre Bignami

© 2017, Editorial Planeta Mexicana, S.A. de C.V.
Bajo el sello editorial TUSQUETS M.R.
Avenida Presidente Masarik núm. 111, Piso 2
Colonia Polanco V Sección
Deleg. Miguel Hidalgo
C.P. 11560, Ciudad de México
www.planetadelibros.com.mx

Primera edición en colección Andanzas: abril de 2017
ISBN: 978-607-07-4033-6

Impreso en los talleres de Litográfica Ingramex, S.A. de C.V.
Centeno núm. 162, colonia Granjas Esmeralda, Ciudad de México
Impreso y hecho en México –*Printed and made in Mexico*

A todas las mujeres anónimas
que han escrito nuestra Historia

A Vidalina Ochoa Tamayo
y las que como ella
quedaron en la página en blanco
de libros y manuales

Índice

Yo sé de una mujer que mi alma nombra,
siempre con la más íntima tristeza,
que arrojó en el lodo su belleza
lo mismo que un diamante en una alfombra.

Mas de aquella mujer lo que me asombra
es ver cómo en un antro de bajeza
conserva inmaculada su pureza
como un astro su luz entre la sombra.

Yo sé de una mujer o *Flor de pantano*
Gustavo Sánchez Galárraga,
musicalizado por Graciano Gómez

Primera parte

La Habana
2006

1

La Habana no se parece a la ciudad que conoció de niña. Tampoco a la de quince años atrás, cuando todavía sus hijos vivían bajo su propio techo. Ahora, las dos, La Habana y ella, son un amasijo de recuerdos, de heridas abiertas convertidas en llagas que sangran por donde más duele. Se pregunta si el nombre que su madre le puso, Elba, no era ya, en el momento de inscribirla, una premonición de derrota, de vida fallida, de ilusiones que se fueron, una tras otra, a la mierda.

Elba... Como si la lejana isla del archipiélago toscano, la que sirvió de corte de opereta y, en resumidas cuentas, de prisión, al emperador de los franceses, esa porción de tierra rodeada de aguas desde donde quiso recuperar el trono perdido y darle otra vez a Francia el brillo de otros tiempos, significase, también para ella, a más de un siglo y millas de distancia, cruz y cautiverio.

A veces cree que su cuerpo es esa isla. Y lo imagina, no sabe por qué, como una roca en medio del mar, inaccesible durante las grandes marejadas, los barcos estrellándose contra los riscos afilados de su costa, dispuestos a cercenar las quillas y cortarlas si se acercan demasiado. ¿Qué mejor ejemplo de vida malgastada que la suya?

La ciudad de su niñez era pura alegría. Sus padres se mudaron para la capital cuando tenía cinco años. En 1951, durante el gobierno de Carlos Prío Socarrás, compraron un apartamento moderno, ventilado, amueblado al gusto informal de los cincuenta, en la frontera del casco antiguo, justo en una de las manzanas colindantes con el glacis de la muralla, la línea de piedra que separó una vez la parte intramural de los suburbios y que, al volverse un estorbo, fue derrumbada para facilitar el crecimiento y la fluidez entre las dos Habanas. En ese lugar, a menos de una cuadra de la calle Monserrate, en un edificio desde donde podía ver la exquisita arquitectura art déco de la sede de la antigua ronera Bacardí y, en su integralidad, la famosa Manzana de Gómez, se instaló la familia, con el anhelo, entonces realizable, de mejorar de barrio, como solía suceder cuando cambiaba el estatus social.

De aquella niñez recuerda dos cosas. Primero, la fragancia de la atmósfera. Desde las tiendas hasta los autobuses e incluso los transeúntes, todo, absolutamente todo, al salir del colegio o acompañar a su madre a las tiendas, después de almorzar en una fondita de apetitosas comidas caseras, olía a gloria. La segunda, el miedo. Eso también lo recuerda. El miedo, como una espada de Damocles, a que todo cambiara de pronto, a que explotara una bomba, a que una ráfaga de balas le cortara la respiración. Temor acrecentado con huelgas y manifestaciones, reyertas y atentados contra el gobierno de Batista que había usurpado el curso democrático del país. Lo mismo le daba entonces que gobernara zutano que mengano con tal de que su padre Betico siguiera llevándola a comer los pasteles más sabrosos imaginables, los de la dulcería Lucerna, en donde encargaban, dos veces al mes, un Saint-Honoré gigante.

Y también, con tal de pasear, de vitrina en vitrina, de juguetería en juguetería, entre manzanas repletas de tesoros que se extendían hasta la calle Galiano, verdadera y única frontera del edén de su infancia.

Cinco décadas más tarde, con la certeza de que aquel mundo se había extinguido para siempre, le cuesta creer que un día hubo una ciudad en la que fue feliz. A los años de entusiasmo, marchas y banderolas, siguieron los de la prisa, actos y movilizaciones que les mantenían en vilo pues, a pesar de las penurias y de la libertad escamoteada, creía que el sacrificio les ofrecería el porvenir luminoso que les prometían. Años en que los amores juveniles borraron o, a lo sumo, aliviaron, el día a día, lejos de las comodidades de antes y de cara a la escasez de alimentos y ropas, a la ausencia de cosas tan elementales como hablar por teléfono sin temor a ser escuchada o escribir a su prima Aleidita, cómplice de su adolescencia, exiliada en Estados Unidos desde el principio. O, simplemente, leer lo que quisiera, ir a la misa de la iglesia del Cristo en donde cruzaban miraditas cómplices los jóvenes casamenteros del barrio, poner en el tocadiscos su *long play* favorito, el de *Miénteme*, cantado por Olga Guillot y prohibido desde que la famosa bolerista se largara a México para cantar en paz.

Cuando, años más tarde, sus padres comprendieron la encerrona en que habían caído ya no tenían edad para emigrar. Además, se habían cerrado las compuertas e irse del país implicaba volverse en apestado, un precio demasiado alto que pocos se sentían con fuerzas para asumirlo. Fingir fue, pues, la única alternativa y fingiendo se hizo arquitecta, cumplió con reuniones y guardias, con los trabajos voluntarios, se puso el uniforme verde olivo de miliciana, cavó trincheras para protegerse de un enemigo fantasmagórico, recibió cursos de tiro con metralletas AKM, trabajó sin descanso para que le asignaran el derecho a comprar algún electrodoméstico de pésima calidad y peor hechura, y diseñó los módulos que servían de patrones en la construcción de edificios sin gracia, similares a panales de abejas, con los que a pesar de su fealdad ganó medallas y distinciones, y hasta el carné de miembro del Partido Comunista. Y sin hacer daño, delatar o joder a nadie, se incorporó a la nueva sociedad, la misma que destruyó, en menos de diez años, los valores que durante siglos habían sido los de su familia.

Así, sin darse cuenta de la espiral infinita que la absorbía, enterró un buen día a su santa madre, se casó con el tercero de sus novios y tuvo, en un corto intervalo de dos años, a sus dos hijos, Marlon y Liza, quienes, llegados a la adultez, tomaron la decisión que sus padres y abuelos nunca asumieron: la de marcharse para siempre de esa isla, una trampa insondable de la Historia.

2

Un runrún recorre la ciudad. Lo repite una señora que, como ella, espera a que regrese la empleada de Correos del Centro Gallego. Una bocanada de aire caliente entra en la sala de espera. Alguien ha dejado la puerta abierta. El presidente de España ha dictado una ley, le grita a una vieja medio sorda, que llaman «de la Recuperación de la Memoria Histórica» o «del nieto». «Los que somos hijos o nietos de emigrantes peninsulares», dice, «podremos reclamar la nacionalidad de nuestros padres o abuelos, en vida o muertos, a condición de que nuestro antecesor inmediato sea español y se haya acogido primero a la ley.»

A Elba le pasa por la mente como un relámpago el nombre de Ramón Guillamón, el abuelo español de su padre. Nadie lo conoció. Se decía que fue militar y que murió en la guerra de 1868 combatiendo a los mambises. También que lo mataron en condiciones oscuras. Su hijo Gerardo, el único que hubiera podido decirles algo por tratarse de su propio padre, había fallecido ya. La noticia de su muerte la sorprendió una tarde al volver de su instituto de bachillerato y, aunque quiso, por solidaridad con su padre, mostrarse afligida, no consiguió echar ni media lágrima por un abuelo que no veía desde los siete años, desde que abandonó con sus padres el pueblo de Oriente en donde había vivido hasta el fin de su vida. En cuanto a Amparo, la esposa de Gerardo, hija de español con cubana, nacida en Sevilla, sabía menos todavía: había muerto antes que el abuelo y ni siquiera Betico y sus hermanos sabían por qué nació a orillas del Guadalquivir.

Son detalles que pasan veloces por su mente al oír a la señora.

«¡Y seré de las primeras en reclamarla porque mis abuelos, que Dios los tenga en la gloria, eran asturianos y conservo las inscripciones de sus bautizos en Colombres, el pueblo de donde vinieron a Cuba!»

Elba se queda media atontada. La cháchara de esta mujer le ha causado el efecto de un porrazo en la crisma. Lleva siete años tratando de reunirse con sus hijos Marlon y Liza —el varón en La Florida, la hembra en Yucatán—, y tanto el consulado mexicano como la oficina de intereses norteamericanos le niegan sistemáticamente el visado. Candidata a emigrante, le dicen, a quedarse como ilegal y a no regresar a La Habana. Visa denegada y el mismo consejo siempre: «Vuelva en once meses». El cónsul de México ha llegado a decirle abiertamente que si se quedaba en Mérida, en donde vive Liza, se convertiría en una carga para el gobierno de su país. «Su hija no tiene un trabajo estable, y al no ser solvente, ¿quién la mantendría a usted?» Lo que el cónsul no sabe, y tampoco cambiaría en mucho su decisión si lo supiera, es que tiene un mal presentimiento. Liza está en peligro y sólo ella, su madre, puede adivinarlo. El tiempo apremia. Tiene que encontrar la manera de reunirse con ella antes de que sea demasiado tarde.

Si lo de la ley fuera cierto, si realmente no era una bola, un rumor o una patraña del gobierno, capaz de difundir noticias falsas para mantener viva la ilusión de una población exhausta, pondrá todo su empeño en obtener la ciudadanía prometida por Zapatero. Primero para su padre Betico, hijo de sevillana y nieto de un militar español; luego para ella, por derecho de filiación, como supone debe ser. Con el pasaporte de un país europeo en sus manos no habrá visa o frontera que le impida llegar a México y disfrutar, más tarde, en Miami, de los mellizos recién nacidos que Marlon acaba de tener.

«Dígame, señora… ¿está usted segura? Vaya, quiero decir… usted me entiende. ¿No será un rumor?»

«¿Rumor has dicho? ¡Muchacha, qué bien se ve que no conoces a Orquídea Villamarzo de la Cuesta! A mí, en esta Habana, no se me escapa ni una. ¡Soy de las primeras en enterarme de lo bueno, de lo malo y de lo regular!»

«Entonces… ¿cree que podría indicarme qué pasos seguir?»

En pocos minutos, en lo que seguían esperando por la empleada, Orquídea, que tuteaba a cualquiera y sabía relajar a su interlocutor para que sintiera que se conocían de toda la vida, le prometió asesorarla en materia jurídica y, previo intercambio de números, que la mantendría al corriente de las novedades. Su mejor amiga trabajaba en el consulado español. Sin ir más lejos, su propia hija estaba casada con un catalán y vivía en Lérida, con sus dos nietos que son una preciosidad, con un trabajo buenísimo él, en Andorra, en donde lleva las cuentas de gente importante, del gobierno y todo, contador o banquero, nunca supe muy bien, pero gracias a él recibimos, mi marido y yo, dinero todos los meses, y así evoluciono, tú me entiendes, porque como está la cosa aquí, y visto que no se va a arreglar nunca, ni nadie endereza esto, mejor apertrecharse y salir de vez en cuando a oxigenarse afuera, a donde sea, chica, lejos de esta isla, y para eso el pasaporte español será un ábrete sésamo, por el momento, escúchame bien, reúne los papeles que encuentres, los que den fe de que tu abuela y bisabuelo eran españoles, y trata de encontrar sus actas de matrimonio, de defunción y todo eso.

Orquídea era una metralleta de palabras que le habían iluminado la tarde, hostil como la de todos los veranos. La Elba que había entrado a Correos y la que salía una hora después eran dos Elbas diferentes. Caminó por la acera del hotel Inglaterra, atravesó la esquina del parque Central y enfiló hacia la placita en donde estaba la fuente, siempre seca, con el busto de Manuel Fernández Supervielle, un alcalde de La Habana que, ironías de la vida, se había suicidado en 1947, por no haber podido cumplir con su promesa de regularizar el suministro de agua en la capital. La mujer derrotada, la que había sido abandonada por un marido que se largó con una veinteañera, la que tenía a sus únicos hijos del otro lado del mar sin esperanzas de reunirse con ellos, la de decenas de amigos perdidos porque se habían ido del país, la de las medallas y diplomas que ya no servían para nada, la dueña de un cuerpo que naufragaba en medio de la debacle de una isla, sería enterrada aquella misma tarde. Otra Elba nacía hoy, capaz de tragarse el mundo, de derribar murallas, de dar pisón y tierra nueva a su pasado. Ardía en ganas de hablar con su padre, de indagar sobre los orígenes de su familia, de conocer la historia de los abuelos, de dónde habían venido, cómo llegaron a Cuba, cuándo y por qué. ¿Por qué no se interesó nunca en estas cosas?

Estaba a punto de subir los cuatro pisos que separaban su casa de la calle cuando titubeó. Mejor darse un pequeño lujo, lo que nunca se permitía, para celebrar el notición. Su hijo Marlon le mandaba con frecuencia dólares desde Miami, disponía siempre de un extra en caso de imprevisto. Su jubilación no le cubría ni los gastos de una semana y vivía, como casi todo el mundo, de la remesa familiar que el gobierno le cambiaba en pesos convertibles con exclusivo curso legal en la isla. Dio media vuelta, enfiló hacia el hotel Plaza, entró y, sin titubear, se dirigió al bar del patio interior.

La camarera que la vio llegar fingió no haberse dado cuenta. Parecía muy ocupada con uno de esos jueguitos electrónicos. Era una mulata con pestañas como hojas de palmeras, indolente y sensual hasta la médula, de unos veinte años. Elba tomó la iniciativa de interrumpirla.

«Un *bloody Mary* con mucho jugo de tomate y un *tincito* de vodka, mi niña.»

«Usted es cubana de aquí, ¿verdad?», le preguntó con acento oriental y, a juzgar por sus cabellos y rasgos aindiados, pensó que de Baracoa, reserva de los descendientes de aborígenes taínos que sobrevivieron al cabo del primer siglo de colonización.

«Sí. ¿Algún problema?»

«No, no, qué va, ninguno. Yo misma soy de Oriente, aunque llegué aquí hace cinco años. Disculpe, es que estoy acostumbrada a servirle a *yumas* nada más. Usted me entiende, a extranjeros.»

«Comprendo. Mira qué casualidad. Yo también nací en Oriente, exactamente en Banes, y vivo en La Habana desde niña. Lo que pasa es que quiero festejar mi ciudadanía española y hace la mar de tiempo que no me tomo un buen *bloody Mary*. ¡Tanto que ni recuerdo el sabor!»

«Bueno, yo se lo voy a preparar, pero sepa que no soy la responsable de los cocteles. El que se ocupa es mi compañero y salió a resolver un problemita. Él me enseñó. Eso sí, el vodka se lo debo. Le pondré Havana Carta Blanca, si no le molesta… ¡Ah y tampoco nos queda Tabasco!»

«Venga como sea ese trago, mi niña, que hasta con *gualfarina* me lo tomo… Esta que está aquí no se queda sin festejar.»

La muchacha puso mucho empeño en que el coctel quedara lo mejor posible. A falta de Tabasco sugirió un poquito de kétchup con ají bien picantico y, por supuesto, de la salsa Worcestershire por la que preguntó Elba, acababa de enterarse de su existencia. «Me desayuno», dijo en lugar de «primera vez que me la mencionan».

Elba dijo que sin picante le iba bien, padecía de hemorroides, y como las tenía «quietas en base» era mejor no «cuquearlas».

El Plaza le traía recuerdos que ya no eran tan buenos. En ese hotel pasó las primeras noches con Edel, el padre de sus hijos, un degenerado al que le importó un comino sus veinticinco años de casados a la hora de irse detrás del culo de una jovencita que trabajaba en la Cadeca de la calle Belascoaín, una de las casas de cambio del gobierno. Marlon enviaba dólares desde Miami y Edel los cambiaba siempre con la misma cajera. Le decía que había encontrado un tesorito porque, en vez de obtener lo que estipulaba el curso oficial, la chica ponía los billetes de su propio bolsillo y le daba dos pesos más por cada dólar. Así, el dinero que ella acumulaba lo revendía por cincuenta centavos más en otras provincias, a gente que a su vez seguía revendiéndolo cuatro pesos por arriba en pueblos de campo. En aquel cambalache, Edel sacaba un peso más por cada dólar cambiado y la empleada de la Cadeca hasta ochocientos al día. Y todos contentos.

Recordaba perfectamente el día en que empezó a notar que las ausencias de su esposo se repetían, cada vez más duraderas. Había oído cuentos de compañeras de trabajo sobre maridos que al pasar la cincuentena les daba por buscarse jovencitas, un poco para probarse que todavía estaban enteros o porque sabían que se les acababan las municiones y querían tirar los últimos escopetazos. Aurora, su mejor amiga, se lo había advertido. No le pierdas ni pies ni pisadas, yo lo viví en carne propia y me da el olfato de que anda con otra. Además, una amiga me dijo que lo veía a cada rato de lo más acaramelado conversando con una muchachita de la Cadeca. Tú sabes que La Habana es como un pueblo y en un pueblo todo se sabe.

Soportó con estoicismo sus ausencias. El odio le fue creciendo dentro como un animal desmedido. Lo veía regresar con la sonrisa falsota de mosca muerta, extremándose en amabilidades que sacaba de las páginas del olvido. El espejo le devolvía a diario su imagen de mujer gastada, las patas de gallina ganando terreno en su cutis, las canas apresuradas en brotar y, aunque muchos seguían viéndola como la mujer hermosa que siempre fue, de una belleza que hizo estragos en el pasado, de un cuerpo monumental, en realidad sentía que se avejentaba por días. El miedo a quedarse sola también le crecía. La vida se había vuelto inclemente y la ciudad, un cementerio de almas en pena desde que a los rusos se les ocurrió dejar de ser soviéticos, cambiar la ideología, dejarlos huérfanos, a merced de lo que históricamente la isla siempre padeció: marejadas, huracanes, calores, epidemias, plagas y, lo peor, la locura desbordante de sus habitantes.

3

Gerardo Guillamón Ochoa se llamaba su abuelo paterno, el padre de Betico. Hurga en su memoria. Se da cuenta
de que nada sabe de él. En el álbum familiar aparece en
tres fotos. En la menos nítida lo rodean unos setenta hombres vestidos de blanco. Posan erguidos. Están en el portal
del Club Americano de la United Fruit Company, según
una nota en el reverso. El edificio es elegante, con frontón
y escalinata como en las plantaciones francesas de la cuenca del río Misisipi. Las columnas imitan los órdenes clási-
cos griegos, sostienen el friso y la techumbre que le sirve
de atrio. Tuvo una función social. Allí mataban el tiempo
los empleados de la UFC jugando al bridge, la canasta, el
póker, *ping-pong*... Otros venían a leer u organizaban grandes bailes y colectas caritativas en sus salones. Un mundo
que desapareció por completo diecisiete años después de
tomada aquella foto.

Cubriendo la antesala de la casona, desbordando el espacio por tratarse de un grupo numeroso, rodean al abuelo
Gerardo los hombres del Club de Veteranos, otrora soldados de la Guerra de Independencia de 1895. La mayoría
ostenta las insignias de grados obtenidos en los regimientos
del departamento oriental: Tacajó, Bijarú, Holguín, Ocuje,

Tunas, bajo las órdenes de generales y comandantes que sólo eran recordados, sin saber exactamente qué hicieron o en qué batallas participaron, porque con sus nombres fueron bautizados luego plazas, hospitales y escuelas. Celebran el Día de la Independencia norteamericana y en el margen inferior de la foto se lee, en inglés: «July 4, 1943».

Ese mismo día, mientras Gerardo se reunía con los veteranos en el lejano pueblo de Banes, provincia de Oriente, la aviación norteamericana largaba unas doscientas bombas sobre la fábrica SNCASO, en el poblado de Bouguenais, cerca de la ciudad francesa de Nantes. Del otro lado del frente, las tropas de Hitler se preparaban en Koursk para librar la batalla de blindados más grande de la historia, que culminaría con la aplastante derrota de los alemanes frente a las tropas del Ejército Rojo, tras veinte días de combates en que los soviéticos abrirían por fin la brecha de la futura toma de Berlín. Y en el otro hemisferio, en pleno océano Pacífico, en una islita del archipiélago Salomón nombrada Kolombangara, americanos y japoneses libraban encarnizado combate por la supremacía en el área. Menos alejado de aquellos lugares, en el Buenos Aires del presidente Ramón Castillo, los militares Arturo Rawson, Pedro Pablo Ramírez y Edelmiro Farrell daban un sonado golpe de Estado, la llamada Revolución de los Coroneles, antesala del gobierno constitucional de Juan Domingo Perón, el mismo que sentaría las bases de la psicosis nacional argentina, una enfermedad que, después de haber estado el país en la cúpula de las naciones más prósperas del mundo, lo dejó caer en un abismo del que medio siglo después no se había recuperado todavía.

De nada de eso Gerardo, con setenta y un años en sus costillas, ni sus compañeros de armas parados en el portalón del Club, tendrían noticias hasta tanto la radio o la prensa nacional se hicieran eco. Ese día, como cada tarde, debió pasar por el bar Jamaica, apostó a cuatro o cinco números en la bolita, especie de lotería no oficial, se tomó un café de colador de yute en la cocina de su casa, admirando las matas de plátanos bungos ya paridas, y se sentó en el corredor de la vivienda para enfocar con sus prismáticos, su más preciado bien, el culo de las mujeres que pasaban por la esquina, camino de sus hogares o detenidas en grupos de chachareo incesante, reunidas frente al bazar Dos Mundos. A esa hora, sus hijos culminaban las labores de la carpintería que él mismo fundó, cincuenta años antes, en el pueblo en donde había transcurrido más de la mitad de su vida, mientras que las nueras y una docena y media de nietos, no tardarían en inaugurar el ritual de venir a saludar al patriarca de la familia, algo que él aceptaba a regañadientes porque, entre tanto gentío haciéndole la corte, le robaban los mejores culos del día, interponiéndose entre aquellas apetitosas protuberancias y sus queridos prismáticos.

El abuelo Gerardo nació en octubre de 1871 en Nueva Gerona, único pueblo más o menos importante —por no llamarlo aldehuela— de la Isla de Pinos, la más grande del archipiélago cubano después de la principal, y nadie sabía exactamente qué llevó a Vidalina, su madre, a parirlo en tan distante sitio, habiendo sido ella, como se sabía, natural de la villa oriental de Holguín. Quienes intentaron descorrer el velo de su historia pretendían que las autoridades coloniales la habían deportado por haber asesinado a un militar español durante la guerra de 1868. Otra versión aseguraba que dicho militar no había muerto por culpa de ella, sino que se trataba simplemente del padre de Gerardo, por poco probable que pareciera que una deportada se uniera a un soldado peninsular en aquellos tiempos de conflicto. Por último, había quienes afirmaban que quedó embarazada de un desconocido y su familia, deseando alejarla del chismorreo pueblerino, la envió lejos de Holguín, a donde no se pudiera dar fe de su metedura de pata. Lo único cierto era que, después de parir a Gerardo, Vidalina se casó, seis años más tarde, con un señor de Gibara, un tal Eloy Velázquez, con quien tuvo tres hijos más, medio hermanos del abuelo, quienes trataron siempre a Betico con mucha familiaridad. El certificado de defunción de Gerardo era el único documento que revelaba el nombre de su progenitor: Ramón Guillamón Centelles, natural de Cirat, provincia española de Castellón. Nadie oyó nunca mentarlo. Eso era todo lo que su padre podía decirle.

Qué pena que las fotos no hablen. Con el tiempo se llevan sus secretos, indescifrables cuando ya no quedan testigos porque no se tuvo la precaución de anotar al dorso el nombre de quienes las habitan, dónde fueron tomadas, por qué motivo. Imágenes que se mueren como las casas abandonadas y sólo sirven para que contemplemos la facha de la gente de antes, los objetos ya museables y, con un poco de suerte, cómo eran los lugares retratados. Los seres humanos se creen eternos, enfrascados en el presente, casi siempre pendientes de sus vidas pequeñas en proporción con sus enormes egos. Debe ser por eso que pocos se toman el trabajo de pensar en quienes vendrán después. Elba sabe que no vale la pena lamentarse. La historia familiar es una nebulosa. La poca curiosidad de papá Betico, la de ella misma, la de todos, la causa de ese vacío.

Las fotos de antes respetaban los claroscuros de la vida, los matices del día, la luz, el brillo de los ojos, las proporciones reales. A pesar de haber sido tomada de lejos, distingue perfectamente, en la segunda fila, lado derecho, cerca de una de las columnas del portal, al viejo Gerardo. La calidad del papel es admirable. Es el tipo de foto que termina siempre en un basurero o en cajas que sólo rescatan del olvido coleccionistas nostálgicos o historiadores puntillosos.

Lo mismo sucede con los cuadros. De la pared de su sala cuelga uno que representa una escena familiar en una ciudad que, a juzgar por las fachadas, debe hallarse al noreste del Rin. Sus personajes, seres anónimos, no saldrán nunca de ese marco. Perdurarán atrapados por el velo de una identidad incierta. Tiene gracia imaginarlos según su venia y, en ello, podría radicar el encanto. Lo injusto, por parte del pintor, es que no tuvo la delicadeza de anotar los nombres de los infelices que posaron durante horas detrás del caballete, el no haberles dado el derecho a una identidad más allá de su tiempo.

De los hombres de la foto del abuelo Gerardo no debe de quedar ninguno vivo. Tenían ya más de sesenta años en 1943 y, aunque los hubo que se incorporaron al Ejército Libertador adolescentes, todos, sin excepción, nacieron antes de 1885. Muchos fueron enterrados con honores, pues se conducía el féretro que los llevaba desde la funeraria hasta la última morada, una vez velado el cuerpo, al ritmo de la banda municipal que tocaba tonadas e himnos de la gesta independentista. Tenían el honor de ir delante del carro fúnebre los veteranos sobrevivientes y detrás, como si lo empujaran, aunque en realidad nunca se apagaba el motor, los allegados. El entierro de un veterano era diferente del de un común mortal. La atmósfera se cargaba de solemnidad, se contemplaba el cortejo en silencio y hasta con cierto asombro pues, con los tiempos que corrían, aquella ceremonia tenía algo de anacrónico. La bandera que precedía la marcha era la mambisa, enorme, tanto que se necesitaban hasta veinte personas para extenderla, abierta, de acera a acera, mientras la muchedumbre avanzaba por las calles.

Así fue el entierro del abuelo Gerardo. Sus restos descansan en el panteón familiar de un cementerio que se fue quedando sin flores cuando muchos se fueron del pueblo y otros del país. Murió a los ochenta y cinco años y, a pesar de que la enfermedad lo había debilitado, su alma se negaba a dejar el cuerpo. Una vieja creencia del Oriente de Cuba afirma que quien en vida comió carne de grulla, el alma se resistirá a liberarlo, llegado el momento de la muerte. Y sólo lo hará si se imita el canto de esa ave. Los mambises cubanos, que por ideal o simple espíritu juvenil, se lanzaron a la aventura de expulsar a España de la isla, comieron, por necesidad más que por gusto, la carne de ese animal, dura, reseca e ingrata al paladar. Cuando escaseaban los víveres, cuando no había nada que echarse en la barriga más que un pedazo de boniato o un poco de mabinga, las grullas se convertían en un condumio que nadie rechazaba. La agonía de Gerardo duró una semana. Su alma no quería irse. Entonces, se vieron obligados a hacer lo que era de rigor en ese caso: llamaron a un dúo de hombres imitadores del canto de la grulla. Colocado cada individuo en extremos opuestos de la habitación en que yacía, reprodujeron exactamente el gorjeo característico del animal. En pocos minutos, para alivio general, Gerardo soltó su último suspiro.

Hubo también, recuerda Betico, una casa en la avenida principal que sirvió de sede a la Delegación de Veteranos, en donde se reunían los mambises jubilados, el círculo restringido y exclusivo de quienes tomaron las armas contra la metrópoli. Cada pueblo tenía la suya. En su biblioteca se atesoraban libros, papeles que documentaban los hechos y las biografías de finales del siglo XIX de quienes participaron en uno de los conflictos armados más sonados de la historia de la humanidad: la guerra cubano-hispano-norteamericana, la primera en que el apetito imperialista de una potencia extranjera quedó al descubierto, pues, a pesar de que los Estados Unidos intervinieron con el pretexto de ayudar a los cubanos a deshacerse de España, el mundo comprendió la fiereza con que el estrenado imperio intentaba extender sus fronteras más allá del territorio que ya le habían arrebatado a amerindios y a mexicanos. De la venerable institución sólo quedaba, tras la muerte del último veterano, la casona que exhibía en su cornisa una enseña anunciadora de su función extinguida. Y como era de esperar, nadie sabía a dónde coño habían ido a parar los documentos que con tanto desvelo se atesoraron allí por más de un siglo.

Hay países que sufren revoluciones que destruyen hasta las pruebas de que existió otra época. Los hay en donde sin disparar un tiro, o disparando pocos, dichas pruebas desaparecen lentamente porque la revolución se las traga, a medida que se estira colándose por los orificios más profundos de la memoria, borrando de la faz de la Tierra los más mínimos recuerdos.

El abuelo Gerardo sobrevivía en la memoria de sus pocos hijos que estaban vivos todavía, apenas en la de sus nietos. Ninguno de los que Elba entrevistaba podía aportar nuevos datos, siendo una constante en cada testimonio su afición por el culo de las féminas y su habilidad, mientras se mantuvo activo, para cortar, clavetear y trabajar la madera, desde muebles y objetos, hasta las casas pintorescas que perduraban en los pueblos de la costa norte oriental, allí en donde el capital norteamericano proporcionó trabajo y sustento durante las seis primeras décadas del siglo xx a quien lo necesitara.

En la segunda foto aparece Gerardo junto con su esposa Amparo. De esta última se sabe todavía menos. Se casaron en 1900 y, en veinte años, tuvieron quince hijos, contando a tres que murieron párvulos. Su certificado de defunción, establecido en 1936, dice que nació en Sevilla. Por ese documento que papá Betico conserva de milagro, se calcula que vino al mundo hacia 1879. El acta aclara que su madre se llamaba Manuela Pupo y era cubana; que el padre, de origen andaluz, se llamaba Manuel Martín Corona. Si Manuela era cubana y la hija nació en Sevilla, entonces los padres viajaron desde Cuba a la Península una vez casados, al final de la guerra. No se sabe si Amparo tuvo hermanos carnales, sólo que al enviudar, Manuela volvió a casarse, y tuvo otros hijos, además de una hembra de padre desconocido. Manuel debió de fallecer entonces poco después del nacimiento de su hija, pues el divorcio no existía entonces.

¿En qué parroquia de Sevilla la habrían bautizado? ¿Cómo es posible que Betico y sus once hermanos no se interesaran nunca en la historia de sus padres y abuelos? ¿Por qué si conocieron a Manuela nunca le preguntaron sobre su estancia en Sevilla? ¿Por qué no se habló nunca durante las cenas, por ejemplo, o en las tardes de ocio, de todo aquello, del nacimiento oscuro de Gerardo en Isla de Pinos, del de Amparo en la bella ciudad andaluza, de la infancia de Ramón Guillamón en Cirat, de su muerte misteriosa, de las razones del destierro de Vidalina?

En esa segunda foto aparecen los abuelos Gerardo y Amparo sentados. Él con la expresión resuelta, en una silla tipo ortopédica. Ella en una comadrita, los pies cruzados, vestida de blanco, con botines altos, la mirada escrutadora de una mujer de lealtad inapelable, de las que pueden soportar sin chistar al peor de los maridos.

Finalmente, hay una tercera foto. No lleva nada escrito. No se aclara quién es la hermosa retratada. Papá Betico afirma que es la famosa Vidalina, la madre de Gerardo. Tiene la cabellera larga, muy lacia, negra, y aflora en el meridiano de la sien superior un mechón de canas lo suficientemente poblado como para que pase desapercibido. Viste de mangas largas y está parada al lado de una semicolumna, de las que se usaban como escenografía en los estudios fotográficos de principios de siglo. No hay modo de saber si realmente se trata de ella. «Creo», «me parece», «debe ser», «me luce»… frases dubitativas por parte de los escasos parientes que interroga.

A esto se reduce todo lo que ha averiguado. A su padre la emoción le empaña los ojos. Ella llora de rabia, de impotencia, por no haberse interesado antes en estos temas. Libera sus lagrimones a escondidas, no quiere, por nada de este mundo, entristecer a Betico. Bastante viejo y achacoso está, y le sobra con llevar una viudez con sólo ella como sostén. Y lo peor: de un tiempo para acá empieza a dar signos de perder la memoria.

4

Las noticias que llegan de Yucatán empeoran. Liza la ha llamado y, aunque trata de minimizar lo sucedido (no quiere que su madre se alarme), ha dicho que no se siente segura allí. Hay bandas criminales organizadas que se dedican al tráfico de inmigrantes y los conducen, timos y humillaciones de por medio, extorsiones también, hasta el Río Grande, en donde en ocasiones esperan meses hasta encontrar la manera de atravesar la frontera. Vienen de lugares remotos de Sudamérica, también de países de Centroamérica, la mayoría atravesando la selva de Guatemala y de Belice, antes de ingresar en tierras mexicanas. No tendría por qué preocuparle esto a Liza, si no fuera porque se sabe que tener un pasaporte cubano resulta delicado. Los únicos latinoamericanos que, gracias a leyes de la Guerra Fría, cuando la pugna Este-Oeste estaba en su apogeo, entran en Estados Unidos y son inmediatamente aceptados y legalizados, son de la isla. Un pasaporte de allí, en ocasiones el más incómodo del mundo, se ha convertido en una especie de vellocino que ambicionan muchos de los candidatos a cruzar el puto río. Quienes consiguen pasar aquel filtro, camuflándose bajo una falsa nacionalidad cubana, logran también legalizar su situación en el paraíso soñado y, una vez en él, viven (o al menos lo intentan) bajo otra identidad mientras el ardid funcione.

Liza le ha contado a Elba en un correo electrónico que ahora puede recibir, gracias a su nueva amiga Orquídea, que hay personas que se dedican a entrenar a los «candidatos a cubano» para que las autoridades gringas no logren desenmascararlos. Las preguntas y la situación son tan absurdas como el mundo en que se vive. Los oficiales federales someten a los supuestos o auténticos cubanos, a todos el que pase por el puente de Matamoros o por otros sitios de esa herida abierta entre México y Estados Unidos, a un test que sólo los que son realmente de la gran Antilla responden satisfactoriamente. Las preguntas leídas en español con el acento de un tejano son para mearse de la risa, la situación pasa de trágica a cómica, y de cómica vuelve a ser, otra vez, trágica. El contenido del cuestionario se ha regado por internet, así que los americanos ahondan cada vez más en el tema de la *cubanía*. Ahora han añadido frases y dichos populares muy locales. Pero se han vuelto públicos también y Liza adjunta el fichero Word para que su madre pase un buen rato.

TEST DE CUBANÍA

— ¿A qué hora mataron a Lola?
— ¿Qué le pasa al niño que no llora?
— ¿Cómo quedó el gallo de Morón?
— ¿A qué se le da la patada?
— ¿De dónde era el Caballero?
— ¿A quién tumbó la mula?
— ¿Quién agredió a Borondongo y quién a Muchilanga?
— ¿De qué metal era Maceo, el Titán?

— ¿De qué tiene el que no tiene de congo?
— ¿Como quién voló?
— ¿De quién era el bombín?
— ¿En dónde quieren meter a La Habana?
— Si tomas chocolate, ¿qué debes hacer después?
— ¿A quién se le dice «ponme la mano aquí»?
— ¿Están acabando con la quinta y con qué más?
— Menéala, que tiene el azúcar ¿dónde?
— ¿Dile a Catalina que te compre qué?
— ¿Qué hay que darle al jarro para que suelte el fondo?
— ¿Cómo era Chencha?
— ¿Quién tiene la culpa de todo?
— ¿A correr como los liberales de dónde?
...

«Habrá que imaginar al oficial pronunciando Borondongo o Muchilanga», se dice Elba. Este mundo es un relajo. Sesenta preguntas y se exige un mínimo de cincuenta y cinco respuestas correctas. Ella las hubiera respondido bien todas, excepto la del meneo del azúcar. También la hubieran confundido en lo de quién le pegó a Muchilanga, pues nunca recuerda si fue Songo, Bernabé, Burundanga o Borondongo, en la canción popularizada por la cantante Celia Cruz. ¿Darán los americanos aunque sea medio punto a quien los mencione en desorden? No lo cree. Los americanos suelen ser estrictos, lo que en Cuba se llama «cuadrados», y no van a andarse con medias tintas. Lo decía siempre su padre, que trabajó para ellos cuando lo de la United Fruit Company.

Liza le cuenta también que se ha echado un novio (la expresión «echarse un novio» le suena vulgar en boca de su hija, ¡una graduada de la Facultad de Lenguas Germánicas!, y no puede evitar un mohín). Trabaja de agente de bienes raíces en Cancún y en varios puntos estratégicos de Yucatán y Quintana Roo. No da más detalles.

Orquídea sabe más de la cuenta. Tiene un sobrino metido hasta el cuello en una de esas historias de «bienes raíces». Lee los correos de Liza antes de entregárselos a Elba y le suelta qué piensa del novio de la niña. Su sobrino también decía lo mismo y resultó que era pollero, o sea, robaba yates de lujo y los camuflaba, cambiándoles la pintura y el nombre, antes de enviar a pobres pescadores mexicanos hasta los límites marítimos de Cuba, en donde se transbordan los prófugos que escapan de la isla. De la red forman parte los famosos *enganchadores* que buscan en la Florida a familias desesperadas por reunirse con los suyos cueste lo que cueste. En ese rollo están implicados agentes municipales, estatales y federales de la península de Yucatán, y se hacen todos de la vista gorda a cambio de pingües comisiones. Y brindan protección, e incluso los papeles que autorizan la estancia temporal, antes de que puedan continuar el viaje hasta Nuevo León, antesala del salto a los Estados Unidos.

Lo que no sabe Orquídea (pues hasta ahí no llega) es que a medida de que ese tráfico (en el que también entran rusos, africanos y hasta chinos) ha ido creciendo, Los Zetas han terminado por inmiscuirse. Al principio sólo reclamaban el derecho de piso. En el momento en que Liza le escribe a su madre, ya han infiltrado las empresas fachada fundadas por los cubanos, desplazándolas del negocio. Ahora son ellos quienes se llevan la mayor tajada.

En realidad el noviete de Liza es empleado de una de esas empresas fantasma. Fue entrenado por los órganos de seguridad del Estado cubano antes de establecerse en México con su esposa, una estudiante de Medicina, captada en cuanto llegó al país azteca por un pastor nuevocristiano chilango encargado de enseñarle la oratoria y la prédica de sermones propios de esa creencia. Quienes tiraban de todos los hilos eran los poderosos de La Habana, secundados por los capos de Miami y algunos delincuentes convictos del Distrito Federal. Por eso, al zanjar en sus diferendos, pistola en mano, aparecía siempre algún que otro testaferro con el cuerpo más agujereado que un colador.

Con la entrada de Los Zetas en la repartición del pastel la cosa se puso fea. Traer gente de Cuba se ha vuelto cada vez más arriesgado. Hay pescadores de Puerto Progreso y de Isla Mujeres que se pudren en las siniestras mazmorras del Combinado del Este de La Habana porque fueron capturados por los guardafronteras cubanos. A las autoridades no les quedó más remedio, en estos casos, que encerrarlos, aunque ignorasen la génesis del tema y el nombre de los agentes, oficiales o delincuentes y mafiosos que dirigen la trama. Les echan hasta diez años de cárcel por razones preventivas, y evitan así que caigan en manos de un periodista o de uno de los pocos jueces honestos que van quedando. Y aquí paz y en el cielo gloria. De parte y parte son muchos los que tienen la mierda hasta el cuello.

Pululan en la Riviera Maya dos, tres y hasta cuatro mundos paralelos. No deberían cruzarse nunca, excepto cuando se cruzan. En uno de ellos están los turistas que no se enteran de nada. Se solazan ajenos a todo, pero si tienen la mala suerte de encontrarse en medio de un ajuste de cuentas entre bandas rivales, entonces pasan a engrosar la lista de los daños colaterales del conflicto. Adonis, el novio de Liza tiene olfato. Ha presentido el peligro. Vació su piso de Cancún y se mudó hace dos meses a Mérida, en donde conoció a Liza. No comparten todavía el mismo techo. A la muchacha le ha parecido extraño que su amante se mueva como se mueve «por razones de trabajo», como le ha dicho. Y más, que su misteriosa empresa lo envíe constantemente a otras ciudades a «prospectar la compra y venta de terrenos».

Aunque no le ha creído ni la mitad, ha preferido no contar nada de esto a su madre. Sólo le ha dicho que el muchacho es apuesto, tiene exquisitos modales, una posición holgada y hasta carrera terminada en la Facultad de Derecho (en realidad —eso tampoco lo sabe Liza—, estudió para la contrainteligencia cubana). ¿Qué más se puede pedir? Se desenvuelve bien, maneja dinero de los porcentajes de las operaciones. Gracias a él, Elba vivirá mejor, y ya acaricia la idea de traerla junto al abuelo Betico a Mérida, a ver si atraviesan un día el río y se reúnen todos con Marlon en Miami. Ya lo tiene medio palabreado con su hermano, que está dispuesto a recibirlos. El abuelo no será un fardo para nadie, los americanos dan ayudas de todo tipo a los viejos, que para eso sí suelen ser ingenuos. Gracias a la Ley de Ajuste Cubano, recibe más dinero un viejo cubano recién llegado, sin haber trabajado nunca en aquel país, que uno que se partió el lomo durante años.

Ese es el cuadro. A la madre sólo le cuenta que tuvo mucha suerte cuando se le ocurrió cenar con dos amigas en el café La Habana, el restaurante cubano más antiguo de Mérida, fundado en 1950 por un asturiano de apenas un metro cuarenta y cinco de estatura (según versa en la servilleta de papel con que funge de mantel), que apodaban el Centavo por una afición que lo condujo a la ruina: el juego. Lo llaman La Esquina del Buen Café, y los accionistas actuales han colocado grandes fotografías de la capital cubana que, junto con el ambiente bohemio del México de la década de 1950, le dan un toque singular al local. «Pero no te hagas ilusiones con los frijoles», escribe Liza, «ni se parecen a los nuestros, pues los sirven pastosos y con poco condimento». Pero allí pasa un buen rato y eso es lo que cuenta. Mérida es una ciudad un poco provinciana donde se vive en paz.

Soñaba con dormir en el mítico Gran Hotel (esto también lo omite en su carta), otro edificio que había visitado dejándose llevar por la fantasía de alojarse allí, asomarse al patio desde las hermosas barandas, caminar sobre pisos de enceradas maderas admirando el mobiliario centenario, el ambiente elegante de un establecimiento como pocos. Un antojo que mató gracias a Adonis, un día después de conocerlo. Y allí mismo, mientras realizaba su deseo, le metió el viejo cuento de que era la mujer de su vida y evocó decenas de planes en común. De sólo recordarlo se erizaba de nuevo. Sonrojada vibró de los pies a la cabeza. Todo cobraría sentido. Muy lejos estaba entonces de imaginar que al aceptarlo había firmado su sentencia de muerte.

5

¡Sus gestiones comienzan a dar frutos! Tiene en su poder el veredicto pronunciado por las autoridades militares de la plaza de San Isidoro de Holguín, departamento oriental, el 2 de junio de 1870, contra Vidalina Ochoa Tamayo, la madre del abuelo Gerardo. Le tiemblan las manos, mejor se calma antes de enfrentarse a la caligrafía con arabescos del secretario de actas de entonces. Podrá saber al fin por qué Gerardo nació en aquella islilla que ni siquiera visitan, hoy día, los que viven en el resto del país.

«¡Qué rota estaba la familia cubana!», se dijo intentando cubrir cinco décadas de ausencias, separaciones, malentendidos. La mayoría de sus parientes se habían largado y, con el tiempo, se les fueron sumando, gracias a puentes migratorios, casamientos con extranjeros, reclamaciones formales o deserciones de misiones oficiales, los pocos que se habían quedado. La familia era un árbol enfermo, como si sus ramas se hubieran secado, otras desprendido, las raíces buscando inútilmente una capa de tierra que las nutriese. Se le antojaba que el árbol de la suya, frondoso antes, era uno de esos ejemplares de abundante follaje que, tras el paso de un ciclón, perduraba, como un ser desnudo, con las hojas y los gajos desprendidos, el tronco inclinado, la copa trunca, ausentes las aves que anidaron en él. Los más jóvenes vivían fuera: Stuttgart, Lisboa, París, Oviedo, Madrid, Caracas, Lima, México, en todas partes de los Estados Unidos..., una extensa geografía planetaria en la que sólo el deseo de emigrar y el azar contaban. Y los adultos que no se habían largado preferían, por desidia o tal vez por frustración, borrar el pasado de sus memorias. Cuando las zozobras y penurias, el desencanto y las esperanzas fallidas ritman la vida, olvidar es siempre lo más saludable. Como ella. Dispuesta a abandonarlo todo, porque una voz interior le dice que debe velar por sus hijos, que sus nietos necesitan una abuela que los mime, como la mimó a ella la madre de su madre.

«Glorioso san Antonio, tú que has ejercitado el divino poder de encontrar lo que se ha perdido, ayúdame a encontrar la gracia de Dios y hazme diligente en el servicio de Dios y en vivir las virtudes, hazme encontrar lo que he perdido: el tronco de mi propia familia, mis orígenes...» Volvió a recitar mentalmente la oración a san Antonio de Padua, al que se había encomendado desde el inicio de sus pesquisas. En su iglesia, en la Quinta Avenida de Miramar, esquina a la calle 60, había estado. Fue un dolor de parir atravesar la ciudad, encontrar una máquina a diez pesos que le hiciera el favor de «tirarla lo más cerca posible», como dijo el chofer, a veinte cuadras de la iglesia, como si el cliente fuera él y no ella. «Ese es un barrio de gente de billete y de ahí regreso siempre sin pasaje porque casi todos tienen carro propio», pretextó. Tres días después seguía con los pies en baño caliente por lo que tuvo que andar.

Ha encontrado la sentencia de Vidalina en el Archivo de Ultramar de Madrid. Se la consiguió la hija de Orquídea a través del portal de Archivos Españoles, pues una vez abandonada la colonia en 1898, España se había llevado kilómetros de legajos.

Condena de Vidalina sentenciada a extrañamiento de la Isla mientras duren las circunstancias tras un consejo de guerra verbal por delito de infidencia celebrado en Holguín, sentencia aprobaba el Excmo. Sr. Capitán General, el 9 de agosto de 1870.

Así decía la primera hoja. Añadió agua caliente a la palangana en que reposaba los pies, se arrellenó en su butacón preferido y pidió a Betico que abriera bien las orejas.

Santos Villarreal Cabrera, cabo primero de la Tercera compañía del segundo batallón del Regimiento de Infantería de La Habana nº 6, escribano autorizado por las ordenanzas generales del Ejército para actuar en este testimonio del que es fiscal el alférez abanderado del propio batallón y regimiento D. Juan Jurado Antón:

Participo que en los folios 41, 42 vuelto, 43, 44, 45 y 46 de la causa segunda contra los paisanos D. José Tamayo, D.ª Ramona Figueredo, D.ª Eufemia Morales, D.ª Luz Tamayo, D. José Ochoa, D. Antonio Ochoa, D. Clemente Morales Tamayo, D.ª Ramona Tamayo y D.ª Vidalina Ochoa Tamayo por delito de infidencia, se halla la sentencia decreto del Excmo. Sr. Capitán General, dictamen del Sr. auditor de guerra, aprobación del Excmo. Sr. Comandante General de este departamento, dictamen del Sr. Alcalde Mayor de Bayamo, aprobación del Excmo. Sr. Capitán General, dictamen del Sr. auditor de guerra, aprobación de la sentencia en los términos que a la letra copio y dice así:

Visto el resultado que ofrece el juicio que acaba de tener lugar contra los acusados de los delitos de rebeldía e infidencia, examinadas detenidamente las pruebas, comparecidos los procesados, considerados los descargos en la conclusión final y defensa de sus procuradores, todo bien atendido y reflexionado, el consejo condena por unanimidad de votos a: D. José Tamayo a la pena de diez años de presidio con retención; a D. Clemente Morales Tamayo y a D.ª Ramona Figueredo, a la de seis años de presidio y galeras respectivamente y a D.ª Luz Tamayo, D. José Ochoa, D. Antonio Ochoa, D.ª Ramona Tamayo y D.ª Vidalina Ochoa Tamayo, a la de extrañamiento de la Isla, mientras duren las actuales circunstancias de guerra, y respecto a D.ª Eufemia Morales, que sea puesta en libertad en atención a su corta edad y a la de hallarse en compañía de su madre y obrar bajo la presión de la autoridad paternal. Todo como pena extraordinaria.

Plaza de Holguín, dos de junio de 1870. Fiscalía Militar.

Y como ratificación, en una hoja suelta:

En vista de lo que resulta del testimonio de condena de extrañamiento fuera de la Isla impuesto en Consejo de Guerra a D.ª Vidalina Ochoa Tamayo que con esta fecha he dispuesto, inquiere V. E. de la interesada el punto que elija fuera de la Isla para cumplirla pudiendo proveerle del pasaporte necesario, y en caso de que no tuviere medios para su traslación, remitirla por cordillera a Isla de Pinos, dado cuenta, y firmada.

6

«Extrañar.»

Da vueltas y más vueltas al verbo. Se extraña (se siente la ausencia o se le echa de menos a alguien o a algo). Se extraña (alarma) uno mismo de lo que puede parecernos sorprendente. Un extraño (forastero) toca a nuestra puerta. Un amigo tiene un comportamiento extraño (poco usual). Un tipo un poco extraño (sospechoso) te observa. Qué extraño (raro) que el cartero no haya pasado hoy…

Aunque su fuerte son las matemáticas, la geometría y el dibujo técnico más que la etimología, no le parece posible que alguien sea «extrañado» de un lugar. Deduce que han querido decir «expulsar» y, cansada de conjeturas, abre el mataburros, legado de su madre que lo manipulaba todas las tardes, durante la media hora que dedicaba a rellenar los crucigramas de las revistas.

EXTRAÑAR: Desterrar a un país extranjero, apartar lejos de sí, *A familiaritate avertere* / echar de sí, privar a alguien del trato y comunicación que se tenía con él, *Alicujus familiaritatem et consuetudinem respuere.*

Vidalina había sido entonces desterrada de la isla de Cuba. Por eso, debió pedir que la trasladasen a otra isla, a la de Pinos, que, aunque pertenecía al mismo territorio de ultramar, era, geográficamente hablando, *otra* isla y quedaba *fuera* de los límites territoriales de la principal. Ya sabe por qué el abuelo Gerardo nació en Nueva Gerona, la capital de aquel lugar, a 142 kilómetros de La Habana, a 60 del puerto sureño de Batabanó, embarcadero del que zarpa el ferri que lo comunica con el resto del mundo.

Si hubo una ratificación de la sentencia deduce que se debió a alguna apelación por parte de los condenados. Le dan ganas de viajar en una máquina del tiempo, un artefacto que la transporte, no hacia el futuro como en la película de George Pal, sino hacia el pasado, hasta el pueblo de Holguín en donde vivieron, en aquel año de 1870, su bisabuela y los restantes condenados.

No debe olvidar su objetivo: obtener la ciudadanía que promete Zapatero.

Cómo vivía aquella gente. Qué delito cometió Vidalina exactamente.

¿Conspiró de veras contra España? ¿Escondió prófugos en su casa? ¿Se brindó para esconder armas y municiones? ¿En qué pudo haber ofendido a la Corona?

Tampoco entiende la frase «remitir por cordillera». No viene en el diccionario. Sólo se lo puede aclarar alguien del ámbito penitenciario. ¿Cómo es posible que su padre no oyó nunca hablar de esto? ¿Qué leyenda negra ocultaba la vida de la bisabuela? ¿No les habló nunca de su terrible experiencia? ¿A qué tanto tapujo?

Calumniada sí. De eso no cabe duda. Por ello aquel rumor de que había matado a un oficial español, secretismo que escondía el verdadero motivo de su deportación. Aquella no pudo haber sido una mujer cualquiera, sino una de las miles de heroínas anónimas que las guerras se tragaron y que nadie redimió, una entre las miles de abnegadas que borró la Historia, como si no hubiesen existido, como si no mereciesen un monumento o, al menos, una página en los libros. Pocas acompañan hoy los folios inflados de las gestas independentistas que mencionan siempre a las mismas, unas pocas, con títulos de «la esposa del lugarteniente tal», «la madre de fulano», «la compañera de aquel otro». Como Mariana Grajales, vientre de titanes, a la que no se mienta sin que se añada «madre de los Maceo», a pesar de haberse batido como una leona por defender los mismos ideales que alentaron a sus hijos. Mujeres relegadas, ninguneadas, omitidas, borradas, burladas, y, finalmente, sepultadas por el olvido. Desterradas, como Vidalina y tantas otras, hasta de los recuerdos. Víctimas de la desidia, de la pereza, del abandono. Quién quita que con toda intención.

Si lo que promete Zapatero no se le da, Vidalina y su historia compensarán el esfuerzo. La sacará de las tinieblas, de un siglo de amnesia. Un desafío, tan o más arduo que el de adquirir aquella nacionalidad española para ser considerada «persona» en su tierra.

Está en el umbral de su propia historia. Cuánto tiempo vivió su bisabuela como proscrita. Cuándo nació exactamente su hijo Gerardo. Quién fue su padre. Cómo lograron salir del cautiverio y de qué vivieron en semejantes condiciones. Cómo transcurrieron sus días en aquella isla, qué obligó a Vidalina a silenciar su pasado, por qué acataron todos su decisión. ¿Cómo pudo, en fin, vivir sin hablar de lo que fue sin dudas el mayor acontecimiento de su vida?

7

Augusto fue prisionero político. A pesar de su nombre de triunfador es un derrotado. La vida le cambió a los dieciocho años, entrando apenas en la adultez legal. Su familia tenía una fábrica de café en Guanabacoa, una localidad aledaña a La Habana. Tostaban los granos, los molían, se ocupaban de la torrefacción, envasaban el polvo... Al final sacaban al mercado una de las marcas más conocidas del país, un café puro, cultivado en la sierra de Cristal, una maravilla, extinguida, como casi todo lo que un día constituyó la excepcional riqueza de Cuba.

Cuando la Revolución comenzó las confiscaciones, uno de los primeros negocios en irse a la mierda fue la próspera empresa fundada en 1910 por sus abuelos tinerfeños. No todo fue color de rosa en aquellos primeros años de cambios. Augusto, como muchos descontentos, integró una célula de opositores jóvenes que hacían más ruido que daño, y se reunían en calidad de conspiradores en la mansión de unos primos inmensamente ricos, sita en la avenida Primera del reparto Miramar. Tenían grandes planes: sabotear empresas nacionalizadas, poner bombitas caseras, incendiar cañaverales, y cuando les pisaran los talones, cuando estuvieran a punto de agarrarlos, se alzarían en las montañas del Escambray, en donde operaba la guerrilla de la contrarrevolución, radicalmente opuesta al giro de los acontecimientos y al cariz totalitario de una revolución inicialmente democrática y popular. Esas habían sido sus intenciones antes de que la policía allanara el domicilio de Nene del Prado, su primo en segundo grado y compañero de estudios desde los Escolapios de Guanabacoa, hijo mayor del viejo Juliano y nieto de magnates, dueños de centrales y ferrocarriles, una de las grandes fortunas. Gente que subió como la espuma porque sus abuelos habían llegado del norte de España una vez instaurada la República para construir un imperio económico sobre las cenizas de la guerra y sobre los cadáveres de miles de cubanos que entregaron patrimonio, hijos y vida en aras de la independencia. Cuando prendieron a Augusto, en aquella mansión del selecto barrio se hallaba reunida la crema y nata de la burguesía conspiradora que, por primera vez, se interesaba por el destino político de la nación ya que, por primera vez también, veían afectados sus propios intereses.

El castigo por haberse atrevido a desafiar al nuevo poder fue radical. Veinte años de cárcel se dice fácil pero lo difícil sería cumplirlos. Sus padres, entre tanto, se exiliaron y al hermano mayor, alzado meses antes en el Escambray, lo capturaron y lo fusilaron después de un juicio expeditivo, en el foso de los Laureles de la fortaleza habanera de La Cabaña, por orden expresa del Che. Augusto, como muchos presos políticos, cumplió buena parte de su condena. Cuando llevaba quince años confinado en mazmorras dantescas, el gobierno norteamericano de Jimmy Carter quiso suavizar las tensiones históricas con Fidel Castro y, a cambio de una oficina de intereses en La Habana, detrás de la fachada de la embajada suiza, y de que los exiliados de la primera oleada pudieron regresar a la isla, veinte años después, a visitar a sus familiares (algo que llamaron eufemísticamente «viajes de la comunidad en el exterior»), obtuvo la liberación de tres mil seiscientos presos políticos, de los cinco mil que se pudrían en los presidios y galeras cubanas. Augusto tuvo la suerte de encontrarse, tras quince años de cautiverio, en la lista de los liberados en aquel otoño de 1978.

Cuando salió de la prisión villaclareña de Manacas, la última de las catorce cárceles en donde estuvo, no reconoció la ciudad en la que vivió sus primeros dieciocho años. Lo peor no era el cambio físico (un accidente al que cualquiera terminaría por acostumbrarse), lo más dramático, lo que se le hizo intolerable desde que pisó de nuevo sus calles, fue no reconocer a nadie, ni a un solo amigo de infancia, ni siquiera a un pariente por muy lejano que fuera. Para la fecha, sus padres ya habían fallecido en West Palm Beach, estando él preso, de modo que no le quedaba más familia que Nene del Prado, su primo segundo, radicado en la ciudad californiana de San Diego, un hermano de este que vivía en Miami, y la hermana de ambos, con la que siempre estuvo en contacto, pues les permitían cartearse, por ser ella monja y por vivir en una comunidad de su orden, en la ciudad peruana de Arequipa.

Elba conoció a Augusto en 1961 y durante dos años fueron compañeros del Instituto de La Víbora, barriada de clase media o de alta venida a menos después de guerras coloniales, revoluciones anteriores, quiebras económicas y otras vicisitudes, habidas y por haber. Un viejo dicho habanero lo recordaba: «los del Cerro fueron, los del Vedado son, los de Miramar serán, pero los de La Víbora ni fueron, ni son ni serán». Rondaban entonces ambos los dieciséis, edad de los primeros amores y flechazos, y Augusto, además de gustarle a los padres de Elba, por tener maneras de señor, la cabellera de un rubio áureo, pecas, ojos azules y estar bien constituido, como correspondía a muchos descendientes de canarios, era muy educado y eso lo convertía en el candidato ideal para desposar a la hija.

Nadie sospechaba entonces el rejuego que se traía el muchacho, quien no dejaba entrever el odio que le inspiraba el nuevo gobierno. Elba ignoraba sus reuniones, la historia del hermano alzado, los planes fraguados en secreto. La intimidad entre ambos se limitaba a paseítos tomados de la mano por la avenida del Puerto, besos furtivos o *bobos*, robados al filo del atardecer cuando la acompañaba de regreso a casa. Y eso, a pesar de que la Revolución ya estaba acabando con las costumbres de antaño, con la idea de que al matrimonio una mujer honrada debía de llegar virgen, absurdas convenciones de la vieja sociedad, según la nueva jerga. Elba era, en realidad, una chapada a la antigua, y el hombre al que se entregaría tendría que pasar primero, ella de velo blanco, por el altar, o, como mínimo, ante un bufete colectivo. Para Augusto, como para los jóvenes de entonces, el sexo no era otra cosa que un par de horas pagadas por su padre para que se refocilara con una puta de prostíbulo, antes sindicalizadas y luego, con el nuevo orden, ofreciendo discretos servicio a viejos clientes, a expensas de que las descubriera la vigilancia revolucionaria, el peor inquisidor en siglos de aquel llamado lastre moral.

Si los años habían pasado para Elba, si al cabo de cuatro décadas poco de lo que existió antes perduraba, si su vida había tomado nuevos derroteros tras su matrimonio y el nacimiento de sus dos hijos, para Augusto, los años de prisión, la frustración de haber sacrificado los mejores años de su vida por una causa inútil, el dolor de saber que sus viejos habían fallecido sin poder acompañarlos al final de sus vidas, lo habían convertido en un espectro del joven gallardo y fornido que fue, aquel semidiós que susurraba al oído de Elba sus intenciones de comerse el Universo. En una ciudad en que habían cambiado los nombres de todo, el acento de la gente, y hasta las expresiones, su vieja casa le parecía viajar desde otro planeta. Fue entonces que, un mes después de salir de la cárcel, pensó que Elba sería su único asidero.

No necesitó explicaciones, tampoco excusas. De pie ante la puerta de su exnovia en el invierno de 1980, apenas salido de la cárcel, leyó en su mirada la consternación y el pavor que le inspiraba su rostro enjuto, el cráneo despoblado, su cuerpo magro, torturado, apenas comparable con el del buen mozo que un día amó y del que ella nunca supo nada más cuando sus caminos se torcieron. Augusto no pidió explicaciones. Tres lustros en chirona no sólo le pasaron factura a su salud, sino que le curtieron la piel y el alma. Se sentía más que preparado para encarar el fin del mundo sin pestañear. Sonrió resignado, dio media vuelta y se alejó de aquella puerta que tal vez no debió haber tocado. Ni siquiera se sintió decepcionado. De por sí ya era un milagro que Elba viviese todavía en la misma ciudad, y otro que no se hubiese casado, rehecho su vida, y que, en resumidas cuentas, lo estuviese esperando.

Augusto vivió los años de su excarcelación como pudo. Volvió a instalarse en la casona de sus padres, mantenida durante su ausencia por Serafina, la vieja criada al servicio de la familia, y se sentó en una desvencijada mecedora a contemplar desde su portal el estrecho horizonte de La Habana, tan estrecho como el de su vida. Fue entonces que decidió quedarse, gobernase quien gobernase, a cambio de vivir en paz el tiempo que le quedara.

Elba, casada ya, había vivido con Edel una luna de miel inolvidable. Se entregó en cuerpo y alma a su marido, a la arquitectura, a los quehaceres domésticos, al cuidado de sus padres y, luego, de los dos hijos. La imagen del amor juvenil terminó por desvanecerse. Crecieron Liza y Marlon, y un buen día, cuando creía que el edificio que había erigido poseía sólidos cimientos, perdió a su madre, al esposo y, en breve, se largaron los hijos. Fue entonces que comprendió, con infinita tristeza, que aquel rubio con el azul profundo del océano en la mirada, el muchacho que por primera vez la besó cerca del Puerto, era el único hombre de verdad que el destino le puso en el camino, por mucho que las fuerzas diabólicas del Maligno le hubieran confiscado el futuro.

Cuarenta años después de que le arrancaran a Augusto de sus labios, a veintiséis años de aquel invierno en que su fantasma tocó a su puerta, Elba se presentó en el portal de la casona de Guanabacoa, en donde cincuenta y cinco años antes se besaron por última vez. El azul inconfundible de sus ojos, el mismo que ciñe las costas escarpadas al pie del Teide, le dio la bienvenida. El tiempo se había detenido en sus recuerdos felices. Augusto había podido recuperarse, en la medida de lo posible, de los estragos del encierro, integrándose, lo mínimo, a la vida de aquel país extraño, y había diseñado algunos planes, a muy corto plazo, como corresponde siempre a quienes han sufrido un largo cautiverio.

De modo que cuando Elba, acodada a la baranda del portal de su casa, le dijo: «Vengo a ser tu amiga», Augusto, el hombre que había abandonado presunción y orgullo, la invitó a que mecieran juntos el tiempo de sus derrotas y frustraciones hasta que al amanecer, sentados en los balances del primer noviazgo, se habían contado cincuenta y cinco años de ausencias, de pérdidas y desolaciones, de utopías y no pocos quebrantos.

Segunda parte

Holguín
1869 - 1870

1

Vidalina quisiera que la tierra se la tragase. La amedrantan las sombras de las auras tiñosas, esas aves carroñeras que presagian siempre una desgracia. Ha perdido la cuenta del tiempo que llevan sobrevolando la casa y el patio, sus alas extendidas reflejadas en el terraplén, trazando figuras que su madre contempla apoyada en el alféizar de la ventana, intentando descifrarlas.

Siente que la observan desde un punto impreciso. Si baja al río Marañón a lavar la ropa le parece que la vigilan; en el corral, si alimenta a los cerdos, cree sentir la fuerza de unos ojos invisibles espiándola por detrás de los trancos; si se llega a las casillas del mercado, o habla con las negras venduteras, lo mismo. Qué quiere la niña, qué se lleva hoy, qué le da placer, en lo que se regodea, hundiendo suavemente sus dedos en los conos de comino molido, y se pierde entre los puestos, murmullos, aromas, los ojos acechantes siguiéndole los pasos. Las mejores curanderas están en ese mercado, le calman sus ataques de aire con cataplasmas de resina de copal y los dolores reumáticos de Josefa, su madre, con savia de manzanillo y guaguasí. Siente que la espían cuando anda entre las hileras de tenderetes repletos de pócimas y yerbajos. A lo mejor las negras saben quién es, por qué la persigue noche y día. Pero no se atreve a preguntarles. Teme que su misterioso vigilante se entere.

«Mal rayo las parta», maldice Josefa, observando el vuelo de las auras, la vista clavada ahora en la leche a punto de borbotear.

Los tizones de la hornilla crujen, las brasas del infierno con que de niña la amenazaba el padre Calderín deben ser como esos trozos de carbón incandescente que al atizarlos se avivan. El miedo vuelve a apretarle el pecho. Hace días que no tienen noticias de Justiniano. Ni siquiera Joseíto, chispoleto como no hay dos, que lo sabe todo y lo que no, se lo imagina, ha podido averiguar en dónde está. La guerra ha trastornado sus vidas ya trastornadas, y a lo lejos se oyen, cada vez más cerca, las descargas de los fusiles.

Sin Justiniano no podrán hacerle frente a la vida, de la casa es el único hombre capaz de defenderlas. Su padre —si pudiera llamársele así a ese individuo— es un caso perdido. Ni cuando lo de la sequía, los frijoles tan arrugados que Josefa dijo no tener memoria de haber visto nunca una cosecha tan mala, se dignó a socorrerlos. Venía, el muy desgraciado, mientras la madre se mantuvo joven, sus carnes apetitosas, y cuando la vejez prematura le cayó de golpe, desapareció. La mantuvo de querida mientras lució fresca y le hizo, al mismo tiempo que a su legítima esposa, cuatro hijos no reconocidos. Cuando Josefa se convirtió en un manojo de nervios y carnes fláccidas, apocada en las faenas en que una vez deslumbró a todos, en un mero guiñapo, empezó a espaciar sus visitas. Tanto mejor, se decía Vidalina. Y razones le sobraban. La lozanía de sus diecinueve años, el azul intenso de su mirada, la piel de pura porcelana, la cabellera espesa de un negro brillante cubriéndole la espalda hasta la cintura, hacían de ella una de las muchachas casamenteras más lisonjeadas del pueblo. Y los ojos de lobo hambriento de don Octaviano, su padre biológico, se encandilaban al verla, como cuando irrumpió en la sala, durante su última visita, para ofrecerle el café de rigor, que sustituían ahora por guanina desde que empezó la guerra. Café traído a regañadientes, por no contradecir las órdenes de su madre. Si por ella fuera, ¡que el diablo se lo llevase!

Despojados del apellido Ochoa que un siglo antes trajo a la comarca un médico vasco, Vidalina y sus tres hermanos le habían jugado una mala pasada al viejo libidinoso: sólo ellos llevaban la marca indeleble del clan originario de la villa de Oñate, en el señorío de Vizcaya. Justiniano, las dos hermanitas menores y ella, exhibían, en la parte frontal superior de sus cabellos, el lunar de canas distintivo de aquel linaje, que, lejos de afearlos, daba a sus cabelleras la belleza del pelaje azabache de los caballos frisones. Quién iba a dudar que descendían de los auténticos «Ochoas de Axpuru, moño blanco», así apodados desde que el ancestro galeno vino a Holguín a ejercer la cirugía, prosperó y dejó extensa prole en un pueblo que acababa de obtener el título de *villa* y él, el de ministro factor de la Real Renta de Tabacos. Y aunque la Bizca, madre de la prole legítima de don Octaviano, decoloraba los mechones a sus hijos, bastaba con que se diera media vuelta para que el pelo negro les brotara enseguida, acabando con el anhelado efecto del mechón de canas.

«Eres la viva estampa de tu madre cuando la conocí», le había dicho mientras le obsequiaba, por sus dieciocho años recién cumplidos, un hermoso vestido, el único regalo que hasta la fecha le había hecho. Josefa, sospechando el verdadero motivo del inusitado arranque de generosidad por parte del hombre que la había colmado en la cama y arruinado la vida, desvió la vista hacia el fino encaje de los vuelos y palpó el delicado organdí del cuello. «Una fineza», dijo, mientras don Octaviano estudiaba la reacción de ambas con perverso interés y conminaba a la muchacha a sentársele en las piernas, justo del lado en que se le marcaba el sexo, para, aprisionándole con descaro el talle, anunciarle lo que tiempo atrás le hubiera sacado lágrimas y que ahora de poco valía: «A partir de mañana tú y Justiniano llevarán mi apellido. Haré de ustedes unos Ochoa y lo arreglaré ante el notario».

El día en que Vidalina Tamayo supo que se convertiría en Vidalina Ochoa Tamayo tuvo la extraña sensación de haber sido violada por su padre.

2

Pega sus labios a la corteza de los árboles, les susurra secretos. Introduce un clavo en el lugar exacto por donde habló. El secreto debe penetrar en lo más hondo y bajar hasta las raíces que lo enterrarán en donde nadie podrá desentrañarlo. Le murmura sus deseos a los de copas empinadas creyendo que escalarán de hoja en hoja, de rama en rama, hasta los oídos del cielo.

«Salva a Justiniano», le dice al jagüey del patio, «protege mi honradez, haz que brillen de nuevo los ojos de mamá Josefa.»

Pululan los bribones y los taimados, dispuestos siempre a engañar a las muchachas incautas, a tomarlas de queridas, prometiéndoles lo que no cumplirán, perjudicándolas de por vida. No puede decirse que haya en el pueblo muchos hombres que valgan la pena. Sólo podrá encontrar un esposo respetable entre los forasteros. Y así y todo... Los que vienen de lejos no tienen historia y, aunque la tuvieran, la cuentan a su manera, la inventan, dicen lo que no es, se adjudican méritos que ni en sueños. ¿Quién les cree? Las tontas. Mientras no surja un testigo que los desmienta, que revele sus fechorías, seguirán siendo la única opción de las muchachas sin dote. Al llegar a Holguín es como si nacieran de nuevo. ¡Ojalá no le toque uno de esos malandrines!

Las copas se agitan suavemente con la brisa del Atlántico, la que trae los alisios. Sonríe. La felicidad es algo simple, basta una nota ligera, efímera, el tañido del viento. Su súplica va ya camino del cielo, a menos que sea interceptada por una de esas odiosas auras que no han parado de revolotear. El aire mañanero la tonifica, la brisa bate por rachas desde el este.

Hay árboles en los que desconfía. A la ceiba, por ejemplo, no le pediría nada. Ha visto cómo los esclavos depositan, entre sus grandes raíces aéreas, animales muertos, trozos de carne, muñecos desmembrados, flores secas, vasijas con miel, prendas, tiras multicolores, amuletos... Las raíces, de tan altas y fornidas, ocultarían a un hombre macilento. A la ceiba no se le puede hincar ni un clavo; menos, dañar su corteza. Ni siquiera tocarla. Más vale ignorarla. Como si no existiese. Es más, no debería pensar en ella, no vaya a ser cosa que...

El almácigo, en cambio, es otra cosa. A ese sí le cuenta pormenores. Es su árbol protector, lo acaricia, abraza su tronco, sabe que él también la mima. Cuida de sus frutos, los recoge con delicadeza, se los ofrece a los cerdos, está siempre muy atenta al menor indicio de cambio, a los dos momentos del año en que muta la epidermis rugosa de su corteza. Cree que muda su ropaje para preservar mejor sus secretos. Bajo ese almácigo, su hermano Justiniano ensilló su caballo el día en que tomó las de Villadiego. Fue él quien la enseñó a amarlo.

Los campos se han inflamado con la insurrección. La leña escasea porque ya nadie se atreve a ir al monte a cortarla y pocos se aventuran lejos de sus casas. Las patrullas de voluntarios abren fuego contra el que merodee más allá del ejido. Tiene tanto miedo de que corten sus árboles, los que pueblan la bajada al río, que cada mañana se levanta antes de que amanezca y corre a contar sus sombras reflejadas por la luna en las aguas.

No conocía la palabra guerra. Desde que su madre, su abuela y la abuela de su madre recuerdan, no hubo necesidad de empuñar un arma. En esa tierra han sido gobernados por un lejano rey que nunca han visto ni en retratos. No entiende por qué habría que liberarse de su tutela si, a la larga, resulta menos incómodo que los ladinos del ayuntamiento, los dueños y capataces de las parcelas y los arrendadores voraces que les sacan dinero y les quitan parte de las cosechas. ¡Contra esa banda de granujas sí que hubiera valido la pena guerrear! De cualquier modo, tengan razón o no, quien sí no pinta nada en esa lid es Justiniano. Ha oído de boca del coronel de la plaza que su hermano es un infidente. Por lo que pudo colegir a la salida de la iglesia sospecha que son muchos los varones que han abandonado sus hogares convirtiéndose en eso que algunos, con veneración, llaman mambises, y otros, como el coronel, infidentes. Se han sumado a la tropa de un tal Calixto García. No entiende por qué su hermano tuvo que incorporarse a los revoltosos, nombre que les da Josefa.

Infidente, infidente… Retumba en sus oídos la extraña palabra cuando Joseíto, con las orejas siempre pegadas a las paredes, la pronuncia antes que nadie. Decididamente la guerra no escatimará en vocablos desconocidos. Lo mejor es no preguntar qué significan, menos aún a su padre biológico, irritado por haberle dado el apellido a un hijo malagradecido, soberbio, alzado ahora contra la noble España.

«Las guerras son un negocio de ricos», sentencia el tío José Antonio, hermano de Josefa. Los españoles, por qué ponernos contra ellos. Las monjitas del hospital San Juan de Dios le cuentan historias de sus aldeas, la vida de los santos, las gestas de lugares remotos, más allá del gigantesco mar que nunca ha visto. Atienden a los enfermos y, por si fuera poco, fabrican dulces que nadie sabe imitar y, durante las fiestas de la congregación, les regalan deliciosas yemas de Santa Teresa, ricos mazapanes, la mar de chucherías que los locales desconocen. Si hay que hacerles la guerra a los que alivian la pobreza y el desamparo de los enfermos, a los que velan contra truhanes y malhechores, entonces que baje Cristo del Cielo a explicar las razones que alientan a Justiniano y sus compinches.

Ahora, a excepción de algunos familiares, nadie los visita. Pagan justos por pecadores y hasta los primos que nada tienen que ver son considerados infidentes. Joseíto, que entraba antes por la puerta delantera, lo hace desde hace un tiempo por el fondo, por donde picotean las gallinas cerca de las tinajas, camuflándose entre las altas hierbas de Guinea que invaden la punta de malangas que Justiniano, al largarse, dejó que se malograran. Fue Joseíto quien oyó decir al jefe de la plaza que extirpará a punta de cañón el foco sedicioso. Quizás el cura les explique lo que significa «infidente», ya que por respeto no se atreve a preguntárselo al maestro Tamayo.

«¡Aquí nadie sabe dónde está parado!», vocifera el tío.

Ninguna de las dos sabe escribir. Ella lee un poco, con lentitud. Josefa, nada. El tío les cuenta lo que trae *La Estrella de Cuba*, un libelo, tipo pasquín, con noticias del bando insurrecto que imprimen en donde Abraham Portuondo tuvo montada una imprenta, mucho antes de que el gobernador la desmantelara y sometiera a juicio al propietario y sus acólitos, que terminaron de cara al paredón. Josefa mira con desconfianza la hoja que le mancha de negro las yemas de sus dedos al tocarla. Le teme a esas letras que explican la razón de la ausencia de su hijo.

Todo parece indicar que la cosa está candente en Bayamo, de donde vienen los abuelos de Josefa por madre y padre. Han incendiado la ciudad antes de entregarla a los peninsulares, lo dice el volante que contemplan embobecidas, sin atreverse a volver a tocarlo por miedo a que se les pegue la fiebre de semejante locura. Un tal Donato Mármol, el cabecilla, al ver que no se podría contener el avance del ejército español, dio la orden de la quema, pidiendo que comenzase por la casa de su propia madre. A Vidalina le gusta cada vez menos esta causa.

«¡Hasta que en una de esas les partan los cojones!», dijo el tío doblando la hoja y colocándola debajo del tapetico de fibras que protege la mesita, antes de apurar su café, colocar la jícara vacía en el mismo sitio y despedirse.

«¡Jesús, María y José!», fue lo único que atinó a decir Josefa pensando en los parientes que le quedaban en la villa incendiada, la de sus abuelos Manuel de León y Juana de Arévalo, santos protectores que mencionaba cuando algo se torcía. Y nadie se dio cuenta de que al marcharse José Antonio dejaba por descuido, en la mesita de sala, el comprometedor volante.

3

A Joseíto le hubiera gustado irse con Justiniano a la
guerra. Ni en juegos se lo confesaría a Vidalina. Si no fuera cojo —y un cojo en la guerra sería un estorbo— se
hubiera incorporado a la tropa de Donato Mármol, por
muy ambicioso o hijo de puta que sea el caudillo, según
ha oído decir. A veces duda si su defecto físico es la razón
que lo retiene. Ama secretamente a su amiga, aunque sabe que nunca podrá aspirar a ella. Es la muchacha más
tierna y dulce que conoce. Acaricia las hojas sedosas de la
guanina, con las que se fabrican remedios contra los pará-
sitos, e imagina que toca su cabellera sedosa. Han crecido
juntos, aunque vivan en orillas opuestas del Marañón. Ni
cuenta se ha dado de en qué momento se hicieron hombre y mujer, cuándo quedaron atrás las complicidades y
diabluras de niños.

La ausencia de Justiniano lo ha puesto todo de patas
para arriba. Vidalina ha tenido que remover la tierra para
que no se pierda lo poco que les da. El esfuerzo, al que no
está acostumbrada, hace que parezca más descuidada sin
que por ello luzca desaliñada. El gesto con que arranca,
guataca en mano, la gleba que desbarata a golpe de azada,
deja su entreseno al descubierto. Joseíto la ayuda a salvar

las plantitas asfixiadas, la observa y se santigua sin que se dé cuenta. Evita que su vista se pose en la parte del cuerpo de su amiga en que quisiera cobijarse. Su amor se disimula bajo espesas capas de amistad y nada podrá sacarlo de su escondrijo porque un negro como él, por mucho que se haya diluido en un abuelo blanco y por mucho que sus ancestros se ganasen la libertad luchando a brazo partido contra los ingleses, no puede aspirar a una blanca, por poco que don Octaviano la haya reconocido, por muy venidos a menos que sean los Tamayo de su línea, y todo ese lío de rasgos y colores. A los de su condición les toca una liberta, a lo sumo una blanca sucia, como llaman a las meretrices, mujeres descarriadas que viven a la salida del pueblo, camino de Cacocum.

Un día se ocupará de ajustarle las cuentas al grosero de don Octaviano, quien, por mucho apellido que le haya dado a la niña, no le quita los ojos a esos mismos pezones que se insinúan por debajo de la camisa entripada. Huérfano y sin más responsabilidad que la de su propia supervivencia, poco tiene que perder si arrostra a ese viejo baboso por muy poderoso que sea. Tendrá que vérselas con él. ¡Ya verá el muy cabrón cómo lo dejará listo para un viaje a cinco varas bajo tierra!

No hay sobras de comida para sancocho y los chanchos se alimentan mal. Que les falte la manteca enoja más a Josefa que otra cosa. Ni con dinero, que tampoco tienen mucho, se puede remediar la carencia. Joseíto lo sabe y por eso, porque nadie como él se desvive por ellas, se ha arriesgado a robar una bangaña de la preciada grasa en el almacén de los Rondán. Si lo atrapan, con los tiempos como están, lo cuelgan del mismo júcaro que crece en el patio de la casona del poderoso comerciante. De la alegría, sin ni siquiera preguntarle de dónde ha sacado ese tesoro, Vidalina le planta un sonado beso que le roza los labios, obligándolo a sentarse en el escalón que separa a la cocina del patio para disimular la súbita erección que le provoca el gesto inesperado de su amiga.

«Ser pobre tiene la ventaja de no tener que cobrarle deudas a nadie», suelta la tía Antonia, hermana de Josefa, que apenas se ausenta Joseíto franquea el umbral de la casa.

La doña sólo viene a emponzoñarles el día. Siempre ha tenido algo en contra de su hermana y mucho le ha restregado en la cara que ella sí supo encauzar su vida cuando escogió a un hombre de bien, un Vidaburrú, de la encumbrada familia de letrados santiagueros, un esposo que la complace en todo, que la puso a vivir como a una marquesa. Cada vez que puede ofrece detalles de las maravillas que su suegra le manda desde Santiago, pero se cuida de mencionar que su honorable marido visita, con más frecuencia de la debida, el barrio de meretrices camino de Cacocum, y ello, porque, marquesa y todo, no fue capaz de darle un hijo a pesar de haberlo intentado durante más de veinte años. Antonia cela el vientre fértil de su hermana y el propio Joseíto les ha contado que la oyó suspirar hondo en el Mercado y exclamar, delante de las negras venduteras, que Dios le daba barba a quien no tenía quijada, sobre todo a las mujeres que sin marido oficial parían más que una coneja.

Josefa no da importancia a los arranques de celos de su hermana. Sigue dándole vueltas a las agujas de cerdo que cuece en un caldero hondo, y las rocía con un menjunje de agua caliente, ají cachucha y ajos tiernos que diluye antes en una jícara. Mira con pena el recipiente rebosante con los pedazos de carne magra de los que podrá sacar poca grasa. Algo le hace presentir que Justiniano no va a tardar en venir, en cuanto las partidas se cansen de rastrear los campos. Si su hijo regresa le dará de las agujas, también miel de los panales que Joseíto saca de los farallones y hasta un poco de andullo, un plato que levanta a un muerto, rebosante de cuanta vianda aparezca, de papas, calabazas, ñames, plátanos bungos, de todo. «¡Si las cosas volvieran a ser como antes!», suspira.

Vidalina se propone ir a la misa de las tres, que es cuando medio pueblo duerme y quien no lo hace, se retira al campo a terminar el laboreo. Alguien debe explicarle qué quiere decir infidente. En lo que se acicala, su madre vela las agujas y la tía repasa los rincones de la cocina, fingiendo que la descubre por vez primera, a pesar de haber nacido, como todos, bajo ese mismo techo. Le intriga de dónde han sacado manteca, pero no se atreve a preguntar porque sabe que le temen por lengüilarga.

«Me han dicho que los mambises esos lo que comen es mabinga», se refiere a un tipo de tasajo de carne vieja y reseca, lo mismo de chivo, que de toro, vaca, venado o de cualquier cuadrúpedo comestible o en estado de carroña. «Mientras no coman grulla», responde Josefa como si hablara para sus adentros. «Lo acompañan con caldo de hojas de col hervidas en leche de coco y cuando quieren entretener al estómago beben un caldo de agua caliente con ají guaguao, el que más pica.» Y a Antonia se le escapa una mueca de sólo imaginar el sabor.

Los hacendados son implacables con los insurgentes. Disparan a tutiplén contra el que allane sus predios, venga o no a robarles el ganado. Acostumbrados a un orden imperturbable, prefieren acatar el decreto de un capitán general desde su lejano palacio de La Habana que sacrificar la paz que garantiza el bienestar económico de todos. Además, todavía tienen fresca la lección dada a Leyte Vidal, un rico terrateniente con las tierras más fértiles de Mayarí, que terminó de cara al paredón, su hacienda en ruinas, la máquina de presión con que fabricaba las balas clandestinas que escondía en un trapiche, dinamitada, y eso por dárselas de conspirador. Lo llevaron directo al paredón, sin capilla ni asistencia espiritual.

Los insurgentes también juegan al ratón y al gato con las batidas. Los campesinos no se atreven a mover un dedo por miedo a que les confundan con un desafecto. Un desembarco de armas y municiones, el del *Perrit*, fue descubierto. Por eso el cuartel ha estado en plena ebullición y delante de la casa desfilan hasta tres veces al día los hombres de la compañía de voluntarios de Guías de Madrid, la mayoría bisoños, que exhiben, orgullosos, su uniforme de pantalones blancos, camisa rayada y sombrero de jipijapa con escarapela encarnada.

Antonia es una metralleta hablando. Todo eso ha dicho desde que entró en la cocina, tal vez para acrecentarles el miedo. La conocen y saben que ha contado mentalmente los pedazos de aguja de cerdo del caldero mientras hablaba sin parar.

4

Ana María tuvo mejor suerte.

«Fue la única clarividente», dice Josefa extendiendo al maestro Tamayo la carta de la hermana de don Octaviano. «La ocasión se la pintaron calva. ¡E hizo muy bien!»

Vive en Occidente, en el pueblo de Cárdenas, a orillas de una hermosa bahía, no lejos de una playa de arenas tan finas que sus granos se cuelan entre los dedos por mucha presión que se haga. Es la única de los hermanos del viejo lobo que siempre los quiso. Se casó con un Zayas, gente bien situada que siempre supo salir a flote. Tíana, como la llaman los sobrinos, insistió mucho en que se mudaran con ella. Y si no lo hicieron fue por culpa de Josefa, por creer que el cobarde de don Octaviano vendría a vivir con ellos después de repudiar a su esposa. Cárdenas es la primera ilusión perdida de Vidalina, el sueño que se desvaneció antes de realizarse, una lucecita cada vez más lejana en el firmamento.

El caso es que ni el zumbido de una mosca pasa inadvertido en un sitio de poco más de nueve mil almas. Las cartas van de mano en mano, del administrador de Correos hacia el número 68 de la calle de San Miguel, la

Tenencia de Gobierno, y continúan hasta el cuartelillo de San Ildefonso, en donde reina Matías, el odioso comisario general de policía. Cuando el maestro Tamayo despliega la hoja para leer en voz alta, sentados los tres en la plaza de Armas bajo la sombra de los jagüeyes, el contenido ya lo conoce medio cuartel. Por eso Tíana se mide en lo que escribe. Las palabras guerra, desafecto, conspiración, insurrección, rebelde, manigua, trocha..., quedan descartadas. La misiva comienza con loas a la reina Isabel II, y cómo La Gloriosa cambió el giro de Madrid, también alaba al gobierno de Prim y la regencia de Serrano. El profesor conoce al dedillo el tablero político de España y acota detalles que las dos desconocen. Vidalina mira, de vez en cuando, en dirección de los soportales con la esperanza de que aparezca Joseíto. Está preocupada porque desde hace dos días que su amigo no las visita.

El maestro es abolicionista. Combate secretamente la esclavitud desde que pasó por Holguín el cura catalán Antonio María Claret y Clará, antes de que lo nombraran arzobispo de Santiago de Cuba. En su réplica se había atrevido a criticar el oro negro de la isla, sólido pilar de sus grandes fortunas. Nacido en Sallent, descendía de una casta de comerciantes y había auxiliado a su padre en el telar familiar durante su juventud, antes de ingresar como estudiante en la Llotja de Barcelona. Y aunque había renunciado, al entrar en el seminario de Vich, a un prometedor futuro de industrial, sabía, por la educación recibida en materia de negocios, que no existía mayor freno para el desarrollo que el avasallamiento de los hombres. Humanismo y mercantilismo iban a la par en su ideario. Sus denuncias, ante los ojos del poder colonial, resultaban extremadamente perniciosas.

El maestro les cuenta de su primer y único sermón desde el púlpito de la iglesia del pueblo, una homilía que defendía a voz en cuello a los esclavos. La nave estaba abarrotada, un semicírculo de feligreses para los que no hubo cupo se agolpaba frente al atrio. Las primeras frases del *Éxodo* resonaron en el templo: «Los egipcios esclavizaron brutalmente a los israelitas», seguidas del episodio en que Jesús cura a distancia al criado de un centurión romano al entrar en Cafarnaún. «Y el hijo de Dios no tuvo a menos en curar a un esclavo extranjero ni el centurión en apiadarse de la suerte de su siervo, y ese es el trato que prueba hasta qué punto los esclavos son parte de nuestra familia y no simples animales de carga...»

Josefa lo escucha atónita. No se atreve a contradecirlo por lo mucho que lo respeta y admira. Quisiera, eso sí, que le explicara quién va a trabajar el azúcar en los cachimbos y el tabaco en las vegas, si un día quedara abolida la esclavitud.

Aunque absortos en estas evocaciones, madre e hija se han percatado de la mirada torva que Matías, el testaferro del alcalde, les lanza desde los soportales. Es peor que un perro perdiguero capaz de localizar por puro instinto a su presa. A Vidalina no le gusta nada la mirada que les ha echado el hombre más temido en cien kilómetros a la redonda.

5

❦

Pomponio entra y sale sin hacer ruido. Aprendió a ser sigiloso cuando Digna y Valentina, las mellizas, eran párvulas. Por mucho que cierren, encuentra siempre por dónde escurrirse. La casa es resistente aunque haya perdido parte de la techumbre de tejas. Nunca les sobró el dinero para reponerla, más bien luce remendada con guano de manaca y algunas paletas atadas a la cubierta de yaya que, de todas las palmas, es la que da mejor cobija, ya que sus hojas no se prenden en caso de incendio.

Se estremece, a esas altas horas de la noche, por el ruido, un trastabillar de enseres que llega desde el cobertizo en donde guardan los aperos de labranza, y se pregunta si no será algún herido que busca auxilio o, simplemente, alguien que intenta escapar de las batidas que dan los pericos, que es como llaman a los voluntarios de España por portar unos uniformes chillones similares en colorido al del plumaje de esas aves parlanchinas. Josefa está en el quinto sueño en la pieza contigua; las hermanitas, con quienes comparte aposento, duermen plácidamente. La respiración siempre agitada de Digna y el leve ronquido de Valentina la tranquilizan. En cuanto a Pomponio, ni cuando las gatas están en celo haría semejante ruido. Los vecinos más cercanos, apodados los Pombos porque son rubios y en esa parte de Cuba a un rubio se le dice así, tampoco. Son gente medio rara que se autoproclama descendiente de unos franceses de Marsella que trataron de hacer fortuna y sólo lograron incrementar el hambre que traían y, con ella, la exagerada prole. De los Pombos, siente especial cariño por Margarita Sablón, casi una mujercita ya a pesar de sus escasos diez años. Siempre sonriente, sus ojos de verde claro y las pecas salpicándole las mejillas.

El inefable Matías le tiene el ojo echado a Margarita. «Si sus vecinos no fueran tan huraños, resabiosos», dice Joseíto, «le sugeriría al padre que nunca la dejara ir sola al río.» Matías es un hombrote contra el que una jovenzuela no podría batirse. No lo sabrá Vidalina mejor que nadie tras quien anduvo ya, hace años, merodeando, vigilándola cada vez que llevaba la ropa al Marañón. En aquel entonces, cuando frisaba los catorce y no era todavía la mujer hecha y derecha que es ahora, mientras daba puños y restregaba las sábanas en la piedra de lavar, el muy cabrón, con el pretexto de protegerla de los mataperros de por ahí, decía, que nadie sabe de dónde vienen, ni con qué intenciones, se le sentaba cerca. «Porque una niña linda y pura despierta siempre malas ideas, y para eso está aquí el bueno de Matías, para cortarle el brazo al que se atreva a ponerte un dedo encima.»

Lo que no sabía el muy zángano era que los árboles, *sus* árboles, la protegían. En la ribera crecía frondoso el sabicú cuya sombra era el alivio del lavado, y por eso se ponía al amparo de sus vastas ramas, en lo que el chivato del comisario se le acercaba más y más, a medida que prolongaba sus inoportunas visitas. Al principio se conformaba con babearse de lujuria y guardaba, mínimo, doce varas entre ambos. Pero fue achicando la distancia y, en la medida en que la reducía, por cada pie ganado, so pretexto del sol abrasador, se abría un nuevo botón de la camisa. Su rostro era la pura expresión de la impudicia y debajo asomaba toda la bajeza del mundo. Con el rabillo del ojo, la cara mojada por el sudor, Vidalina no lo perdía de vista, calculando que aquella montaña de músculos, los brazos y el velludo pecho hinchados, el sexo desmesurado abultándole descaradamente el muslo derecho debajo de la tela, dispuesto a partirla en dos, podían venírseles encima si pestañeaba.

Si no concilia el sueño, si el cuerpazo amenazante de Matías, la ausencia de Justiniano, la indefensión de la pobre Margarita…, tantos recuerdos, se agolpan en su mente a la hora de dormir, seguro que es por culpa del padre Antonio Llavero, por haberla mirado con tanta insistencia, y hasta con reproche, mientras amonestaba a las muchachas que, habiendo pasado la etapa de la menarquia, andaban en malos pasos llevando y trayendo recaditos de revoltosos, avituallándolos, ofreciéndoles medicinas. Tal vez no debió preguntarle qué significaba la palabra infidente. A ella nunca le había gustado el nuevo párroco, tan diferente del que tenían antes.

El pueblo sigue en estado de alerta desde que una banda de locos sitiaron por treinta y siete días a los integristas acuartelados en la casona de Francisco Rondán, la mejor de todas, casi un palacio, con gigantesco patio interior, torre mirador, amplios dormitorios, corredores, salas y saletas, pisos de madera dura, siete balcones, escaleras con pasamanos de hierro forjado, vanos, puertas a la francesa y hasta un gran pozo que la provee de saludable agua. Una casona que costó sus buenos cien mil pesos oro y en donde se atrincheró la guarnición española, con víveres y municiones, dispuesta a resistir. Decenas de tiros de granada, disparos de carabina, gritos aterradores… Así vivieron, en vilo, durante un mes. Nadie se asomaba a las ventanas y hasta que los jefes contrincantes no se sentaron en sendas hamacas, en el centro de la plaza, para firmar la paz, el pueblo no recobró su pulso natural.

Por las noches suceden cosas extrañas. Cuando los menguados jardines, en los que hacen gala los jazmines en flor, se convierten en pasto de las sombras, cuando la desdicha de los hombres o el vicio se ahogan en el ron barato que beben los asiduos a los cuartones de las mujeres de mala vida en el feudo donde reina la lujuria, el pueblo cambia de rostro. La noche brota por detrás de los cerros y toda mujer que se respete se encierra a cal y canto. La oscuridad es la amante furtiva de los hombres que ya no son felices con sus esposas o de los jóvenes que deben instruirse en el arte de volverse machos. Si no fuera por Joseíto que le cuenta esas cosas no se enteraría de nada. La noche para las mujeres de su familia no ha existido nunca.

Por si fuera poco, con el sermón del cura y las miradas torvas de Matías, uno de esos bicharracos del infortunio cayó en la tinaja grande. Ahogado lo sacó del agua y con él su plumerío negro. Tuvo que dar balde a las paredes de barro del recipiente, cepillarlo a todo pulmón hasta arrancar el mal olor y ahuyentar los malos espíritus que traen cruz y muerte al que se beba el agua. Josefa dijo que antes de caer, el aura la miró de hito en hito como si le desnudara el alma, y si no fuera porque no quiere juegos con ese animal, le hubiera dado matarile con el viejo escopetón que esconde detrás del guardacomidas. Del mal presagio no las librará nadie.

Vuelve a pegar el oído al silencio de la noche. Le parece escuchar el silbido de Justiniano que imita de maravillas el trinar agudo del senserenico. De niño pasaba horas estudiando el canto de los pájaros. Un día don Octaviano le regaló una pareja de sinsontes y lo conminó a que la atendiera prometiéndole que lo llevaría a ver el mar si lograba que los pájaros se aparearan y procrearan en cautiverio. Justiniano anduvo cabizbajo todo una semana. Se acercaba a la jaula sólo para alimentarlos y cuando Josefa le preguntó si ya había pensado en cómo ponerles, le respondió que con «sinsonte» bastaba. Por ser libres al nacer y morir, las aves podían prescindir de los nombres.

«A diferencia de los hombres, los animales andan sueltos por el mundo y no tienen más nombre que el de su especie. Sólo enjaulados llevan, como grillete, el que les da el amo.»

Madre e hija se quedaron largo rato pensativas. Justiniano no era de mucho hablar, pero lo poco que decía solía tener sentido. Fue entonces que les contó la leyenda de un ave que poblaba otras tierras, tal y como se la había escuchado a un jornalero que trabajó por un tiempo en los pastos ralos del ejido. Era la del pájaro hueco, similar a una garza gris, cuyo sonido predecía la muerte en la casa que al graznar sobrevolase. La gente de la zona en que habitaba lanzaba improperios que espantaban la mala suerte y deshacían el sortilegio de su patético augurio. Por eso, los que moraban cerca del río empezaron a velar por que no se reprodujeran en su lecho lombrices, cangrejos y moluscos, lo único que comía indeseable animal. Así fue como los habitantes se pusieron de acuerdo para vaciar aquellas aguas de todo lo que servía de manjar al pájaro y, sin que se dieran cuenta, al aniquilar la vida en su curso, se fueron muriendo lentamente los bejucos, las lianas y las plantas en sus márgenes. Cuando entendieron que con el fin del río las cosechas menguaban y las lluvias se espaciaban, el hambre empezaba a llevarse a los más débiles, y al final hasta a los más robustos. Ya era demasiado tarde para dar marcha atrás. Imposible repoblar los remansos casi secos, el caudal antes impetuoso. Dicen que los últimos sobrevivientes de aquel desgraciado pueblo estaban tan desnutridos que no lograban moverse de donde quedaron postrados. Gemir, lamentarse, pedir al pájaro hueco que regresara, sólo tenían fuerzas para ello. Y para implorarle que volviera a sobrevolar los techos de sus casas, emitiendo su graznido terrorífico y liberador, lo único que pondría fin al suplicio de sus vidas.

Justiniano soltó a los sinsontes. Cuando don Octaviano le preguntó si había conseguido que se aparearan, le respondió que prefería verlos libres que conocer el mar. Y antes de darse media vuelta, mascullando algo ininteligible, el viejo lo fulminó con la mirada.

El día en que el hijo de puta de Matías se arrimó tanto a Vidalina que apenas la separaban de él dos varas, cuando su respiración era un agitado jadeo y podía, estirando el brazo, cercarla por el talle, una tortuguita que salió de debajo de una laja le salvó la vida. La atención del hombrote se distrajo por el inofensivo animal, tal vez por alguna superstición, de modo que tuvo tiempo de escurrírsele. Sin perder un segundo, se incorporó, tiró la canasta de ropa lavada y echó a correr hasta el trillo que subía al sembradío. Sintió que la perseguía un sabueso hambriento, dispuesto a no dejar escapar a su presa, a echársele encima y derribarla en nada. Daba grandes zancadas que en breve le darían alcance, mientras se debatía contra las espinas de los arbustos que se quebraban en la carrera cuando se enganchaban en ellos sus enaguas. Sin detenerse apartaba las hojas largas de las cañas bravas que como cuchillas al viento le herían las mejillas. Y al pasar por el recodo del más enhiesto y fornido de los sabicúes, cuando unas brazadas más y ¡zas! aquel monstruo libidinoso lograría atraparla, se desprendió desde las copas del árbol que idolatraba, un enorme gajo, un amasijo de ramas y hojas, que no sólo le cortó el paso al perseguidor, sino que hubo de golpearlo muy fuerte, a juzgar por las imprecaciones y quejidos que oyó a sus espaldas mientras seguía desbocada en busca del amparo de su casa.

Una mano, como un bozal, le cubre la boca. La presión le impide gritar. Se debate contra esa fuerza colosal. Siente en un costado de su cara el cálido vaho de un aliento familiar. Una voz afilada como la cuchilla de un arado la obliga a detener el forcejeo. Hay una inflexión de resquemor en el tono.

«Soy Justiniano. No grites. No quiero que se despierten las mellizas.»

6

Joseíto tuvo la suerte de nacer libre. Viene de una casta de libertos. Su bisabuelo se ganó la libertad luchando contra los ingleses, un siglo antes, cuando penetraron por el río Cacoyuguín con la pretensión de fundar una colonia en la costa norte del departamento. Le gustaba repetir la historia y no disimulaba su orgullo al saberse descendiente de alguien que combatió junto al ilustre capitán Pedro Batista-Bello Garcés, muerto por un disparo de arcabuz en la mejilla durante la refriega. Apostado como tigre que olfatea a su presa, en la cocina de los Rondán, espera a que la vía quede despejada para sustraer de su bien provista despensa algo de víveres, valiéndose de la misma argucia con que había robado la manteca días atrás. Si los dueños no fueran tan necios, si no se hubieran puesto de parte de los rayadillos, defendiendo a capa y espada a la Madre Patria, tal vez sentiría remordimientos por tan reprobable acto, pero el viejo Rondán era un cabrón y hurtar en su guarida lo hace estremecerse de placer, sobre todo porque su esposa, una cubana criolla rellolla e igual de ambiciosa y mentecata que él, cuenta hasta los granos de arroz que conserva en una alacena.

La casona es lujosa, sus muebles son de calidad, las

vitrinas exhiben vasos de porcelanas y cristales finos que pueden verse desde afuera, a través de los ventanales enrejados que dan a la plaza. Viven encastillados y sólo las personas distinguidas y los domésticos de servicio pueden penetrar en sus salones. Los días de retreta dan un sarao, no tanto porque deseen competir con la fiesta pública, sino porque la señora Juana de la Cruz se empeña en fomentar una sociedad exclusiva en un pueblo donde los más pudientes prefieren bailotear espontáneamente con los negros al aire libre que andar de postín y copete con la pujada élite que imita las danzas francesas. Dicen que Rondán, apodado el Manco de Auras, por ser dueño de una hacienda en ese sitio y por faltarle una mano que había perdido en una apuesta con los negreros, no visita ya las tierras de donde saca los bocoyes de azúcar mascabado y las mieles con los que lucra. Allá se la tiene jurada el padre de una joven que violó, pero como es muy amigo del juez del distrito y del jefe de la Guardia Rural, los tiene, como buen rey feudatario, sobornados. Era su costumbre aprovecharse impunemente de las muchachas del caserío, a las que jamoneaba sin más consecuencia que el lloriqueo y el silencio de sus familiares. Pero Rosaura, la última que ultrajó, se lo contó a todo el mundo y el padre por salvar su honor le puso querella al viejo. De papel en papel, de firma en firma, los leguleyos pelotearon el caso, dando tiempo a que cayera en el olvido. No contaban, sin embargo, con la obstinación del padre, que, con el machete desenfundado, se plantó delante del cuartelillo y, para que lo oyera todo quisqui, vociferó que desgüevaría al cabrón del Manco si se atrevía a poner sus pies otra vez en Auras.

Permanece escondido detrás del portón de la cocina, exactamente entre la hoja que abre hacia dentro y la gran alacena. En el mueble macizo, de repisas pringadas y pesadas puertas, se guardan los alimentos que no soportan el calor. Unas ingeniosas rejillas a cada lado garantizan que el aire circule, pues expulsan los olores mezclados de salchichones, chorizos, cecinas, barras de jalea de membrillo cristalizado y otras delicias que como buen mediterráneo el Manco reclama en su mesa. El aroma de los quesos de cabra, los embutidos, el azafrán, la canela, los clavos y la nuez moscada le ponen las tripas de concierto. ¡Qué banquete le espera a él y a sus amigas!

El ajetreo de los sirvientes es incesante. A Juana de la Cruz le gusta que los criados estén en constante agitación. «¡Una casa que se respete es un barco en plena faena, en la suya nadie se da el lujo del ocio, pues siempre hay algo por terminar o empezar!» «¡La madre que la parió a la muy degenerada!», dice para sus adentros Joseíto que la oye desde su rincón dar órdenes, la voz como un látigo chasqueando en el aire.

Un leve empujón a la puerta de la alacena no ha sido suficiente. La madera es muy pesada, tendrá que sacar todo el cuerpo si quiere llenar su jolongo con los condumios. Lo de menos es abrir las hojas, lo difícil es controlar los nervios, sobre todo porque no existe peor enemigo que una criada mal pagada o un esclavo maltratado que cree ganar el perdón del amo lamiéndole las botas. Ya tiene una hoja entornada, pero las bisagras rechinan por falta de aceite. Tendrá que abrirla de un tirón. El ruido se acrecienta cuando lo hace de a poquito.

«¡Mil veces la cierro y mil aparece abierta!», la voz que resuena en la cocina es la de la ogresa. Ha pasado como una flecha, en dirección del patio, empujando la puerta entornada.

Las damas criollas raramente entran en los espacios reservados a los domésticos; la señora de Rondán es una excepción. Además, piensa Joseíto, esta no es dama ni nada que se le parezca, una desvergonzada sí, viviendo como vivía amancebada con el Manco hasta que logró que la desposara. Por eso inhala polvos de rapé, una costumbre indigna para una señora de verdad.

«¡Un día la pondré bajo llave, a ver si así también la dejarán abierta, partida de inútiles!», grita dando otro tirón a la puerta. A Joseíto sólo le da tiempo a esconderse, el corazón latiéndole tan fuerte que cree que las campanas de la iglesia cuando tocan a rebato se oyen menos que su pecho. Reza. ¡Que no le dé, virgencita del Rosario, por cerrar el portón del patio! Pero la doña tiene prisa. El cura va a sermonear a los que coquetean con los independentistas, los mismos que se atrevieron a bombardear su fortaleza inexpugnable, y ella, Juana de la Cruz y de la Cruz, se sentará en el primer banco y dará a entender que hasta el último céntimo de su bolsa piensa destinarlo a la causa de España.

Se encoge en el espacio, quisiera fundirse en las paredes de cal. Sabe que si lo descubren pagará por todos los robos anteriores. Y aunque pruebe con coartadas perfectas que no es responsable, con las ganas que le tiene el hijo de puta de Matías, se convertirá en el chivo expiatorio perfecto para que el testaferro descargue toda su rabia.

Juana de la Cruz debe haber salido ya. Oye al cochero fustigar al caballo y la volanta de grandes ruedas crujir sobre la única calle adoquinada del pueblo. La iglesia queda a una cuadra pero, desde que es rica, se niega a poner los pies en el barro. Nunca le ha gustado el fanatismo de esa mujer, capaz de levantar con su dinero el campanario que un temblor de tierra derrumbó. La ha visto, además, como una poseída durante la quema del Judas, el pelele colgando del palo, quemándose lentamente, acribillado luego a tiros de fusilería durante la Pascua de Resurrección, y ella dando más porrazos que nadie en las partes del muñeco de lona y paja que el fuego no logró consumir.

La cocina ha quedado despejada. Las criadas holgazanean aprovechando que la dueña ha salido. ¡La zurra que van a recibir cuando se descubra el hurto! Las pobres, siempre pagan los platos rotos, hasta cuando el Manco se va de correrías y Juana se pone que ni un basilisco, no tanto porque el marido se solace con las putas, sino por lo que calcula que debe costarle la que llaman la Culona, una francesa que lo tiene cogidito por el pipi y cuya madre era ya una famosa ramera de Port-de-Paix.

Ha ido llenando el saco con los tesoros. Dos tarros de mantequilla, una botella con miel, otra con mermelada de guayaba todavía tibia, de olor penetrante que empalaga y embriaga los sentidos. Echa mano de unos cuantos embutidos, de un pedazo respetable de cecina, un poco de tinta de café convertido en «cosita prieta», una melaza que da un gusto delicioso a la leche. Vacila en agarrar una ristra de ajos tiernos que cuelga de un cáñamo y desiste porque al desbordarse podría delatarlo.

El pueblo se aletarga, las calles están desiertas a esa hora, el que no echa una siesta va a oír el sermoneo del cura. Conoce de memoria las tapias que separan las casas, cómo volverse invisible brincando de patio en patio, cruzando raudo las manzanas, escurriéndose entre dos viviendas por atajos y pasillos en los que correteaba de niño. Es el mejor momento, pues de noche los hombres abandonan sus hogares y los perros ladran al menor ruido.

Salta la tapia que separa la casa de don Diego de Ávila Delmonte del patio de los Nápoles. En cuanto entre en el solar de Luis de la Torre podrá cantar victoria. De ese lado sólo viven jornaleros que no regresan de las huertas hasta que anochece. Está a punto de entrar en los predios del ejido cuando una sombra a la par de la suya se refleja en el terraplén. Se voltea rápido. No le da tiempo a ver el rostro desfigurado por la ira, ni la mueca de placer del odioso Matías que se abalanza sobre él, cortándole el paso, abracándolo con una llave maestra.

«¡Así te quería agarrar, coño! ¡Con la masa en la mano, so negritillo asqueroso!», ruge resentido, vomitando lo mucho que lo detesta. Joseíto trata de zafarse. El bulto cae al suelo desparramando su contenido, mientras el hombrote lo ciñe por el abdomen levantándolo en peso y clavándole su mirada de desmesurada animadversión.

«Me las vas a pagar toditas. A ver si te van a quedar ganas de seguir cuidando a la niñita del río, negro sucio, negro lisiado, negro de mierda.»

Desde el profundo légamo de su ser emerge, dominante e impetuoso, el odio acumulado por las vejaciones. Aquilata las posibilidades que tiene de desasirse. Sabe que para él no habrá un árbol ni tampoco un milagro que lo saque del mal lance.

7

Antonia no le ha quitado los ojos al caldero en donde las agujas nadan en un sofrito a base de comino, ají y culantro que nadie más que Josefa sabe hacer. Cuenta con disimulo las piezas, las recuenta. Por muchas que se hayan comido sabe que no pueden faltar tantas. La sobrina la observa con el rabillo del ojo y la hermana, impertérrita, continúa dando estropajo a la paila en la que hace una hora, antes de su llegada, puso unos coquitos rallados a refrescar.

«El dulce preferido de Justiniano», dice Antonia y las dos dan un respingo. «¿Acaso lo esperan?»

No tiene a menos en mencionar la soga en casa del ahorcado, por mucho que sepa cuánto sufren las madres que tienen a sus hijos alzados. Hundir el dedo en donde más duele es su especialidad.

«Hijos antes de casamiento traen grandes sufrimientos», remata con uno de sus refranes predilectos.

Si se enterase de la visita nocturna del sobrino, medio pueblo sería informado en menos de lo que canta un gallo. Con tal de traer el último chisme, nada, ni siquiera poner en riesgo la vida de otro, la frena. Poco importa que el sobrino haya estado entre la vida y la muerte, malherido, y que exhiba una cicatriz profunda en el brazo izquierdo a lo largo de sus bíceps. Lo de ella es chismear, manía contumaz que la desacredita, y por ello se le cierran las puertas de otras casas. Habla y habla sin parar, cuenta lo que sea, bueno, malo o regular, con tal de ser el centro, de llamar la atención o de desviarla. Quién sabe si lo hace para que olviden las andanzas de su marido, quizá su propia esterilidad, sus frustraciones.

La piedad que le inspira su defecto le impide a Josefa rechazarla o prohibirle que las visite; la sobrina, en cambio, no siente ni pizca de conmiseración, y en cuanto puede la pone en su sitio. Las relaciones entre ambas son tirantes y Antonia le guarda infinito rencor desde el día en que le pagó con la misma moneda, cuando le dijo, lacerante, que hay gente que ve la paja en el ojo ajeno y no la viga en el propio, alusión a los cuernos que le ponía su marido al refocilarse con putas. Captó el mensaje la soberbia Antonia y, desde ese día, masticaba a la muchacha sin tragarla.

El brillito en su mirada no augura nada bueno. Les reserva una mala nueva que vomitará de un momento a otro, como cuando les anunció un año antes que Justiniano no sería aceptado como ayudante del síndico procurador general en el ayuntamiento por haber nacido sin más apellidos que los de su madre. Además, suele visitarlas al mediodía, antes del almuerzo, nunca al final de la tarde como ahora. Mejor el vuelo de las auras tiñosas, que caigan incluso en la gran tinaja, o bandadas enteras de pájaros huecos, que una visita de esta bruja a deshora.

«Infidente es alguien de mala fe, que traiciona la confianza depositada en él, un enemigo de España que la justicia divina debe juzgar y la de los hombres castigar.» Retumban en sus oídos las palabras del cura, se estremece al recordar sus ojos inyectados de sangre, como poseído, al final de la misa vespertina.

«¡Es un infidente y lo pagará! ¡No lo olvides! Infidente, IN-FI-DEN-TE, pagará o me dejaré de llamar Matías Pupo. ¡Ya verás! Y no olvides que tanta culpa tiene el que mata a la vaca como el que la aguanta», oye otra vez el vozarrón y siente de nuevo el frío helarle las venas. La imagen de aquella bestia gritando y debatiéndose bajo el peso de los gajos del sabicú...

Digna y Valentina juegan al pie del fogón. Se lo tienen prohibido pero aprovechan que han bajado la guardia por culpa de Antonia. Madre e hija esperan que acabe de soltarles lo que sabe, pero da vueltas y más vueltas, adrede, deteniéndose en detalles, comentando lo preñada que está la mata de aguacates de detrás del excusado, que los frutos lucen pequeños y no estarán listos para la Asunción.

«Este año viene de cabeza», sigue hablando. Que si los mangos llegan con mes y medio de retraso, que los huevos de toro de su patio no dan ni para mermeladas, sin contar la zafra de frijoles en Velasco, las vainas más secas y encogidas que un viejo con las patas en el sepulcro. «¡Hasta mamita naturaleza, la sabia, está furiosa con esta guerra!»

Ninguna escucha su perorata. Las mellizas se ríen con las palabras que reconocen: mango, aguacate, frijoles. Han fallecido nueve soldados. Dice que lleva la cuenta. Una monja enfermera le ha dicho que en la compañía de Guías de Madrid murieron un cabo segundo y un sargento de Huesca. Al último se lo llevó el cólera, otros recibieron heridas mortales. También falleció un párvulo de calenturas verminosas y Filomena López, la viuda de Pancho Ricardo, de disentería. ¿La recuerdan? Tenía los dientes más feos de Holguín. ¡Que Dios la tenga a su derecha, la pobrecilla! Le dieron sepultura de cruz baja y limosna, los santos sacramentos sin velorio y despachada, que los tiempos no están para funerales. ¡El muerto al hoyo y el vivo al poyo!

«Supe», continúa la víbora, «que ese muchachito, cómo se llama... Sí, chicas, el negritillo que siempre está metido en esta casa. Bueno, ustedes saben... ¡Lo apresaron! Lo prendió Matías después de robar en la casa del Manco, de llevarse media alacena, pues tenía de cómplice a una criadita que, a cambio de otros favores, le dejaba la puerta del fondo abierta para que desvalijara la despensa de esa santa de bondad que es doña Juana de la Cruz. Y no lo salvará ni la paz ni la caridad. Ustedes saben que a quien Matías prende para rato tiene. Guardadito está en el cuartel a la espera de que en Bayamo decidan qué hace con él. ¡Sólo Dios sabe cuántos caerán al final!»

Tercera parte

Cirat (Castellón, España) -
Guantánamo y Santiago (Cuba)
1850 - 1860

1

Mejor no les cree a los de Cirat. Si lo hiciera, no estaría al lado del Cute con ese cielo que, de mediodía, parece noche cerrada, los relámpagos como enjambre de luciérnagas precediendo el ruido atronador que baja de La Artejuela, donde se forman, durante esa estación, las peores tormentas. Cuando sopla el cierzo, la borrasca baja por las laderas del poniente a una velocidad que no da tiempo a guarecerse, pero si el viento viene del noreste, como ahora, las nubes se quedan prisioneras del Maestrazgo, forman una capota negra sobre la sierra de Gúdar y parece que el mundo se va a acabar. A cualquiera se le pone la piel de gallina.

Llueve desde hace tres días, el Mijares está crecido y Ramón imagina el caudal engrosado del Salto de la Novia, vaciándose tras la caída en la poza que le sirve de receptáculo natural. Asombra ver engrosada una cascada tan rala en verano, que es cuando los del pueblo se bañan. Antes de junio, el agua gélida los repele. La primavera de 1850 ha estado más lluviosa de la cuenta, el tiempo parece confabularse con la desazón del ambiente. No por gusto andan todos con los ojos abiertos, las batidas del Tigre del Maestrazgo, líder incontestable de los que apoyan al infante Carlos María Isidro de Borbón contra los liberales isabelinos, le pasan la cuenta a quien se aleje de la aldea.

En Cirat son anticarlistas. Los liberales atacan al que se adentre en la intrincada maleza, pues saben sacar provecho de la peculiar topografía del terreno. La estrategia nada tiene que ver con la guerra metódica en las planicies de Aragón. Y aunque se ha propagado el rumor de que esta guerra se ha saldado con la huida a Francia de los hermanos Tristany y la derrota de los adeptos del infante, en el pueblo siguen oyendo el fuego disperso, prueba de que subsisten focos sediciosos en las serranías.

Como están las cosas, ni muriendo de ganas se llegarían al salto. Ni el Cute ni Ramón se atreverían a tanto. Un relámpago, seguido de un trueno, avisa que el levante ha dejado de soplar. No habrá viento que disipe la borrasca. Ya sienten el olorcillo a enebro silvestre, a agracejo en flor, que viaja desde el sotobosque y arrastra el aroma de los eléboros y de las fresas silvestres presagiando una tormenta de verdad, en lugar de un chubasco pasajero. El Cute tiene labia, es el perfecto cuentero, el tiempo se presta para que evoque, una vez más, la tragedia de José y Mariana, los jóvenes que personificaron la historia de amor más hermosa de la que se tiene noticia en el terruño.

Dicen los paisanos que el Cute es el hombre que atrae a los rayos. Lo mejor es alejarse de él en cuanto rompe una tronada. Han perdido la cuenta de los que ha recibido, quedando siempre ileso por mucho que la descarga carbonice todo en metros a la redonda. Cuando hay tormenta lo obligan a salir del pueblo. Por eso, Ramón se lo ha encontrado al socaire del viento, en una de las grietas que la corriente del Mijares, jalonado de hoces, pozas y cascadillas, ha abierto antes de los despeñaderos, río arriba. Para un joven el peligro no cuenta. La historia de la novia del salto vale la zozobra. Se quedará con él aunque lo pulvericen cien rayos.

«José era de Morella», empieza, «y andaba medio perdido por el Cerro Alto por ser de la partida de Ramón Cabrera cuando empezó la guerra carlista. Su banda había sido descubierta por los isabelinos cuando se disponía a tomar el camino de la Solana, cerca del corral del Sastre. La tropa estaba exhausta y sedienta, el enemigo pisándoles los talones, cuando unos *trabucayres* familiarizados con estos montes dijeron que no lejos había una fuente de la que brotaban las aguas más saludables de la comarca. Sin prestar atención a los disparos, José se alejó del grupo, poco antes de que sus compañeros fueran sorprendidos. Tuvo la suerte de haber salido antes en busca de la poza y más de dar con ella, pues el cansancio lo vencía y los despeñaderos, cada vez más pronunciados, se convertían en verdaderos obstáculos que mellaban sus menguadas fuerzas. Cuando faltaba poco para que se desvaneciera apareció, como salida de un cuento de hadas, Mariana, la bella de la aldea de Pavías. De más está decirte que quedó prendado de su belleza; y ella, también sensible a sus encantos, le sugirió esconderlo en el granero familiar, sin que sus padres se enteraran. Así fue como el alba los sorprendió acurrucados. A partir de ese día, José se convirtió en el prometido secreto de la joven y le juró, solemnemente, que en cuanto terminara la aborrecida guerra regresaría a buscarla para entregarse ante el altar y esas cosas que dicen los enamorados.

»Sin embargo», continuó el Cute haciendo caso omiso de un rayo que acaba de caer justo en la ribera opuesta del río, «la guerra se prolongó más de lo previsto y los padres de la bella acordaron darla como esposa a un joven de una buena familia de nuestro Cirat, del que te ahorro las señas porque ya sabes de quién hablo. Se mostró reticente Mariana, pero nadie le hizo caso. Es común que actúen así las mozas, por pudor, melindres o recato, al saberse lisonjeadas y desposables, cuanto más si, como en su caso, la belleza la hacía más deseable. Haciendo oídos sordos a su voluntad, las comadres de la familia prepararon el ajuar y los más mínimos detalles de una boda fijada para el 15 de julio pasado, hará pronto un año. De Castellón de la Plana trajeron el magnífico traje blanco, el velo, las pedrerías, los encajes finísimos que vimos exhibidos en casa del prometido. Llegado, pues, el día del casamiento en la iglesia de San Bernardo, Mariana, resignada, aunque nunca menos convencida, emprendió el camino abrupto que comunica Pavías con nuestras aldeas del Alto Mijares. Iba escoltada por una pequeña escuadra de doncellas y carabineros, los carlistas merodeaban todavía en la zona y era recurrente chocar con sus batidas.

»Andaba la pequeña comitiva a la vera de la fuente Torres cuando fueron sorprendidos por una tropita guerrillera. En medio de la confusión, desprevenidos, los carabineros abrieron fuego abatiendo a uno de los rebeldes. En ese justo momento, el grito desgarrador de Mariana al reconocer en el caído a su amado José le heló la sangre a los hombres de ambos bandos. Depusieron todos sus armas. Encabritose espantado el corcel de la novia y, fuera de control, fue a dar de bruces al pie del barranco, a pocos metros de donde cae lo que llamábamos, tal vez por idéntico accidente en el pasado, el Chorro del Caballo. El velo de Mariana quedó enganchado en uno de los peñascos; su cuerpo, al desviarse en el descenso, cayó por lo que ahora es el Salto de la Novia. Quienes han ido allí bajo la luna llena de medianoche dicen que han visto los rostros sonrientes de los amantes reflejados en la poza en donde se acumula el agua.»

Es la cuarta vez que Ramón oye al Cute contar la historia. La primera fue en la plaza de la iglesia durante la comida del *tombet de bou*, al tercer día de las festividades del Pilar. Desde entonces, le pide a cada rato que se la cuente, mientras sigue soñando con escaparse una noche de luna llena hasta la poza, no tanto para corroborar la veracidad de la leyenda, sino porque quiere ver si realmente era Mariana tan bella como afirman los que tuvieron el privilegio de conocerla.

Su abuelo se hallaba entre los oyentes cuando el Cute contó por vez primera lo que a partir de ese día se convirtió en una de las historias legendarias del Maestrazgo. El viejo Guillamón es el responsable de la exhibición de las vaquillas de ganadería y de los toros embolados durante la segunda madrugada de las fiestas pilaristas. Su reacción no se hizo esperar. «¡Basta de sandeces! ¡Bastante tiene el pueblo con las supersticiones como para venir ahora con nuevas supercherías! ¡Qué amantes de la luna llena ni qué ocho cuartos! ¡No me vengan con pamplinas, que soy capaz de secar la poza y de desviar el cabrón salto!» Y levantándose furioso acusó al Cute de pervertir a su nieto, de llenarle de musarañas la cabeza, y le prohibió que lo frecuentara.

El viejo es la autoridad del pueblo en materia de tradiciones. Su familia aporta desde tiempos inmemoriales los toros de los festejos. Vela también por que el embolado siga un rito ancestral, de orígenes que se pierden en la noche del tiempo. Ramón es un chico tímido, retraído, no se atreverá a contradecir al abuelo. Teme que lo llame blandengue.

Desde el umbral de su adolescencia lo ayuda a garantizar que las pocas calles de Cirat se conviertan en un perfecto recinto del que los toros no puedan escapar, cierra las bocacalles, tranca con maderos los cruces, monta barreras de forma piramidal evitando que el animal, desesperado por las antorchas que lleva encendidas en cada cuerno, las derribe y huya. Si esto sucediera, prendería un bosque entero con sus astas. Con cuatro mozos ayuda a amarrarlo, fijan con una soga los cuernos a un pilón enterrado en la plaza, de donde partirán las procesiones y en donde colocarán, después, las mesas de la comelata. Se necesita más maña que arte para que el animal no se lastime o se enrede con la soga y se eche a perder el espectáculo. Todos hacen caso de una vieja creencia —y en esta sí cree el abuelo— que asegura que a mal embolado, pésima cosecha y mucha miseria. También fija los herrajes que soportan las bolas de estopa hechas con cáñamo, prestas a recibir el fuego. Los aleja suficientemente de la faz de la bestia para que no se queme.

El privilegio de cortar la cuerda corresponde al viejo Guillamón, pero el muchacho sabe que por ser su único nieto heredará un día la delicada tarea. Por ahora sólo debe sujetar al toro por el rabo, de lo contrario, si se viera libre de nudos y amarras, se abalanzaría sobre la gente. La bestia intenta huir de un fuego del que no logra alejarse porque lo lleva consigo y porque lo perseguirá hasta que la estopa del artilugio se consuma del todo. Corre desorientado siguiendo la trayectoria delimitada, en ocasiones intenta embestir a quienes lo provocan interponiéndose en su loca carrera. Si por desgracia alguien es corneado por aquella masa negra enfurecida, su salvación dependerá sólo de un milagro que le conceda la Virgen del Pilar, dueña y señora del pilón y de la algazara. La oscuridad acrecienta la magia, también el pavor generado por los gritos de miedo y entusiasmo, la excitación del público, el olor a quemazón, los ojos del toro como ascuas incendiando la noche, semejantes a los del mismísimo diablo.

Por eso, en la casta de machos Guillamón creer en mentecatadas de rostros en una poza está terminantemente prohibido. Su nieto tiene que metérselo de una vez por todas en esa cabeza que parece haber venido al mundo, como la de Luis, su padre, para vivir en la luna de Valencia. Son los depositarios de una obligación moral ante el pueblo, responsables de evitar sequías y plagas, y de velar cada año, desde que se tiene memoria en Cirat, desde los tiempos de la antigua baronía de Ximénez de Arenós, por que el pilón se mantenga erguido al pie de la Virgen, por que no falte el animal con un buen par de cojones que desafíe al fuego, lo consuma corriendo, y garantice que las mieses alegren el ciclo natural de las cosechas.

Tenía que contárselo a su amigo. No quiere que el Cute piense que lo evita, que su amistad flaquea. El abuelo los vigila. Ha aprovechado la tormenta eléctrica porque sabe que mientras dure ninguno de los espías a la paga del viejo vendrá hasta el escondrijo de los farallones, ni asomará las narices fuera.

Fue entonces que sintió, sin dar tiempo a obtener una respuesta, que se le erizaban los vellos de la nuca. Un hormigueo le recorrió el cuerpo. Una sensación extraña, nunca antes experimentada. Como si la tierra lo proyectase hacia el infinito, expulsándolo definitivamente del reino de los vivos.

Después no recordó nada más. Hasta que despertó en su lecho al lado de su madre. Ella lanzando alabanzas a

101

la Virgen, diciéndole que estaba vivo de milagro, que había permanecido postrado seis días desde que un rayo les cayera encima. A él dejándolo inconsciente; al Cute, por supuesto, como si no hubiera pasado nada.

2

Ramón recuerda con precisión el día en que se zanjó su destino cuando, sentado al mesón familiar, el abuelo decidió que si no le iba la crianza de ganado y, si vivía en las nubes, no quedaría otra que obligarlo a hacerse hombre con el manejo de las armas. María Rosa, la madre, se persignó y empezó a rezar. Luis, el padre, sin voz ni voto en las decisiones del ogro, no dijo ni esta boca es mía. Y a partir de ese día el viejo comenzó las gestiones para que lo aceptaran en la academia de cadetes que integrarían un día la famosa caja de quintos de Castellón y el futuro regimiento de la Infanta.

San Bernardo es el patrón de Cirat, pueblo de escasas dos mil almas. Visto desde Cuba, colonia de mil demonios, da la impresión de no haber existido nunca, de ser un espejismo al final de las caminatas agotadoras del batallón. El rostro de Mariana lo ha perseguido hasta esa isla, durante las noches de servicio. Ni las dunas de Santo Domingo ni la tortuosa marcha hasta Baní, cuando estuvo antes en La Española, podrán igualarse a las tardes de insolación en Guantánamo, los hombres de su regimiento exhibiendo sus pieles curtidas y embastecidas por la intemperie abrasadora cuando se bañan en el río. En días como ese, después de una campaña extenuante, de arrastrar las botas sobre los pedregales de un paisaje que de tan áspero da sólo cabida a los cactus y otras plantas espináceas, es cuando se le aparece con mayor nitidez el rostro de la novia del salto, el mismo que pudo ver bajo la luna llena.

Lo acompañaron en aquel entonces el Cute y dos amiguetes más. Se apiñaron detrás de las ramas bajas de un tejo frondoso e inclinado, por miedo a que los descubrieran y a que los amonestara el cura de las alquerías de la zona, decidido a combatir a quienes alimentaban la leyenda de la bella Mariana y de su sedicioso amante. Las nubes ocultaban por momentos la visibilidad, siendo su único temor que, en el momento en que los amantes aparecieran en la poza, una nube se interpusiera entre la luz de la luna y sus rostros. A pesar de que le tenían prohibido salir con el Cute, cayeran o no rayos y centellas, los dos amigos seguían viéndose a escondidas y no pensaban distanciarse sin cumplir el deseo de contemplar el rostro angelical de la bella de Pavías flotando en el espejo acuoso al pie del chorro.

Ya eran más de las doce cuando la Pértiga, nombrete dado a uno que de tan alto parecía una vara, pegó un grito indicándoles el rostro perfectamente delineado sobre la poza. Lo curioso vendría después: las descripciones que cada uno hizo de Mariana no coincidían, como si se tratase del ideal femenino individual, o más bien de la cara de alguna fémina relacionada con sus propias vidas. Sin embargo, el entusiasmo juvenil, la excitación y el esfuerzo recompensado los hacían jurar que el rostro correspondía más al orden celestial que al de una común mortal. Fue horas después, en la soledad de su aposento, sin poder conciliar el sueño, que Ramón recordó que en la visión faltaba el rostro de José. Algo no encajaba entre lo que él vio y el testimonio de los otros. Tenía que preguntarle al Cute si también le había sucedido lo mismo.

Existía del otro lado de los temibles montes interpuestos entre las comarcas castellonenses y el reino de Aragón, cerca de Zorita del Maestrazgo, un sitio que desde tiempos remotos había adquirido notoriedad en materia de exorcismos. Se trataba del santuario de La Balma, una ermita horadada en las rocas, sus dependencias colgando en el vacío. Un sitio extraño al que acudían endemoniados, dolientes, epilépticos, hechizados y en donde unos clérigos despojaban de un batiburrillo de desgracias, en las que la superstición no faltaba, a quienes acudían de lugares tan distantes como la mismísima Francia. Al principio, sólo los de Castellote iban durante las romerías, pero, con el tiempo, la costumbre se había extendido y ya era común que de todos los caseríos del Maestrazgo se desplazasen nutridos grupos a la hora de conmemorar el hallazgo de la *Mare de Déu*.

En casa de Ramón, el viejo Guillamón decía que esos menesteres de beatas no tenían cabida en un hogar en que bastaba la bendición del Hijo, del Padre y del Espíritu Santo, presentes en cada rezo por intercesión de la Virgen del Pilar y de san Bernardo. Y se negaba a atravesar montes y desfiladeros esperanzado en una imagen, fruto de la alucinación de labriegos analfabetos o de místicos obsesionados por la gracia divina.

Cuando el Cute le confesó a Ramón que creía que ambos estaban encantados pues, contrariamente a ellos, el Pértiga y los demás sí habían visto el rostro del amante, surgió el nombre de La Balma como posible remedio. Tal vez las brujas podrían liberarlos del extraño poder de atraer y sobrevivir a la descarga de un rayo, pues si algo les había quedado claro desde la experiencia del Mijares era que, por razones inexplicables, ambos poseían el mismo don o encantamiento: el de carbonizar a medio mundo y quedar siempre ilesos.

«Ni volviéndome invisible podré ausentarme de casa y mucho menos cuatro días que es lo mínimo para llegar hasta La Balma», objetó Ramón ante las pretensiones expeditivas de su amigo. «Mis padres no se opondrán, pero mientras dure el poderío de mi abuelo no hay rama que se mueva sin su permiso.»

«Pues te quedarás endemoniado o encantado, como gustes, porque, lo que soy yo, iré este verano, salga el sol por donde salga.»

Y lo cierto era que, aunque las brujas del vecino pueblo de Caspe, por ende llamadas caspolinas, no se habían apropiado del venerado lugar, ni la ermita convertida aún en sitio de masivas levitaciones, gruñidos espasmódicos, histerias colectivas, mezcla de fervor e ignorancia, en épocas de la adolescencia de Ramón, la vocación de La Balma se perfilaba ya, y se acudía allí para que sus sacerdotes ahuyentaran *els malignes*. Sin embargo, para no aceptar lo que a todas luces resultaba una evidencia, o sea, el don del muchacho de aguantar cuanto rayo se le viniera encima, el abuelo cortó por lo sano: «En cuanto la negrura cubra el cielo Ramón permanecerá en su aposento, alejado de las ventanas, y no saldrá hasta que caiga el último rayo». Y la madre, segura de que en La Balma se hallaba el remedio para su mal, habiéndose entrevistado antes con el cura del pueblo, se atrevió, por primera vez en su vida, a contradecir al terco e irascible suegro, y con voz casi imperceptible dijo que de ese modo recibirían ellos los rayos, y el niño se quedaría huérfano, visto que sólo él sobreviviría al impacto.

«¡Pues si huérfano se queda, tanto mejor, así se hará pronto hombre e irá a guerrear y a servir a nuestra reina!» Y aquellas fueron las últimas palabras sobre una posible peregrinación al santuario, cayendo por la borda los planes urdidos con el Cute, loco por saber por qué sólo ellos no habían visto el rostro del soldado de Morella en la poza.

«Ramón irá de voluntario a recibir enseñanza militar, no por sorteo, casi siempre fraudulento, ni por reclutamiento forzoso, como sucede cuando estalla la guerra», dictaminó el abuelo que ignoraba que ya era comidilla en Cirat la desgracia que aquejaba al nieto, un riesgo para cualquier cadete que se hallara cerca de él bajo una tronada, e impedimento para que el coronel de la plaza, celoso en cumplir las Ordenanzas, lo aceptara en la Academia. Pero creer que aquello amilanaría al viejo testarudo era mal conocerlo. Para él, los contratiempos no existían, los fracasos menos. Su nieto iría a esa academia por las buenas o por las malas. ¡Ya verán cómo en el *encanterament* del verano, el alistamiento por sorteo de los jóvenes, Ramón sería seleccionado, aunque para ello hubiera que forzar el sistema de bolas, cántaros y manos inocentes por el que se seleccionaba siempre a los que engrosaban las cajas de quintas! «Porque siempre habrá», dijo a su hijo Luis, «maneras y maneras. Y las leyes no tienen por qué cumplirse a rajatabla.»

Se daba por descontado que para salirse con la suya pensaba silenciar a medio pueblo, no fuera a ser que alguien hablara del asunto de los rayos y lo declararan inhábil o le aplicaran una exención en el momento de la leva. Las exenciones se reservaban a mozos con impedimentos físicos: mancos, cojos, ciegos, baldados, desdentados, estropeados o, simplemente, ineptos por problemas de estatura —nunca menos de cinco pies— o psicológicos. Para disponer de las vidas ajenas, Guillamón era muy bueno, pero olvidaba que de mozalbete él mismo había esquivado el reclutamiento de 1801, cuando estalló la breve Guerra de las Naranjas contra Portugal, y que su propio padre había recurrido entonces a un viejo truco: contrató el servicio de un viandante que, haciéndose pasar por su hijo, partió en su lugar a las quintas, a cambio de ciento ochenta ducados.

Aunque el ejército era la manera de ascender socialmente, el abuelo, en el ocaso de su vida y cenit de su sabiduría, no ponía sus miras en las glorias hipotéticas del nieto. Lo que deseaba era apartarlo del efecto pernicioso de María Rosa, de las habladurías del pueblo y, lo más doloroso, del hecho de que el chico, a pesar de sus diecinueve años, no tenía talento ni disposición para ocuparse de lo único que hasta ahora habían hecho los hombres de la familia: el pastoreo, la ganadería y el cuidado de las tradiciones.

A Ramón nada de aquello, rememorado ahora desde Guantánamo, adonde había sido destinado después de la breve guerra de Santo Domingo, le parecía que hubiera existido un día.

3

Las guerras alimentan el odio y en cuanto se pierde al primer compañero surge la inquina contra un enemigo del que hasta hace poco no se sabía nada, un sentimiento de rabia, de impotencia, que termina incubándose primero, explayándose después, y condena a todos por igual.

Antes de llegar al Caribe, Ramón ignoraba todo de ese mar. No tenía por qué odiar a su gente. Como ellos, hubiera rechazado a un intruso que pretendiera conquistar su tierra, como sucedió en el pasado tras la ocupación de Castellón por los franceses.

En el Regimiento de Infantería de Galicia fue ascendido a cabo segundo por elección, después de haber servido un año en las cajas de Castellón. Seis meses después, a cabo de primer grado y, al año, cuando ya estaba en Mérida, se incorporó a las de Extremadura como sargento segundo por antigüedad. Antes de ser licenciado absoluto durante tres trimestres, continuó con este galón en Gerona. A los seis años de servicio regresó a Cirat. Todo y nada había cambiado. La casa le pareció más estrecha; las cimas del Maestrazgo, después de haber andado las estribaciones de los Pirineos, de juguete. La gente era la misma, pueblerina, habladora, recelosa, con esa miradilla zafia de quien pone en duda la honradez de su vecino. Tenía veinte años cuando entró como soldado en la caja de Castellón y ahora, con veintiséis, le costaba imaginar que su adolescencia hubiera podido transcurrir en el ambiente mediocre y recoleto del pueblo.

De todos los amigos de sus años mozos sólo deseaba ver al Cute, el cómplice de sus andanzas. Huérfano de padre, la herencia que había recibido le bastaba, y durante la ausencia de Ramón se había casado y tenía un par de hijos que en nada se le parecían. Su camino había sido el más fácil: el del buen vivir y lo adivinó apenas puso un pie en el umbral de su casa. Aquello de «acuéstate como la gallina, levántate como el marrano y vivirás siempre sano» le venía como anillo al dedo. En seis años los kilos adquiridos dejaban entrever su vida de hombre entregado al ocio.

«El buen vivir no deja arrugas, Monchito», el Cute era el único que lo llamaba por el sobrenombre que llevan los Ramones. Su hogar denotaba paz y prosperidad, los jornaleros se afanaban en trabajarle los campos. Se había casado con una chica de la aldea de Torrechiva y, como pueblos vecinos mal avenidos, sus moradores trataban con desconfianza a los de Cirat. De cualquier modo, la heredad que había recibido no era desdeñable, y al final acabó con los peros por parte de los padres de la novia.

Debió haber leído en los ojos del entrañable amigo la curiosidad que lo carcomía porque apenas se acomodaron sobre sendas poltronas, debajo del castaño del patio, y sin tener que inquirirlo, procedió a contarle su visita al santuario, en donde encontró remedio contra el hechizo.

«Me acompañaron el Pértiga y el Pecas, esos matariles que se prestan para todo lo que huela a novelería. El camino de La Balma no está exento de peligros y merodeaban todavía algunos carlistas dispuestos a vaciar sus cartucheras, no tanto porque se sintieran amenazados, sino por la frustración de haber sido vencidos, por segunda vez, por los partidarios de la reina. Unos parientes que viven en Albocàsser nos dieron cobija. Pensábamos quedarnos lo justo, pero les dimos una mano en la cosecha de almendras, en pleno apogeo septembrino. Cuando nuestros anfitriones supieron que nos dirigíamos a La Balma, nos encomendaron agua bendita, muy buena contra los malos ojos y excelente cicatrizador de heridas. Ya andábamos camino de Morella, cuando en el entronque de la alquería de Catí, apareció, como salida de la nada y conducida por los mismísimos ángeles, la moza más hermosa que hubiera imaginado. María Ángela era su nombre y, ciertamente, no podía ser otro. Ya sabes que ojos que bien se quieren desde lejos se saludan, así que los nuestros quedaron como luceros iluminados por la inconfundible lumbre de las pupilas del amor. Venía con una criada malhumorada, de vientre seco y ningún hombre, que dijo que se encaminaban al pueblo de donde veníamos. Se quedarían allí durante la cosecha de las marconas, tan ricas en los guirlaches bien tostaditos y que me dejan con la boca hecha agua, pues se acerca la hora del almuerzo. Si algún embrujo padecí entonces, más que el de los rayos o el del amante de la poza, ninguno igualaría al de la mirada angelical de aquella criatura, obra perfecta del artesano del cielo.»

Ramón no pudo disimular una sonrisa pues reconocía en su descripción al hombre enamorado, como había oído, en similares confesiones, a compañeros del regimiento, durante las semanas en que el diluvio del verano de 1854 los mantuvo acantonados, alejados de las actividades de maniobras y ejercicios de rutina. Entre hombres de ar-

111

mas, el recuerdo de sus dulcineas, mucho más imaginarias que reales, con las que se matan las monótonas horas de acuartelamiento, es lo único que atenúa el olor a cuero y a pólvora, a hierro y a macho mal lavado. Y, sobre todo, la sed insaciable de hembra.

«Entonces», prosiguió mientras ofrecía a su amigo un jarro de refrescante horchata de chufa con canela, «el resto de la peregrinación me pareció un paseíllo, gracias a las ganas que tenía de cumplir con el propósito del viaje para volver a verla. Y sin el Pecas, empeñado en llegar a La Balma, hubiera prescindido de aquel viaje, por temor a que María Ángela levantase el vuelo, quién sabe a dónde, quién si para siempre.

»El santuario me pareció siniestro. Si es cierto que allí se combate a Satanás, no es de dudar tampoco que el Maligno vagabundea a sus anchas entre los peñascos que penden a flor de farallón, en un equilibrio que bastaría un ligero temblor y, ¡zas!, se desmoronaría, piedra a piedra, con sus grutas y habitaciones. Tienen cara de pocos amigos los sacerdotes, hartos del desfile de peregrinos en pos de soluciones que merecen más consuelos que remedios. Apenas conté mi historia a dos de ellos, me convertí en el Vencerrayos, y peor fama no pudieron darme, ya que un sacerdote, el padre Razo, se personó en la hospedería en que pernoctábamos, visiblemente interesado en mí. "El rayo es la mejor arma del demonio", me dijo, "debo exorcizarte de inmediato porque eres un riesgo para todos, y El Innombrable, ¡vade retro!, puede valerse de tu cuerpo para carbonizarnos".

»Con esos truenos fui conducido a la gruta que hacía de altar. Te ahorraré los pormenores, los aspavientos de los tres curas danzando a mi alrededor, sus ojos, y hasta los míos supongo, fuera de las órbitas, tirando de sus sotanas, rociándome y rociándolo todo, cruz en mano, agua bendita también, despojándome, envolviéndome en un trapo blanco que según ellos representaba el Santo Sudario. ¡Quien sudaba a mares era yo! El calor de cirios y velas volvía irrespirable la atmósfera enrarecida, y un par de viejas adulonas no paraba de quemar sahumerios a base de jazmines y lavandas, de echar ramitas de romero al fuego, avivándolo sin cesar. Nuestras sombras adquirían proporciones dantescas en las paredes mugrientas, oscurecidas por el humo desprendido por sebos y aceites.

»Los padres exorcistas no admitían testigos, sólo a las viejas que los secundaban. Me hicieron jurar que no revelaría nunca nada de lo visto. Y como el demonio ofrecía mucha resistencia, acudieron dos capellanes que me sujetaron, víctima de fuertes convulsiones. Satanás nunca se muestra apacible cuando tiene que abandonar un cuerpo.»

El Cute, incumpliendo su promesa, fue pródigo en detalles. Ahora que Ramón ha visto mundo, que ha recorrido los campos extremeños, admirado la hermosísima piedra blanca de Mérida a orillas del Guadiana, los valles repletos de cerezos en flor del Jerte, las argentadas riadas de Galicia y la descomunal belleza del templo gótico de Santiago de Compostela, sabe tomar distancia con respecto a los parlanchines. Sospecha que la fértil imaginación del amigo añade detalles improbables, al punto que se le ha olvidado que es hora de almorzar y que sería de buen gusto que le invitara a compartir su mesa.

«Ya dábamos la espalda a La Balda, camino del Maestrazgo, cuando una vieja con aspecto de bruja, extremadamente arrugada, las uñas tan sucias que daban grima, nos interpeló llamándonos con el dedo índice. Dudamos en obedecer, pero la curiosidad pudo más. Nos clavó su mirada con espeluznantes ojos vidriosos, apuntó hacia mí y pronunció unas palabras que nunca he olvidado porque se cumplieron cual profecía: "La beldad de las aguas, la que miraste con tanto arrobo que te olvidaste de buscar el rostro de su amante, te perseguirá hasta la muerte. La doncella que acabas de encontrar tenía su misma cara. Tu maldición será conformarte con buscarla en cada mujer que encuentres y fingirás amar a tu futura esposa cuando en realidad sólo la amarás a ella". Y dicho esto, extendió una mano ennegrecida en la que deposité varias monedas, se levantó, recogió su morral, y desapareció detrás de unos arbustos dejándome más intrigado que nunca.»

4

Durante el tiempo que llevaba soportando los rigores de la vida militar, incluso durante las gélidas mañanas del invierno catalán, cuando del Ampurdán bajaban como navajas cortantes ráfagas de viento, o cuando había servido en el regimiento de Gerona, nunca había experimentado una marcha tan penosa como aquella de doce leguas, en pleno agosto, entre el puerto de Santiago y el poblado de Guantánamo, después de haber evacuado la isla de Santo Domingo, un 13 de julio de 1865.

Desde su llegada a esa zona de rala vegetación, Ramón observaba extasiado la belleza de las nativas, sus pieles cobrizas, los cabellos sedosos, las facciones ora aindiadas, ora mulatas, mezcla de rasgos delicados heredados de los aborígenes y del ingrediente africano, así como de la diversidad de los peninsulares, de por sí ya delatores en su aspecto del físico de iberos, celtas, moros, visigodos y hasta normandos. Aquel sopón genético, más que la belleza de playas y montes, era lo que primero atraía a los forasteros. Sospechaba que la profecía de la bruja de La Balma no podía realizarse en otro sitio que en aquellas tierras de féminas talladas por cinceles celestiales. Si su amigo decía haber encontrado su ideal a la salida de Albocàsser, en las tierras caribeñas él hallaría a la mujer que lo haría estremecerse en cuerpo y alma apenas cruzaran sus miradas.

Ramón es corpulento, de estatura más bien mediocre que no le resta prestancia al porte. Tiene los rasgos delicados de los Centelles maternos y de los Guillamón del padre, sacó los ojos del mismo azul Prusia que sus antepasados, rubiancos todos, de cuellos estirados y venosos, complexión fornida, descendientes de vascos y navarros que siglos atrás emprendieron la misma ruta que el Cid, y atravesaron el reino de Aragón, antes de sedentarizarse en los recónditos parajes del Maestrazgo, en valles protegidos por montes, lejos del peligro de la costa y de la incertidumbre de los llanos, ambos a merced de invasiones y saqueos. De esas circunstancias genéticas en que las veleidades mediterráneas del lado materno se fusionaron con la virilidad norteña del paterno habían sacado provecho físico, y por qué no, suficiente sensibilidad, a la vez que algo de dureza. La flojera de los hombres de Cirat, casi todos de orígenes levantinos, la del Cute, el Pecas o la Pértiga, por ejemplo, más remolones que dispuestos a doblar el lomo, no hacía mella en él. Y aunque el patriarca Guillamón había decidido un buen día que la labor de la ganadería no era lo suyo, sospechaba que otras habían sido las razones que lo impulsaron a sacarlo de la casa. Ahora todo aquello le resultaba lejano. Podía afirmar que su vida había comenzado el día en que, morral al hombro y a lomo del mejor caballo de la cuadra, acompañado por el abuelo que refunfuñaba al ver lo abandonados que estaban los campos de Castellón, dio la espalda al escenario de una infancia que se desmarcaba de su memoria, en la medida en que se prolongaba su vida de militar.

Su presente eran Cuba, el Batallón n° 7 de Santiago y, en ese justo instante, el modesto poblado de Santa Catalina de Guantánamo, a noventa kilómetros al este de la capital de Oriente. La inacción, el tiempo moroso de los ejercicios y las maniobras, la ausencia de balas silbando en el aire…, es la muerte del buen soldado. Ramón se aburre en ese grupo donde se mezclan los acentos de todas las Españas, las leyendas, los cuentos de aldeas que nunca visitará, con los que apenas mitigan el tedio. El purgatorio semidesértico de Guantánamo. Un paisaje digno de las inmensidades de la costa mauritana, altas dunas que recortaban con sus contornos dorados un cielo límpido, resplandeciendo como una pantalla en forma de cascada de arena, antes de caer al pie de los cambrones, la zapata de arbustos que las protege de la erosión del mar y del viento. Y de remate, enjambres de mosquitos, la malaria y la fiebre amarilla, que se ocupan de quien ose burlarse de la geografía despiadada de esa zona.

Entre los hombres de la tropa ha trabado amistad con Manuel Martín Corona, un pelirrojo nativo de Lora del Río, a orillas del Guadalquivir, algo más joven que él, atractivo, siempre de buen humor y, como buen andaluz, dispuesto a hacer reír con dicharachos, coplas y burlas. Comparten la misma premonición, pues también Manuel cree que en esos lares se esconde la dulcinea de sus sueños. Ascendidos a sargentos de primer orden antes de ser enviados a las Antillas, recibieron un aumento por la campaña de Santo Domingo, y juntos pasan el tiempo fabricando castillos en el aire que se desmoronan tan pronto comienzan los ejercicios matinales. Retoman la marcha inútil sobre las dunas y los reconocimientos, una de las tareas tontas que el furriel ordena con tal de mantenerlos activos. Así y todo, prefieren inspeccionar los alrededores que ocuparse de la limpieza y el mantenimiento del campamento.

117

Cada toque de diana es una vuelta a lo mismo y eso desde que llegaron a la isla.

Quinto levanta, tira de la manta
Quinto levanta, tira del colchón
Que viene el sargento con el cinturón

Los novatos entonan cada mañana la cancioncilla. Todavía tienen ánimo para chanzas. En cuanto se enfrenten a la vida del soldado, asegura Manuel, perderán las ganas de cantar. Ya verás cómo sólo se alegrarán cuando llegue el toque de fajina, al final de la jornada, y el momento de echarle algo al estómago. O cuando vean, como una aparición celestial, a alguna hembra de visión siempre fugaz, añade su amigo.

Contrariamente al andaluz, Ramón es chusquero. Ha llegado a cabo no por estudios académicos sino por tiempo de servicio en el ejército, en donde permaneció por voluntad propia. Cuando regresó a Cirat, seis años después de haber entrado en las cajas, comprendió que su futuro estaba en el regimiento, que el hogar había sido sólo un espejismo durante las primeras campañas bajo el frío. Ahora sabe que el hogar es algo que muere con la adolescencia al desprendernos de él, que no existe otro pasado que el que nos inventamos cada día porque necesitamos engañarnos, cerrar antiguas heridas, pesares, episodios que nos hubiéramos ahorrado, pero que son ineluctables. Por eso, con sus bien sonados treinta y un años, de la aldea sólo recuerda la dulzura de los ojos de María Rosa y las palmadas cariñosas del Cute, pequeñas dosis de bálsamo que remediaban la dureza del abuelo tirano o la indiferencia de Luis, su padre, dedicado exclusivamente a correr detrás de las faldas de las mozas. Eso le cuenta a su amigo mientras da brillo a su carabina de repetición Spencer, modelo de 1861, que prefiere al fusil Henry que le habían dado antes.

Entonces, Manuel pone un brazo sobre sus hombros y Ramón le revuelve con cariño viril el pelo, a esa hora en que el sol se lo pone de un rojo incandescente. Y ambos se quedan contemplando el azul turquesa de la bahía de Guantánamo, como si quisieran desentrañar del fondo de sus aguas el misterio de sus vidas, la razón por la que están allí, de frente a lo desconocido, sintiendo que el mundo se les volvió pequeño desde el momento en que desafiaron el gran océano.

5

Si a algo de estas islas no se acostumbran los soldados es a las comidas. La hora de comer se vuelve un rosario de lamentaciones mientras desfilan decenas de recetas peninsulares evocadas con añoranza. Las discusiones se acaloran cuando intervienen los gallegos. Sus callos son mejores que las fabadas asturianas, mientras que los andaluces lloran sus refrescantes gazpachos, los extremeños las migas, los valencianos sus variedades de arroces y, así, hasta agotar el recetario peninsular. A Ramón le faltan las suculentas alubias, el tocino con berza y el pan de hogaza que cocía la criada castellana de su casa arrojando el horno con urces que perfumaban su corteza hasta darle ese sabor característico irrepetible. A Manuel, de sólo pensar en una buena chanfaina encebollada, o en el simple unto que daba sabor a todo lo que se llevaba a la boca, se le ponen las tripas de concierto.

El caso es que ninguno aprecia ese tubérculo llamado yuca, que los nativos ahogan en abundante ajo y zumo de limón para disimular la sequedad y que, incluso así, se les atraganta antes de bajarlo. Y ni hablar del boniato del que no se sabe si es fruta por lo dulzón o vianda por la textura. Cuando en las vaquerías consiguen algo de leche, el cocinero de la tropa, un canario protestón, les prepara una especie de papilla con arroz, trigo, maíz y sal, y les dice que en su tierra se llama gofio. Manuel le guiña un ojo a Ramón. Él estuvo en Las Palmas y sabe que el gofio no se mezcla con leche, ni tampoco con arroz, sólo se come en escaldón de mojo picante. Pero prefiere no contradecirlo en público para que lo lleve recio con su ración.

El batallón engloba hombres de los cuatro puntos cardinales de la Península, del archipiélago canario y del balear. Por haber sido definido en la premura de la intervención de Santo Domingo, incorporó en el puerto de Cádiz a quienes estaban de guarnición, vinieran de donde vinieran. Por eso, es la tropa más variopinta imaginable, al punto que los gallegos y quienes nunca habían salido de las mesetas castellanas deben esforzarse para entenderse. Ramón tiene la ventaja de sus años de experiencia entre Santiago de Compostela, Mérida y Gerona. Entiende el habla y el acento de catalanes, gallegos y extremeños, es el interlocutor perfecto de las costumbres de cada pueblo, y en la medida en que aumentaba su conocimiento del reino se daba cuenta de que España era una ilusión, un país que pujó por hacer de Castilla el centro y de Madrid la capital, sin lograr, como Francia, un sentimiento de identidad común entre todas sus regiones. España desmembrada, tan distinta a la idea de un Estado centralizado, adquiría en las colonias, en las pocas que le iban quedando a mediados de ese siglo de revoluciones y cambios irreversibles, una noción de pertenencia a un pasado común, a algo que en la metrópoli no sentían. Aunque un caribeño apenas distinguiría a un madrileño de un santanderino, y trataba de *gallego* a cualquier peninsular, los españoles, acostumbrados a tomar distancia entre ellos, sí sentían enseguida

121

la diferencia con respecto a los isleños, y también las que existían entre cubanos, dominicanos y boricuas.

«¡Deja que se muera España!», exclama Manuel, y Ramón se queda intrigado. No sabe si le sugiere que desistan del empeño en salvar lo poco que quedaba a su tierra de la grandeza pretérita, o si quiere decir que lo peor estaba por venir, cuando España cesara de existir, cuando la quimera de su unidad se esfumara, escindiéndose en reinos y repúblicas, con lenguas y maneras de vivir distintas. Su madre decía siempre a su padre «deja que un día yo te falte», y ese «deja» similar a un «ya verás», no se parecía en nada al de la respuesta del padre: «Deja esas tontadas para las chiquillas, María Rosa, que ya tú estás para fundar capellanías». Y aunque la frase de Manuel tenía doble sentido, Ramón prefirió no romper la magia del instante.

«Los campesinos de la zona son muy joyuyos.» Jay es descendiente de negros jamaicanos que llegaron a Guantánamo cuando el almirante Edward Vernon invadió aquel lugar e intentó fundar la abortada colonia inglesa de Cumberland Harbor. Ahora les indica los saos y corrales donde pueden forrajear. Con el tiempo se han acostumbrado a su manera de hablar, mezcla de palabras heredadas de sus ancestros jamaicanos, con otras traídas por los esclavos de los colonos franceses de Haití y por los aborígenes y campesinos de la isla. Jay les explica que «joyuyo» es alguien desconfiado y astuto, y así son, por haber vivido aislados durante siglos, los que viven al pie de esas montañas, entre las cuchillas de Toa y la sierra del Purial.

El aire de la isla se ha enrarecido. Los hijos de los criollos acaudalados quieren a toda costa liberarse del yugo español. La metrópoli ha reforzado cuarteles y guarniciones. La guerra es inminente. Promete ser larga y sangrienta. Tan seguros están unos y otros de sus posiciones que no cabe duda de su pronto estallido. A la bahía sólo se acercan goletas y balandras. El fondo de lama y barro es bajo por la desembocadura del río. La gente de los cuartones cultivan algodón, tabaco y caña, otros se ocupan de las salinas de cuajo sólido y blanco. Hay más negros que blancos y muchos de los primeros son libertos. La gente vive en casas de teja y guano o de tejamanil, nada resistentes en caso de fuertes ventoleras. Jay los ha llevado a la suya y les ha brindado un plato de chilindrón de chivo marinado en ajo, cebolla y pimentón al que añadió ají del que más pica y mucha albahaca cortada en pedacitos. A los dos les sabe a gloria y lo devoran como si no hubieran comido en años. Luego les ofrece manjar oriental, que es boniato molido en forma de dulce y endulzado con miel.

Jay husmea el aire delante de la puerta de lo que para Ramón es una barraca, para Manuel una covacha y para el propio negro su bohío. A un lado cultiva un huerto, posee un corral con aves y un lagunato que ha cavado para retener la lluvia antes de que empiece la sequía. Escudriña el cielo hacia el sureste. De pronto se ha puesto serio. Manuel está sacándole filo con una lengüeta de cuero a los machetes que cuelgan de una grapa. Así le agradece aquel festín de sabores. Jay vive solo y se gana la vida de recadero entre los que tienen cuartones en Los Tiguabos. Lo mismo les busca sal, que lleva encargos, que curra en el algodón cuando los Pérez necesitan mano de obra suplementaria. Ahora le sirve de guía al batallón, indica a los que salen de reconocimiento los sitios de avituallamiento. A cambio obtiene poco, pero no necesita gran cosa. Sus animales y el plantío le bastan.

«Y hasta mis gallinitas bobas vendo de vez en cuando en el pueblo y lo que reúno me da pa sastrería y alguna

123

que otra apuestica en la valla de gallos del Caraqueño.»

A Ramón no le gusta el velo de inquietud que asoma en el rostro de Jay. Se ha levantado un viento que sopla primero leve, luego por rachas duraderas, arreciando a medida que pasan los minutos. Ven bandadas de aves volar como si huyeran de un peligro inesperado. Es el preludio de que algo terrible les prepara el cielo y se divisa, a lo lejos, una franja negra sobre la tierra, acercándose lentamente, robándose poco a poco el azul de la bóveda celeste.

«Viene un ciclón», dice secamente Jay.

Ambos se han quedado petrificados. Han oído hablar del monstruo pero nunca lo han vivido. El negro lo sabía desde que el reventón de sol incendió la bahía. Cuando clarea temprano de ese modo, con tanta reverberación que a los cristales de sal le chorrean hilos de sangre, es que la debacle vendrá del cielo. El relampagueo se ha vuelto incesante. Es mediodía y de pronto oscurece como si del crepúsculo se tratase. Las copas de los árboles más altos se inclinan y ya empiezan a girar como aspas de molinos, las pencas de las palmas como rehiletes, las ramas de los arbustos se parten, la tierra pierde su capa de polvo arrastrada por pequeños tornados. No ha caído una gota y ya se presiente el vendaval que trae al monstruo. La casucha de Jay es endeble. Les cuesta oírse porque el viento, arremolinándose, es un potente vozarrón, un bufido ronco que lo acapara todo.

«¡Hay que meterse en el vara en tierra!», grita el negro al tiempo que indica, en la hondonada del terreno un ranchito de metro y medio de altura y no más de cuatro de largo, una cobija en forma de ángulo diedro, los aleros apoyados en el suelo. Manuel mira con recelo la rústica construcción. No le hace ninguna gracia guarecerse allí, permanecer a ras de suelo mientras el meteoro arrase con todo lo que encuentre a su paso. Dice Jay que es lo único que resistirá, pero le cuesta creerle.

Avanzan contra el viento como un barco que caza escotas y debe ceñir el eje de su dirección al máximo. Los primeros chubascos llegan acompañados de bocanadas de aire que baten en sus rostros como proyectiles. El estupor se apodera de Manuel que se niega a entrar en el vara en tierra. Se protegerá detrás de unas rocas que forman pequeñas cavidades a pocos metros del bohío. Jay intenta inútilmente convencerlo, Manuel no le hace caso. Corre a parapetarse detrás de los peñascos, en una cavidad en la que apenas cabe su cuerpo entre la roca y la pared. Como el sitio está a dos metros del suelo observa desde allí los estragos, los rayos pintando de blanco la negrura, las palmas altivas y erguidas doblegándose ante el ímpetu de las ráfagas, los gajos tronchados, la lluvia desflorando la tierra y el momento en que el techo de la casa de Jay vuela como una baraja, perdiéndose en el cielo, succionado por un remolino de agua que azota la tierra.

Pierde la noción del tiempo que permanece en esa posición, rebullido sobre sí mismo. Una descarga ha de haber caído cerca porque la cavidad parpadea tanto que cree, por un momento, que ha sido él el blanco del estampido. Se pellizca. Sigue vivo. La lluvia no deja distinguir el vara en tierra en medio del cafarnaún de ramas, tablas y troncos esparcidos, el terreno anegado. El olor a chamuscado, a brasa apagada por el agua, le llega desde abajo, desde la cobija en donde se refugiaron Ramón y Jay.

Va amainando el viento. La tronada se oye lejos, señal de que lo peor ha pasado. Ignora cuánto tiempo estuvo replegado, en posición fetal. Una vieja superstición de su pueblo obliga a quien se ausenta de casa por mucho tiempo a atravesar el cañón del charco del Infierno si desea regresar con vida entre los suyos. En Andalucía no se cree mucho en brujas y duendes. Por haber vadeado aquel paraje por donde discurre el arroyo Guadalvacar antes de engrosar el Guadalquivir, sabe que sobrevivirá a cualquier vicisitud mientras se halle lejos de su tierra. Ya puede abandonar su escondrijo. Vocea los nombres de sus compañeros. No recibe respuesta. El eco de su voz se aleja como si corriera lejos en pos del meteoro.

Se ha ido calmando el viento, da la impresión de un toro herido de muerte en los minutos que preceden al estertor. Sólo persisten las rachas rezagadas. Desciende lentamente del montículo esquivando la maleza desparramada y palpa el dobladillo donde lleva la medalla de plata de Nuestra Señora de Setefilla, advocación mariana y patrona de Lora que siempre lo acompaña desde su bautizo. La aprieta con fuerza recorriendo con sus yemas el relieve del anverso y el reverso, en uno la Virgen, en el otro Nuestro Padre Jesús Nazareno. Les pide no presenciar, en lo que le quede de vida, otro bólido como ese.

El suelo está empapado, cuesta avanzar por las partes en que no pudo tragar una gota más de agua. Del vara en tierra sobrevive un amasijo de tablas, canutos y residuos de paja carbonizada. La llovizna se ha vuelto intermitente. En donde hubo una pira encendida distingue el cuerpo de Jay carbonizado. A ocho pasos de él, el de Ramón, inanimado, bocarriba, la llovizna salpicándole la cara. Un soplido precede el movimiento del pecho de su amigo al liberar el aire que respira.

6

Ninguna borrasca de las que han visto es comparable con lo vivido en aquella primera semana de septiembre. Los nativos les indican que el ciclón no tocó tierra, siguió una trayectoria en la que su ojo pasó sobre el mar, a kilómetros de la costa, más pegado a Jamaica que a Guantánamo. Si como dicen, padecieron sólo los embates de su periferia, no quieren imaginarse lo que hubiera sido si hubiera pasado sobre ellos. Los habitantes del caserío de San Anselmo de los Tiguabos se concentraron alrededor de la imagen de Nuestra Señora de Chiquinquirá, bajo cuya advocación el primer cura erigió el endeble templo de tejas y guano. La imagen fue traída de Venezuela por una matrona inglesa. Algunos creen que está maldita porque la dueña se dedicó siempre a negocios turbios, a traficar con sal que las goletas de las islas Turcas venían a buscar. Maldita o santa, los feligreses no tuvieron otra opción que encomendarse a aquella estatua de poca gracia y peor hechura. Los soldados, apiñados también en la iglesia, la contemplaban en medio de la ventolera, echando de menos las ostentosas imágenes de oro y plata de sus templos en la Península.

El ciclón sirvió para que la población, antes hostil, invitara a la tropa a compartir lo poco que el huracán dejó.

Cumpliendo órdenes de sus superiores, los soldados ayudan a reconstruir las techumbres y también una de las paredes laterales del templo que una ráfaga echó por tierra.

El furriel, al recordar que Ramón y José estaban en misión de reconocimiento, esperó a que pasara el meteoro para mandar a buscarlos. Manuel solo no hubiera podido arrastrar el cuerpo inerte de su amigo, ni se hubiera atrevido a abandonarlo, al pie del vara en tierra carbonizado. Sólo pudo arrastrarlo unos metros, cuidando de no lastimarlo, hasta el borde de la vereda. Se prometió regresar para darle digno entierro al pobre negro. Siente mucha pena por su muerte, le cuesta creer que un rayo lo haya mandado al otro mundo. Los cuatro soldados enviados por el furriel llegaron cuando empezaba a desfallecer. Dejó que colocaran a Ramón sobre una parihuela que improvisaron con dos tablas y un saco de yute, y se encaminaron al campamento. Apenas llegado al sitio en que todos se afanaban, Manuel se percató de la magnitud de las pérdidas. Techos cercenados, postes arrancados de cuajo, esqueleto de vigas y horcones al aire, emergían de las pocas casas que quedaron en pie.

El caso de su amigo era el más extraño del mundo. Ni siquiera el médico de la tropa conseguía entender lo sucedido. Malherido no estaba. Ni un rasguño. Sólo inconsciente, como si su cuerpo se hubiera abandonado a un sueño del que profería, de vez en cuando, frases inconexas. Sin que les hubiera dado cartas en el asunto, las Espiritistas, una pareja de hermanas de Los Tiguabos, se acercaron al yaciente y colocándose a ambos lados del cuerpo comenzaron lo que llamaron «una sesión de espiritismo». Explican que es una misa de enlace entre los vivos y sus difuntos queridos para que pueda regresar quien se debata entre la vida y la muerte. Primero rezan padrenuestros y avemarías, luego colocan tres palanganas llenas de agua en la cabecera, a los pies y sobre el cuerpo de Ramón, dejando cubierto el tórax con hierbas de resguardo que cultivan. Lo importante es impedir que el alma lo abandone. El agua es materia de influjos vivificantes, con ella san Juan bautizó en los tiempos bíblicos a los convertidos. El agua es la que ahuyenta la mala corriente, limpia el futuro, aclara las visiones y hace que los muertos nos visiten, nos revelen aquello que como simples mortales no entendemos. A quienes les preguntan, responden siempre lo mismo. Las dos llevaban días advirtiéndoles de la catástrofe, nadie quiso escucharlas. Habían visto al babujal, el que sólo sale bajo la luna y cuando lo hace anuncia siempre calamidades. El babujal aparece en las pozas del río. Es un hombrecillo de baja estatura que se forma con el vapor desprendido del sitio en que bulle el agua en determinados periodos del año. Tiene cara de pocos amigos y sus miembros son desproporcionados. Si no lanza un alarido antes de desaparecer no hay nada que temer. Pocos pueden verlo, menos quien no crea en él. Las dos hermanas han recibido ese don, pero, desde que el pueblo tiene cura, la campaña contra ellas ha sido feroz: que si son impías oscurantistas, que si un par de ignorantes. Los que antes creían en los espíritus del monte se han alejado de sus creencias hasta quedar desarmados. Pero cuando verdaderas desgracias los afligen, le dan la espalda al fanfarrón del padre y les ruegan a ellas que intervengan. Nadie se atreverá ahora a apartar a las Espiritistas del cuerpo inerte.

Cuando Ramón se despierta, una de las hermanas, la más delgada, le echa abundante agua de los recipientes en la cara y deja que se seque al viento. Entonces lee en los surcos que describe el líquido sobre los pómulos y la frente. Antes de que desaparecieran del todo y sin dejar de mirarle a los ojos le anunció: «Ha muerto el decano de tu familia. Ha muerto corneado por un toro. Dice el agua que mejor se hubiera ido antes».

Así fue como Ramón supo, después de sobrevivir una vez más a la descarga de un rayo, que el viejo Guillamón se había puesto el traje de madera.

7

En la zona operaban las cuadrillas de nativos de Baitiquirí y Caujerí, unos ciento cincuenta individuos entre delincuentes, vagos y auténticos mercenarios, que sólo peleaban por la paga y el botín. El Batallón n° 7 recibe de parte de estos su bautizo de fuego. No hay nada peor que enfrentarse a un enemigo sin formación militar, a una cuadrilla de rumbo errático, que lo mismo ataca cuando no es oportuno que se repliega cuando goza de mejor posición. El combate es anárquico, como para volver loco al oficial más experimentado y, aunque las pérdidas no son significativas, los hombres, atenazados durante una semana, están exhaustos.

Han colocado al coronel Abreu al mando de la tropa. Deben abandonar Guantánamo y recorrer la distancia que los separa de la villa del Cobre, próxima a las minas de ese mineral. Unos ochocientos insurrectos se han apoderado de ese sitio estratégico, en donde una línea de ferrocarril transporta el metal hasta el puerto de Punta de Sal. Además, en El Cobre los cubanos veneran a su virgen, la de la Caridad, y a los tres Juanes, cuya imagen de madera fue hallada flotando en las aguas de la bahía de Nipe. Por su peso simbólico no debe permanecer en manos de los mambises. La misión es muy delicada. Los nativos lo defenderán con uñas y dientes.

Ramón tiene mucha más experiencia que Manuel en el combate. Es una bendición para este que pueda contar con un amigo que le revele trucos y mañas de viejo soldado: cómo esquivar las balas sin exponerse demasiado, qué hacer para amagar al enemigo en el cuerpo a cuerpo y, sobre todo, qué hacer para abandonar una posición de blanco seguro. Fue allí donde, interponiéndose entre él y una bala destinada a su pecho, le salvó la vida. A Manuel la imagen de Ramón abalanzándose, dándole un empujón hasta hacerlo caer de espalda sobre un montículo de piedras, no se le olvidará nunca. La bala terminó en el hombro del amigo, sin más daño que una fastidiosa extracción y una herida poco profunda, de la que sobrevivió solamente un verdugón como trofeo de guerra.

El combate fue encarnizado. Las fuerzas enemigas traían a tres de los cabecillas más temibles de la insurrección. Una vez desalojados, los rebeldes se apertrecharon en el santuario, única construcción sólida. El jefe insurrecto mandó en vano a sus parlamentarios, buscando la rendición, y al constatar que desde Santiago se movían refuerzos en dirección del poblado, organizó una sabia retirada, dejando un centenar de cadáveres en el campo de batalla.

Para Manuel ha sido su primer combate real en Cuba. Las escaramuzas contra las cuadrillas de tunantes no contaban. Le debe la vida a su amigo y espera devolverle un día aquel gesto extraordinario. De no haber parado en seco la bala, yacería, en este instante, varios metros bajo tierra.

«Ha sido tu buena estrella, Manuel», y le confiesa lo que hasta ese momento había callado. «Si el día del ciclón hubieras hecho caso al negro Jay, al pedirte que entraras en el vara en tierra con nosotros, no estarías hoy charlando conmigo.»

Así fue como Manuel supo que su amigo era el hombre que atraía los rayos. Un secreto que deberá guardar si no quiere que le den de baja o le asignen tareas en otro ámbito. Cuando se ponga malo el tiempo, le ruega que no lo busque. Ya sabe él cómo hacer para proteger a sus compañeros de tropa. Espera que Jay sea el último hombre que muere por su culpa.

El Cobre ha sido también el sitio que ha definido el rumbo de cada uno. La insurrección ha ganado terreno. Son varios los pueblos en manos de los rebeldes, quieren ocupar Santiago, hasta ahora un bastión inexpugnable que concentra a los mejores batallones, la flota y el abastecimiento del departamento oriental. En Holguín se han atrevido a atacar La Periquera, el mejor edificio de la villa, casi una fortaleza. Al incendio de Bayamo se suma una asamblea constituyente en que los jefes mambises eligieron al cabecilla de la República en Armas, escogieron su bandera, dividieron los poderes y formaron su propio gobierno burlándose de España.

A Ramón lo envían a la guarnición del Morro de Santiago. A Manuel a Marcané y, de allí, a San Isidoro de Holguín. Cuando los dos amigos se abrazan ignoran que nunca más volverán a verse. Tampoco saben que el azar los unirá de otra manera un buen día, sus genes repartidos por igual en alguien que nacerá cuando ninguno de los dos forme ya parte de este mundo.

Cuarta parte

La Habana - Nueva Gerona - Varadero
Invierno 2006 - Primavera 2007

1

En lo que le queda de vida no volverá a montar en barco. El viaje a Nueva Gerona, en un catafalco flotante, mal llamado ferri, herméticamente cerrado (por seguridad, anunciaron), no lo olvidará nunca. Los pineros, acostumbrados a navegar entre Batabanó y la isla, ya se lo habían advertido: tanto el avión como las dos embarcaciones que cubren esa ruta son tremenda mierda. El primero, un artefacto dejado por los rusos dos décadas antes, parece más una avioneta de fumigación que otra cosa; el segundo, el dichoso barco, también data del año de la corneta. Ninguno ofrece garantías. Y menos, seguridad.

Nueva Gerona es un pueblo chato, sin mucho encanto. Tuvo la impresión de que los espíritus de los deportados erraban todavía por sus calles. El Archivo Municipal no dispone de los catastros de viviendas, tampoco de un censo detallado de la población penitenciaria, excepto de algunos pases de lista conservados por puro milagro. Localizó en la iglesia el acta de bautizo de su abuelo Gerardo, con fecha 3 de junio de 1873, un año y medio después de nacido, oficiado por el presbítero Manuel Cuervo López. Lo llamaron Salvador Gerardo Antonio Ochoa, y en el acta se lee que era hijo de padre desconocido. No encontró indicios que aclaran cómo o en qué momento pudo la madre inscribirlo después con el apellido Guillamón.

«Debe haber sufrido horrores», se adelanta Augusto, que esperaba con ansiedad los resultados de las pesquisas de su amiga, entregados los dos, a esa hora, al ritual de contemplar el amanecer desde el portalón de la casona.

La Isla de Pinos que Augusto conoció había sido muy distinta. En 1976 el gobierno decidió cambiarle el nombre por el de Isla de la Juventud. Allí se erigía el tétrico Presidio Modelo, una prisión descomunal que de modelo sólo tenía el nombre y que, desde su fundación, en 1928, había triturado a miles de condenados. Cinco bloques de planta circular con capacidad para cinco mil reos que de lejos parecían gigantescas colmenas. En cada uno, noventa y tres cabinas con capacidad para dos detenidos cada una, y en el patio central, un panóptico, ojo de cíclope, atalaya de guardianes, dispuestos a tirar contra todo lo que se moviera. Allí sufrió su primera reclusión antes de que lo encerraran. «Los mosquitos parecían helicópteros, las picaduras te abrían cráteres en la piel.» No quiere imaginar lo que pudo haber sido esa isla, un siglo antes, en tiempos de Vidalina.

Se alojó en La Cubana, un hotelillo de mala muerte. No pudo llegarse a El Abra, la finca en donde vivió José Martí, también deportado, sesenta y cinco días, a partir de octubre de 1870. Apadrinado por los Sardá, una familia de catalanes dueña de las canteras de mármol, su breve paso por ese lugar coincidió con la estancia de Vidalina. El responsable del archivo le mostró un pase de lista de diciembre de aquel año. Elba no pudo disimular su emoción al descubrir el nombre del apóstol de los cubanos pocas líneas antes del de su bisabuela holguinera.

Los llamados infidentes no eran todos patriotas, le aclaró el conservador. Entre ellos abundaban los alcohólicos, vagabundos, rateros, incorregibles pícaros, truhanes y presidiarios cumplidos, y a todos se les dejaba deambular libremente en un perímetro limitado para que se procuraran su propio sustento. Entre residentes permanentes, esclavos y confinados, vivieron allí, en esa época, unas mil almas, comunicadas con el mundo exterior únicamente por un vapor que cada semana atracaba en el puerto, trayendo el correo, la prensa, las mercancías y nuevos deportados. Todos tenían la obligación de presentarse una vez al día en la plaza de la Comandancia para responder al pase de lista.

Del sitio donde había estado deportada su bisabuela pudo sacar en claro tres cosas:

—La proscrita asistía en diciembre de 1870 (junto a José Martí) a los pases de lista de la plaza.

—Su hijo, Salvador Gerardo Antonio, nacido en octubre de 1871, fue bautizado el 3 de junio de 1873 sin llevar el apellido Guillamón del padre.

—Su bisabuela Vidalina permaneció allí entre noviembre de 1870 y julio de 1873.

2

Las cosas han cambiado. El monstruo que les chupó los mejores años de sus vidas ha perdido fuelle. La Revolución es ya un cuenco vacío, una mecánica que funciona por inercia. A nadie le preocupa que Augusto sea un expreso político. La gente procura sobrevivir y las consignas y los himnos se repiten por puro hábito.

Desde que habían retomado el hilo perdido de una amistad en la que no mediaba otro interés que la camaradería, se veían hasta tres veces por semana. Desde el portalón ven desmarcarse del horizonte, como gigantes estáticos, los molinos de trigo de Regla. Augusto sí conoce la expresión «traslado por cordillera» que sólo se usa en el ámbito carcelario. Es la manera, explica, de desplazar a los prisioneros de una región a otra alojándolos en cuarteles y cárceles intermedias. Cierra los ojos. Por su mente pasan decenas de nombres, calabozos tapiados, celdas de castigo, alaridos de bestias en medio de la noche, el ruido metálico de los cerrojos, detenidos que pierden el juicio, dormitorios de apenas diez metros donde se apiñaban hasta treinta reclusos que debían turnarse para dormir, pues extendidos no cabían en el suelo. También los nombres aterradores de las prisiones: Boniato, Kilo 8, San Severino de Matanzas,

Manacas, Castillo del Príncipe, Guanajay, Presidio Modelo, Melena, Cinco y Medio, Castillo del Morro, Cárcel Central de Las Villas, La Cabaña..., hasta cubrir una docena y media. ¡Quince años!

Elba ve asomar en su rostro una sombra de inquietud. Más vale que cambie de tema. Le muestra la lista exhaustiva de libros y documentos que ha consultado o debe consultar. «Si no sacas nada en claro», le comenta un Augusto medio jocoso, «te convertirás, por lo menos, en especialista del siglo XIX.»

Le ha costado mucho, en medio de la debacle general, encontrar esos libros. Las ediciones príncipes que no han sido devoradas por las polillas se las han robado los lectores y hasta los mismos bibliotecarios para venderlas a bibliófilos del mundo entero. Las salas de lectura son un desastre, los baños apestan, en la cafetería no hay agua y a veces se va la luz. Ha encontrado, por suerte, unos manuscritos inéditos de la historia de Holguín y está a la espera del testamento de Octaviano Ochoa, el padre de su bisabuela. También del acta notarial en que reconoce a Vidalina y a sus otros hijos ilegítimos.

A veces siente que el remordimiento le roe la conciencia. Quiere a Betico, lo atiende día y noche desde que enviudó, pero no puede alejar sus negros pensamientos: si su padre se muere ahora, se le jode el asunto de la nacionalidad. Es él el nieto del militar Ramón Guillamón y ella no podrá hacerse española sin que su padre lo devenga antes. Por eso asoma en su rostro la duda ética: ¿habrá perdido ella también los valores elementales? ¿Quiere que su padre permanezca vivo sólo para que pueda realizar su sueño?

Augusto es un bálsamo. Sonríe comprensivo. La mira con ojos que quieren decir «para de martirizarte». Le toma

141

las manos entre las suyas y le propone que echen un partidito de damas. Sólo así logra sentir que la tensión nerviosa la abandona. Entonces puede oír el canto de los pájaros refugiándose en sus nidos antes de que la noche inminente envuelva del todo a La Habana.

3

Silvia vive en un hermoso chalet enfrente del antiguo campo de tiro de Varadero. Aunque ronda los noventa años su memoria permanece incólume. Las canas que le cubren la cabellera impiden distinguir el mechón blanco de los auténticos Ochoa. Así y todo, Elba cree ver una zona más clara, dos matices diferentes de color en su pelo. Su gesto, al extenderle la taza de café, parece viajar desde un tiempo muy lejano, el ademán es suave, el platillo reposa sobre la palma de su mano. Es Ochoa por partida doble. Sus abuelos eran primos hermanos. A sus ancestros les costó caro la manía de casarse entre parientes.

Lo llaman justamente «el mal de los Ochoa». Cómo no va a conocerlo si fue la razón por la que sus padres se mudaron a Varadero. Se trata de la ataxia y la padeció, al igual que algunos primos, Rosario, su hermana menor. Al principio le diagnosticaron disartria, una especie de pérdida de la dicción, pero un año después ya se la comían la diabetes y la disfagia. Poco a poco se fue convirtiendo en un vegetal, y a los dieciocho años era un ser completamente dependiente al que había que bañar y trasladar, incapaz de valerse de sus miembros, ni de mover la cabeza para decir sí o no. Su muerte fue tan negra que viva parecía ya un cadáver.

Los Ochoa de Cárdenas eran primos de Vidalina. Justiniano de Zayas Ochoa, el bisabuelo de Silvia, había abandonado Holguín, con sus padres, antes de que estallara la guerra de 1868. Ninguna de las dos sabe, en ese momento, que se trataba del hijo de Tíana, la hermana de Octaviano que escribía largas cartas a Josefa. Tampoco de la existencia de Justiniano, el hijo de esta última, de quien heredaron el nombre tanto el bisabuelo como el abuelo de Silvia.

Nació en Cárdenas, pero vive en esa playa desde 1940. Aunque Elba no le crea no ha puesto un dedo en el mar en toda su vida. «A las mujeres de antes nos criaban a la antigua», le dice. «¡Con mangas largas, faldón por debajo de las rodillas, sayuela contra las transparencias y cero escotes!» Se alegra de que su santa madre esté enterrada, si no se infartaría de ver a las muchachas que pasan hoy frente a su casa con el culo al aire. Vive sola y cuando encuentra con quien hablar no tiene para cuando acabar.

Silvia recuerda vagamente que su abuelo había vivido entre Veracruz y San Felipe de Orizatlán, en México, a la espera de que cesara la represión colonial contra los independentistas. Muchos de los Ochoa de su rama se quedaron desde esa fecha en tierra azteca, entre ellos su tía abuela Juana Francisca, casada con Francisco Lavielle Feliú, gobernador de la fortaleza veracruzana de San Juan de Ulúa. Si la memoria no la traiciona, entre las reliquias que atesoraba su abuelo, había un cuadernillo muy antiguo con tapa de cuero que perteneció a alguien de la familia que fue deportado a Isla de Pinos. Si tiene paciencia echará una ojeada a los estantes de su biblioteca, confía en que será fácil distinguirlo entre otros libros y documentos. Elba sabe por la sentencia de Vidalina que no fue la única deportada de la familia. El cuadernillo debe de haber pertenecido a uno de los condenados de aquella causa de 1870.

Elba respira hondo el aire saludable del mar. Hacía años que no ponía los pies en el mítico balneario, durante mucho tiempo vedado a los nacionales. La playa se extiende a lo largo de una península estrecha, un brazo de arena fina acariciando las aguas turquesas y claras al norte, oscuras y tenebrosas hacia la bahía de Cárdenas, al sur. Le parece que fue ayer cuando venía con sus padres a veranear allí. De tanto que se exponía al sol mudaba la piel hasta dos veces en una misma temporada. Entonces nadie hablaba de cánceres, melanomas y todas esas pendejadas. La arena reverberaba en esa atmósfera gualda en la que bajo la sombra de los pinos las pieles ardían. Cuando se aburría de la playa, alquilaba bicicletas dobles y pedaleaba desde Kawama hasta El Laguito, al pie de la casona de Dupont de Nemours.

Le encanta esta vieja parienta de la que nunca había oído hablar. ¡Ojalá las mujeres de hoy fueran tan vivas y enérgicas como ella! De pronto cree sentirse menos sola en esta isla. Augusto, Orquídea... ahora Silvia. Presiente que serán grandes amigas.

4

Silvia reaparece. Su rostro se ha iluminado. Trae como un trofeo el cuadernillo del que le habló. Las dos arden en deseos de enterarse de qué va el tema. Elba debe vigilar la hora. No puede darse el lujo de perder el último autobús en dirección de La Habana. Tampoco se atreve a pedir alojamiento, apenas acaban de conocerse.

«Aquí tienes esta joyita. Tenemos que hojearlo con cuidado, lleva mucho tiempo cerrado.»

Silvia se arrellena en su sillón de mimbre preferido, su cuerpo menudo calzado por dos grandes cojines. Ha vivido casi todo el siglo XX. Un siglo de contrastes, de excesos, de grandes cambios, de transformaciones radicales, avances y retrocesos. Un siglo en que chocaron, se dice Elba, como fallas subterráneas, las capas que violentaron la Historia. Saltos dramáticos, drásticas medidas. Aquella isla era el mejor ejemplo. De colonia a república próspera tras la danza de los millones y la subida de los precios del azúcar durante la guerra de 1914; de república de pacotilla a El Dorado para emigrantes que llegaban muertos de hambre de Europa y norteamericanos deseosos de hacer fortuna, deseosos de convertir al país en el crisol de la modernidad que fue entonces; de experimento ideológico o laboratorio del comunismo tropical a bazofia utópica de un socialismo venido a menos, estafa por parte de bribones que la convirtieron en su finca personal y, a sus habitantes, en un ejército de peones. Un siglo que no le gustaba nada y que de no haber existido se hubiese ahorrado la desgracia de vivir lejos de sus hijos y de tener que hacerse española para alcanzarlos. Bebe un poco de agua, se aclara la voz, comienza la lectura:

EN CORDILLERA HASTA LA HABANA
Viaje forzado desde Holguín hasta Nueva Gerona
(propiedad de Antonio de Jesús Ochoa Guerrero)

Domingo, 23 de octubre de 1870

Somos seis los extrañados contando al cura de Cacocum. Nos acompañan tres celadores, más el arriero. Viajamos hacinados, el remolque lo reservaron para los baúles. Llevamos viandas y carne salada. Matías fue inclaudicable: ni un bulto suplementario. Mi hermano José lleva poca ropa y la comida va en el suyo. Viajan con nosotros Luz, Ramona Tamayo y Vidalina, nuestra medio hermana, reconocida hace poco por papá, deportada por haber dado alimentos a su hermano Justiniano.

Elba no logra disimular la emoción al leer el nombre de su bisabuela. Silvia da un respingo al oír el de Justiniano. No en balde lo llevaron sus abuelos.

La loma de la Cruz a la derecha. Los campos abandonados. Lotes enteros quemados, cero animales pastando, las talanqueras gachas. Antes de Buenaventura hubo revuelo.

147

Un guardia vio a un negrito, explorador o guía de los insurrectos, esconderse en el bosquecillo. Vidalina me dice bajito que debe ser su amigo Joseíto, al que daba por preso desde que lo capturaron robando en la casona del Manco.

Nuestra media hermana es joven, hermosa y exhibe el lunar de canas que nosotros, los hijos legítimos de Octaviano, no tenemos. Apenas la conocíamos. Es una pena que haya sido en estas circunstancias. España se remueve en sus propias cenizas y, si no se acopla con el mundo, el violento ciclón de la guerra la arrastrará. El tiempo suele atropellar a quien quiere andar menos que el ritmo marcado por la providencia. Los vicios de la Corona le hicieron perder sus ricos florones de Méjico y Perú. Sus funcionarios son una ralea que vive de lo que puede agenciarse, la mayoría robando.

El cuartel de Las Tunas. Medianoche. Tres días de carreta. La ciudad desolada. La comida hedionda. Salvamos la cena con un poco de tasajo y unas buenas chinas que trajo el padre Rosell. Un quicio duro por cama.

5

Silvia propone que interrumpan la lectura. Empieza a oscurecer y todavía no ha preparado la cena. Invita a Elba a quedarse en su casa el tiempo que sea necesario. Después de compartir una exquisita harina con cangrejos que prepara en un santiamén, retomarán la lectura. La receta la heredó de su abuela, advierte. Aquel plato les sabe a gloria, el aire de mar despierta siempre el apetito. De sobremesa continúan donde se habían quedado.

De miércoles 26 a sábado 29 de octubre

Bejuco, Guáimaro, Cascorro, Sibanicú, La Norma... Caseríos anunciados por el nuevo arriero. Los guardias de relevo son criollos, más tratables que los novatos españoles. Jaranean, canturrean. Uno de ellos conoce de memoria hermosas tonadas campesinas. El padre Rosell dice que no sobrevivirá. Le duele la parte baja del abdomen, sangra cuando se va de cuerpo. Oramos. Ojalá que en Puerto Príncipe el juez se apiade y ordene que lo atienda un médico. Es un venerable varón, conoce muchas historias de los primeros pobladores de los hatos. Ameniza como puede nuestro tortuoso viaje. Ora nos lee un pasaje de la Biblia, ora alguna enseñanza de la vida de un santo. De Las Tunas nos contó la leyenda del jinete sin cabeza, cuando aquel predio no era más que un asentamiento de indios llamado Cueybá. El caso fue que hubo un español que tenía una hermosísima hija y de ella quedó prendado y correspondido el más apuesto de los indios. Siendo el amor mutuo, la doncella dejaba entreabierta la puerta de su aposento y, a escondidas, el enamorado penetraba a medianoche. Así esperaban ambos el alba, muy felices, hasta que el padre se enteró de lo que sucedía y contrató a una partida de matones para que decapitaran al amante furtivo. Una noche de luna llena, en que el indio cabalgaba un hermoso corcel blanco, ocurrió el crimen. Bajo un frondoso ocuje, los matones dieron por cumplido su cometido. El español podía asomarse y comprobar con sus propios ojos el éxito de la faena. Cuando se presentó en el lugar indicado, no quedaba rastro del cuerpo del indio, sólo el caballo ensangrentado atado a un árbol. Por ello, cada vez que la luna llena hace su aparición en las calles de Las Tunas se ve a un jinete indio sin cabeza sobre un caballo blanco. Cuanto peninsular ande fuera de su morada es inmediatamente degollado por el decapitado. Desde entonces, han sido muchos los crímenes que se cometen aquí. Y amparados por la leyenda, quedan siempre impunes.

Llanos tristes y monótonos. Cañas y más cañas que la brisilla abate. El sol quema como ascuas, ennegrece el cutis, irrita la sangre. Las mujeres se cubren con burdos velos hechos con camisas; los hombres improvisamos sombreros con pedazos de yagua. Fiesta de san Judas Tadeo, patrón de las causas desesperadas. Lo recordó Ramona. Pedimos por el padre. Mañana será el séptimo día de nuestra marcha.

Domingo, 30 de octubre de 1870. Día del Señor

Anoto la canción que cantonos el guardia:

> Crecía una flor a orillas de una fuente
> Más pura que la flor de la ilusión
> Y el huracán tronchola de repente
> Cayendo al agua la preciosa flor
>
> Un colibrí que en su enramaje estaba
> Corrió a salvarla solícito y veloz
> Y cada vez que con el pico la tocaba
> Sumergíase en el agua con la flor
>
> El colibrí la persiguió constante
> Sin dejar de buscarla en su aflicción
> Y cayendo desmayado en la corriente
> Corrió la misma suerte que la flor
>
> Así hay en este mundo seres
> Que su vida cuesta un tesoro
> Yo soy el colibrí si tú me quieres
> Mi pasión es el torrente y tú la flor
> Yo soy el colibrí si tú me quieres
> Mi pasión es el torrente y tú la flor.

De la rancia y antigua villa de Puerto Príncipe vimos poco o nada. Nos alojaron en una fábrica panificadora a juzgar por la harina esparcida por el suelo y sobre un rústico mesón. Ahora hace de polvorín. Su nave principal quedó fulminada durante un ataque mambí. Los hombres a la tahona, las mujeres al antiguo granero, un local de techo semiderruido que

151

por puro milagro no se viene abajo. Ración magra. Echamos manos a las últimas provisiones, más un poco de carne salada, plátanos hervidos y huevos que el cura consiguió con una guajira.

Lunes, 31 de octubre de 1870

Nos levantamos cubiertos de ronchas. Un ejército de jejenes nos libó el tuétano. El enjambre venía de los arrozales. Luz conoce de plantas. Cuando llegamos a Algarrobo, salió, con permiso de los guardias, a buscar tepozán (llamado también tabaco silvestre o hierba de la mosca). Fabricó cataplasmas con sus hojas y raíces. Pernoctamos en el cuartón de un guajiro. Declaramos a Luz nuestro «Ángel de Luz». Por vivir en el campo, en San Andrés de Guabasiabo, sabe de remedios que los de la villa desconocemos. Trituró las hojas y las raíces en un pilón, las maceró en dos dedos de leche que Genaro, el dueño del cuartón, nos ofreció, y preparó un emplasto. Repartido en pequeñas compresas lo aplicamos sobre nuestras ronchas que ya empezaban a infectarse. Hasta los guardias aprovecharon para curarse.

Martes, 1 de noviembre

Marcha tortuosa. El peor de los soles. Ni una brizna de aire. La polvareda, descomunal, elevándose sobre nuestras tristes figuras sudorosas. La gente de Florida nos indicó unas pozas donde asearnos. Un paisano nos contó que en ese mismo sitio apareció ahogado el capataz de la finca colindante, con una biajaca en la boca. Sorpresa general. Nadie pidió detalles. Recaída del padre Rosell.

Miércoles 2 y jueves 3 de noviembre

Si pasamos la trocha, línea defensiva construida por los españoles de norte a sur desde el puerto de Júcaro hasta el poblado de Morón, estaremos salvados. La guerra no existe en Occidente. Lo protege esa muralla de fortines, campamentos, zanjas, puestos de escucha y alambradas, ordenada por el conde de Valmaseda, el más temido de los oficiales ibéricos, bestia negra de la insurrección. A las cinco llegamos a Nazareno. Por poco morimos del atracón de zapotes que nos dimos gracias una mata repleta que dejamos más pelada que un gallo peleón.

Viernes, 4 de noviembre

El jefe de la plaza de Ciego no ha querido que el cura se muera en su territorio. Da orden de proseguir el viaje. Atravesamos así la trocha, y a pie hasta Jatibonico. Cuatro noches durmiendo al aire libre. Las llagas de los pies se han ido endureciendo, parecen verrugones oscuros, insensibles a la humedad o al calor. Ya no destilan esa sustancia viscosa y purulenta que tanto me repugna.

Sancti Spíritus, *martes, 8 de noviembre*

Días sin escribir. La iniquidad en el abuso es lo que más aborrezco. Triste fue el entierro del padre. Murió hacia medianoche. En un esfuerzo postrimero nos dejó algunas encomiendas. Nada pudieron los remedios de Luz ni nuestros rezos. El alcalde, por superstición o por piedad, pidió al único galeno del pueblo que lo atendiese. Oigo todavía los ayes del moribundo, su desesperación por no haber varón de su ministerio que lo confesase, la atmósfera viciada de la bodega de la casa cabildera en donde permanecimos hasta el alba. ¡Pobre padre! Mandaré a rezar tres novenas por su alma en cuanto pueda. Al dolor físico se suma una sensación de impotencia. Santa Clara será nuestra próxima etapa. No nos autorizaron asistir al entierro. Quién sabe si le dan santa sepultura o lo tiran en una de esas fosas comunes que son las fauces hambrientas de la guerra.

Elba hace notar a Silvia que falta una hoja. La de los días del 9 al 12 de noviembre, el tramo hasta Santa Clara.

Domingo, 13 de noviembre. Día del Señor

Santa Clara vive ajena al conflicto. Las calles son tiradas a cordel y en divisiones equilibradas. Al lado de suntuosas mansiones se ven otras mezquinas. El suelo está enchumbado, hay mucho ajetreo de negros moviendo quitrines. Ha pasado un carruaje de bruñida plata, el radio de sus enormes ruedas es de ácana, las varas de majagua flexible, el tapacete y el fuelle de paño fino. El caballo luce brioso y el calesero lleva traje con remates de plata blanca. Hace que se le reconozca por el chasquido de su látigo antes de lastimarle el lomo. Todo contrasta con lo insalubre de la ciudad. Luego supimos que la carroza lujosa es de un conde de la vecina villa de Trinidad.

Las molestias del sueño fueron incalculables, el camastro de ermitaño que me tocó ha sido la causa del escozor que tengo. Chinches, según Luz. Un perro aulló toda la noche. La comida, algo mejor. Nos hartamos de boniato y plátano gracias al cura de La Divina Pastora que vino en busca de noticias del padre Rosell y se horrorizó al vernos tan desnutridos.

Mediados de noviembre (pierdo la cuenta)

Ha sido el tramo más largo, aunque el menos penoso. Dormimos en un chinchal de cerdos en Manacas. Comimos tamales (tayuyos les dicen aquí). Deliciosos. Les ponen masas de cerdo antes de envolverlos en las tusas. Una guajira nos ofreció una cuba de garapiña, que es agua fresca con cáscaras de piña reposada y azúcar. No conocíamos esa bebida.

Llegada a Cárdenas.

Al fin, el mar. Una masa de agua oscura centellea con la luna rielando desde lo alto. Da miedo. Ninguno lo había visto nunca. En realidad oíamos su bramido. La espuma es una cinta blanca sobre un manto negro que ciñe la orilla. El ruido es regular, monótono, cambia según la intensidad con que se estrella cada ola. El olor es penetrante. Si a eso huele el mar entonces prefiero el aroma de nuestro campo después de la lluvia, cuando el rocío mañanero lo besa, cuando arden los palos del monte, o el aire transporta el perfume de las frutas de estación. Vidalina no quiso mirarlo. Inhaló profundamente el aire, cerró los ojos y dijo que prefería esperar a que el cielo lo pintara de azul.

Al día siguiente vimos a nuestra tía Ana María. Lloramos como tontos frente al azul turquí. Es el espectáculo más hermoso que el Creador nos ha ofrecido. Las algas, llamadas uvas del trópico, son guirnaldas, coronas o ramilletes que saltan desde las crestas al arco de cada ola. La espuma traza arabescos tangibles, iridiscentes, describen extrañas figuras prestas a revelar misteriosos planes. El cielo amaneció

155

despejado por encima de sus topes. Me abismé al vaivén de las embarcaciones del puerto.

El viaje seguirá por mar. Se ve muy zurrada la goleta. Espero que no zozobre. Está anclada en la rada, con la gabarra de cargo en un costado, el aparejo de vela cangreja y la arboladura columpiándose con el cargamento que conduce a la capital. El ancla cuelga de la serviola, el palo de proa es menor que el de la popa. Nos lo explica Zayas, el esposo de Tíana, amigo del capitán del puerto. En La Habana montaremos en un barco de cabotaje hasta Nueva Gerona.

Nuestra tía obtuvo permiso para visitarnos. Tiene la natural altivez de los Ochoa y exhibe el mechón de canas blancas. A pesar de que se recuperan de los grandes estragos ocasionados por un huracán y de las penurias siempre latentes de la guerra, nos dio con qué alimentarnos el tiempo que naveguemos. No puso reparos en estos sobrinos descarriados. El cariño acendrado hacia nosotros ha sido un lenitivo vivificante, el incentivo que pedíamos a gritos para no desfallecer.

Zarpamos mañana. Dejaré este cuadernillo con ella. Le he pedido que en caso de que no regrese de Isla de Pinos se lo haga llegar a mi madre.

6

El tren de Hershey debe ser lo más parecido al viaje en cordillera que emprendió siglo y medio antes Vidalina, se dice. Es el transporte por vía ferroviaria más antiguo del país, una reliquia de la época en que el fabricante de chocolates Milton Hershey, propietario de la fábrica de azúcar de su nombre, fundara la única línea eléctrica de Cuba para que los trabajadores de su latifundio se desplazaran con comodidad de un pueblo a otro, y entre Matanzas y Casablanca, a ambos extremos de la vía. Desde entonces, es uno de los transportes más estables, aunque también una auténtica odisea. Le dicen el Lechero. Se detiene sin razón aparente y hace escala en todos los caseríos. Para recorrer noventa kilómetros se necesitan seis horas.

Alguien debería escribir la historia del Central Hershey. Allí el magnate tuvo su mejor asidero: sesenta mil hectáreas de tierra, cinco azucareras, una planta de aceite, cuatro centrales eléctricas y doscientos cincuenta kilómetros de rieles. Todo un consorcio que vendió, clarividente, a la Cuban Atlantic Sugar Company, mucho antes del triunfo de la Revolución. Fue un tipo fuera de época. En 1916, al escasear el azúcar de betabel, vital para su chocolatera de Pennsylvania, se estableció en Cuba. En poco tiempo poseía un emporio. Concibió entonces una comunidad modelo: sus empleados disfrutaban de trabajo seguro en el tiempo muerto de la zafra y disponían de viviendas, dispensario, y hasta de un club de recreo.

Elba no conoció el batey del Hershey en su época de bonanza, pero recuerda que de joven acompañó un par de veces a sus padres a *picniquear*, como se decía, en los jardines botánicos del espléndido lugar. La idea era de Thelmita Tarafa, amiga de su madre, mujer fantasiosa que había pertenecido a la alta burguesía habanera y pretendía, infructuosamente, revivir los viejos hábitos de su clase en expediciones como esas. Las señoras del mundo al que había pertenecido Thelmita se habían americanizado durante la década de esplendor económico y desórdenes políticos de 1950. Veían las películas desde sus autos descapotables proyectadas sobre las gigantescas pantallas de los autocines, frecuentaban las cafeterías de autoservicio donde un camarero siempre solícito enganchaba la bandeja con el pedido en el borde de la ventanilla de sus máquinas, jugaban canasta en los clubes de la playa de Marianao, practicaban golf en el Country Club, vela en el Yatch Club, y se daban el lujo de viajar a Miami en yate, la ida por la vuelta, sólo para *lunchear* o hacerse algún arreglito en una peluquería. Era el mundo del *yes, darling, good, honey* y, mientras más palabras en inglés soltaban, más tronío y buen gusto significaba según la escala de valores sociales.

Los Tarafa habían sido dueños de la cementera que aportó el material para la construcción del parapeto del malecón habanero, ese largo paseo marítimo que creció paulatinamente hacia el oeste, en la misma medida en que La Habana desbordaba sus límites, buscando siempre el sol del crepúsculo. Antes del triunfo de los barbudos, la familia ocupaba varias manzanas en el selecto reparto Kohly, zona exclusiva, desde donde miraban altivos, encaramados en la colina que les servía de asiento, el único río más o menos caudaloso de la ciudad, y lo poco que había quedado de su bosque tropical. Cuando les confiscaron cementera, haciendas y una docena de bienes, se largaron a San Juan de Puerto Rico y, allá, volvieron, a fuerza de tesón e inteligencia, a hacerse, no millonarios, pero sí ricos. Thelmita no quiso seguirlos. Dejó que sus padres y sus dos hermanas se largaran a la aventura del exilio y prefirió quedarse con su esposo, un arquitecto de cierto renombre, que terminó siendo el decano de la facultad en donde Elba cursó estudios.

A Thelmita las tareas de la Revolución, sus consignas, le entraban por un oído y le salían por el otro. Como era desprendida por naturaleza, solidaria con quienes no tenían nada, pasaba su tiempo resolviéndole problemas a la gente. Por eso le perdonaban sus maneras de burguesa y se le tenía por una señora atolondrada, inofensiva, incapaz de identificarse plenamente con el proceso revolucionario, pero que nunca se convertiría en desafecta o en una de esas víboras que denigraban las bondades del gobierno. Cien por ciento apolítica, de lo único de lo que Thelmita no podía prescindir era de los chicles Adams que su madre, haciendo actos de malabarismo, lograba enviarle desde Puerto Rico. Tampoco podía faltarle una criada que al menos se ocupara de sus tres pastores alemanes y que limpiara un poco la mansión, a cambio de alojamiento gratis y de lo que hubiera de comida porque, el dinero para pagarle debidamente, era cosa del pasado.

Cuando Betico oía que Thelmita tramaba un *picnique* se santiguaba. Ya sabía, por haberlo vivido, que durante sus fantasiosos paseos a la campiña, si no llevaban ellos que comer, dinero para gasolina o lo que apareciese en el camino, se la pasaban en blanco, sin nada en el estómago y, a cambio, mucha decoración, objetos de porcelana, cubiertos de plata, cestitos de junquillos finísimos y servilletas del mejor hilo. Que para pendejadas como esas la amiga de su esposa ostentaba el título de campeona mundial. Y la única vez que había traído algo con qué matar el hambre se trató de los inolvidables *hamburguers*, unas bolas de carne aplastadas, mal empanadas, peor sazonadas y hasta achicharradas, su única contribución culinaria conocida hasta entonces.

Hacía la mar de tiempo que no sabían nada de ella. Marlon se había casado con una descendiente de los Tarafa. Por mucho que Elba le preguntaba si la madre de Solimar, la nuera que sólo conocía por fotos, era hermana o prima de su vieja amiga, a quien la chica se daba cierto aire según veía en las imágenes que le enviaba, no obtenía respuesta. Orquídea, que se las olía todas, le había dicho que pensaba que los suegros de Marlon desaprobaban aquel matrimonio. La muchacha debía de estar en frío con sus padres y seguramente, joven al fin y al cabo, no sabía nada de la existencia de Thelmita. Pero lo que sí ignoraban ambas era hasta qué punto a los padres de Solimar les sobraban razones para rechazar al hijo de Elba.

7

El tren de Hershey se convirtió en su tabla de salvamento cuando, dos días después, se despidió de Silvia. Sin motivo aparente habían suspendido el servicio de autobuses entre Varadero y La Habana. La única opción era desplazarse hasta Matanzas y tomar aquel artefacto traqueteado.

A la altura del Hershey, el sol dispuesto a traspasar a quien se aventurara afuera, el maquinista anunció que los dinamos que suministraban energía al vagón se habían roto. «¡Se jodió esto, caballeros, el que no quiera asfixiarse que se meta debajo de una mata hasta que venga el técnico!», vociferó.

Como desde pequeña vivió, estudió y luego trabajó en La Habana, había tenido pocas oportunidades de recorrer los pueblos de provincia. A la espera de que repararan el tren tuvo tiempo de visitar el batey del antiguo feudo chocolatero. Apenas pudo distinguir la antes lujosa cafetería; de las casas, dependencias o edificios de interés público quedaba poco. Lo mismo con el jardín botánico y el campo de golf. Ni el césped, tan bien podado antes y que Thelmita llamaba *green* cuando extendía sobre él la manta de su famoso *picnique*, existía ya. Anduvo por aquel sitio desolado y un viejo desdentado, viendo su cara de desesperación, le ofreció unos trozos de caña para que las mascara y entretuviera un poco el estómago. Tres horas después, el maquinista pitó avisando a los pasajeros que el tren reanudaría la marcha. La escena de abordaje fue dantesca. Al intentar abrirse un hueco en medio de la muchedumbre perdió el tacón de un zapato, largó un pedazo de una manga y se le desprendió de la pulsera la esfera del reloj. El resto del viaje fue peor. Como no alcanzó asiento (en el momento de retomar el viaje se subieron personas que ni siquiera habían pagado), se agarró de un tubo y viajó el resto del trayecto de pie. Al bajarse en Casablanca, el destino final, sintió una sustancia viscosa sobre su vestido, al nivel de la nalga derecha.

«¡Puedes creer, papi, que, sin que me diera cuenta, un cochino estuvo repellándome hasta venirse!»

«Pero bueno, mijita, ¿y dónde dejaste a la Thelmita en todo esto?»

La pregunta de Betico le pone punto final a su recuento. Aurora se lo venía diciendo hace meses. El alzhéimer del viejo avanza galopante. Trata de pensar en otra cosa. Una voz interior hace que se estremezca por dentro.

¿Aceptarán los españoles dar la nacionalidad a un anciano que como Betico padece de pérdida total de la memoria? ¿Podrá hacerse ella ciudadana española gracias a alguien que como su padre no recordará pronto ni sus propias señas?

Quinta parte

Holguín - Valle del Cauto
1870

1

Escucha impávida la sentencia: «Extrañamiento de la isla hasta que duren las actuales condiciones de guerra».

En total son ocho condenados. Los mambises se apertrechaban de víveres, ropa y municiones gracias a ellos. En la lista está su primo José Tamayo, hijo del tío Miguel. Clemente Morales, el mayor de los hijos de un pariente, y Ramona Figueredo, su esposa, recibieron seis años de presidio y galeras en Fernando Poo, el penal africano. Los deportados a esa isla viajan al infierno y, si no mueren durante la travesía, se enferman y caen como moscas en cuanto pisan el pontón de su muelle. Los primeros proscritos ya no formaban parte de este mundo. La fiebre amarilla, la insalubridad de los barracones, la violencia de los motines reprimidos y el aire malsano remataron sus cuerpos abatidos después del penoso viaje. Los piojos y las pulgas se comían vivo a un buey. La población carcelaria era muy variopinta, además de delincuentes comunes, abundaban comerciantes, estudiantes, agrimensores, galenos, tabaqueros, flebotomianos, maestros de azúcar, pescadores, zapateros, herreros y hasta abogados, banqueros y sacerdotes. Algunos se alojan en las casas de los ingleses, instalados desde antes; otros, a cambio de unos duros, alquilan una habitación en el hotel de Thomson, un cuchitril administrado por un antiguo súbdito británico, residente allí. Vagabundean todos por las calles soportando los rigores del clima y el escarnio, los abusos y las tropelías de los voluntarios, una ralea que es sinónimo de toda la bajeza que puede anidar, si se lo propone, la especie humana. Los condenados a Fernando Poo ignoran lo que les espera.

A los sentenciados se suman Ramona y Luz Tamayo, primas de Josefa. La segunda vivía antes en San Andrés de Guabasiabo, en la finca de los hermanos Turuellas, y se le acusa de haber dado amparo, curado y alimentado a un insurrecto del que se negó a revelar el nombre. También José y Antonio Ochoa, medio hermanos de Vidalina, hijos del abominable don Octaviano con la Bizca, su mujer legítima. Y una niña, Eufemia Morales, hermana del mencionado Clemente, indultada por ser menor de edad y porque se beneficia del atenuante de haber actuado bajo la influencia de su padre.

Los que no van a Fernando Poo escogen la Isla de Pinos. Ninguno tiene la menor idea de a qué puede parecerse ese lugar. Ni siquiera saben cuál es el santo protector de Nueva Gerona, su capital, o si se encontrarán allí con otros deportados.

2

Los arrestaron sorpresivamente, sin previa acusación. La feroz persecución de los voluntarios les pisaba los talones desde hacía tiempo. Camino del cuartelillo no han parado de amenazarlos con lincharlos, les tiraban piedras. Apiñados en el patio del edificio esperaron a que un adalid del ayuntamiento los condujera a un simulacro de sala de audiencias para leerles las vistas del juicio sumario al que ninguno fue invitado. La justicia no se anda con contemplaciones si lo que peligra es la hegemonía de España. El veredicto cayó sobre ellos como un hacha.

«¡Los pájaros entrando solitos en su jaula, caray!», fue todo lo que dijo Matías al ver a Vidalina atravesar el umbral del edificio.

El cuartelillo no tiene nada que ver con el gran cuartel militar. Es más, parece un bochinche, descuidado, sucio, estrecho. Allí opera, apoyada por los voluntarios, la policía dirigida por Matías. Las paredes son endebles, las estancias divididas por tabiques de poco espesor. Los barrotes no tienen más de un centímetro y desde las ventanas los reos pueden observar la formación y las actividades marciales de la soldadesca. Matías encarga a sus subalternos que encierren a hombres y mujeres en celdas separadas.

A la espera de la orden de partida, sólo el toque de campanas de la iglesia, la formación de los soldados en la explanada del fondo y las comidas frugales ritman sus días. A todos les parece que ha pasado un siglo desde que les arrestaron y ninguno ha permanecido tanto tiempo inactivo. Las mujeres extrañan sus quehaceres: lavar la ropa en el río, ir al mercado, atender a los más pequeños, coser y remendar para la casa o por encargo. Vidalina, las visitas diarias de Joseíto, las conversaciones con el maestro Tamayo, los árboles del patio, la risa de las mellizas. Si al menos pudiera ocuparse de la costura, arte en el que demuestra gran habilidad gracias a Tomasa Hechavarría, la mejor modista del pueblo, que le tomó en simpatía y le dio, sin cobrarle, sus primeras lecciones de hilo, aguja y dedal.

La burocracia colonial no escatima en sellos y legajos. El fallo, ratificado el 2 de julio por el excelentísimo capitán general Fernández de Rodas, desde La Habana, viaja hasta la Comandancia General del departamento oriental, en Bayamo, con la recomendación de que sea remitido a don Aurelio Rodríguez, alcalde mayor de la jurisdicción que deberá estampar la firma definitiva y mandarlo a ejecutar. El señor Rodríguez siente un odio feroz hacia los mambises, desde que su villa fue reducida a pavesas, su hacienda destruida, el ganado desperdigado, y estuvo al borde de la muerte si no se hubiera refugiado en la finca de un compadre. Su buen y servil capataz Matías le ha advertido a tiempo de que un grupito de bastardos holguineros, simpatizantes de los insurrectos, permanece en el cuartelillo a la espera de cumplir una condena «muy poco severa y ejemplarizante si consideramos, señoría, las faltas que cometieron», ha escrito. El alcalde decide entonces demorar su firma y reclama a la Capitanía General de La Habana un examen minucioso de cada caso, pidiéndole sentencias implacables. Desea que todos sean enviados a Fernando Poo.

Con el objetivo de emponzoñarlo contra los detenidos, Matías cabalgó los setenta kilómetros que separan a Holguín de Bayamo en media jornada. Se sobaba las manos y ya los veía a todos bien lejos, en África, de donde no regresarían nunca. Les ha prohibido a los familiares que se acerquen al cuartelillo, pero se olvida de que un guardia es, en cualquier circunstancia, alguien sobornable. Así logra Josefa pasar una notita en la que su hija reconoce inmediatamente la caligrafía del maestro Tamayo. Allanaron la casa y encontraron debajo del tapetico de la mesa el libelo conspirador que, por descuido, su hermano había olvidado días antes. Llaman a eso una prueba irrefutable de infidencia, amén de que sospechan de que avituallaban a Justiniano con manjares tales como agujas de cerdo, manteca y viandas. Alguien lo vio entrar una noche por el fondo con las manos vacías y salir con un macuto repleto al hombro. La casa es un foco subversivo, la vigilancia permanente. No podrá salir sin ser vista. Le envía esta notita gracias a un soldado andaluz, el vigilante que le colocaron delante de la puerta. El pobre. Lo ha visto tan mal alimentado que por piedad le ofreció de comer. Dice que vivió casi un año en Guantánamo, combatió en El Cobre, anduvo de guarnición en Marcané y que no ve las santas horas de regresar a su Lora del Río natal. Tiene el pelo más rojo que ha visto en su vida.

Antonio le ha leído el billete, durante la única media hora de sol que pasan juntos entre los muros encalados del patio interior. Vidalina lo contempla obnubilada mientras

lo escucha leer, sus facciones son idénticas a las de Justiniano. El medio hermano se ha convertido en su cómplice de
infortunio y está tan asustado como ella.

3

El excesivo calor y la humedad convierten al calabozo en purgatorio. La noche anterior volvió a aquejarle uno de esos ataques de aire que padece desde niña. Las autoridades se han dado cuenta de que es un lujo mantener más presos de los que ya se pudren en la Real Cárcel y en el cuartel general, de modo que los del cuartelillo han sido autorizados a recibir medicinas, alimentos y alguna ropa limpia. Parte de lo que con mucho sacrificio les envían sus familiares es decomisado por el encargado de la requisa, un hombre de aspecto atrevido y animoso que aparta los mejores bocados para que terminen en la panza de los oficiales. A cambio de unas monedillas, o de un pedazo de tocino, algunos se hacen la vista gorda. Los mensajes circulan entonces disimulados en la masa del pan o entre las tortas de casabe.

Vidalina duda de que el alegato en su defensa sirva de algo. Tampoco cree que los mambises vendrán a liberarles, pues deben estar ocupados en acciones de mayor relevancia. Los criollos vendidos a los españoles suelen ser más despiadados que los propios soldados que llegan de la Península. Detrás del cuartelillo, desde la explanada en donde los destacamentos forman filas cerradas antes de la izada de la bandera, se oyen las órdenes de las operaciones que anuncian marchas, batidas y maniobras. La ventanuca de su calabozo le permite contemplar, a escasos metros, el movimiento de los militares. Le encanta el uniforme de los oficiales, el cuello bordado de oro, las charreteras de canelón dorado, las hombreras también con hilo de oro y botón de ancla y las divisas visibles en las bocamangas. Nada que ver con el traje de los rayadillos del cuerpo de voluntarios, seres repugnantes que los oficiales manipulan. Los soldados llevan el sombrero debajo del brazo y aunque no haya llegado el comandante de la plaza, mantienen siempre la postura erguida. Le gusta imaginar la vida de esos hombres, la razón que los impulsó a enrolarse en una guerra que pagan con grandes sacrificios. Al menos los peninsulares reciben a cambio una paga, por miserable que sea. Los mambises, como su hermano, sólo gloria. ¡Si acaso! A los recién llegados de España se les ve que son novatos por encima de la ropa. Por eso los destinan al frente o les asignan las peores tareas.

Son pocos los que ostentan grados. De ellos, se fija en uno cuyos galones indican que es teniente. ¡Tan buen mozo, con esos hermosos cabellos de rojo encendido y rostro armonioso esperando en una explanada polvorienta por una orden que tal vez ponga fin a su vida! El jefe del batallón vocea los nombres. Cuando grita: «¡Teniente Manuel Martín Corona!», el pelirrojo se pone rígido y responde enérgico «¡Presente!». El tono de su voz se le antoja más cálido que el de sus compañeros. ¿No habrá sido él quien le hizo llegar el mensaje de Josefa? ¿Acaso no habló su madre de la caballera más roja que había visto?

A la semana de estar allí llegó un nuevo recluso, otro que será deportado fuera de los límites de la isla. Les provoca desconcierto ese hombre bajo y ancho como un taco de madera que porta una sotana. Por un momento creen que serán ajusticiados y ha venido para asistirlos. Es Juan Casto Rosell, cura de Santa Margarita de Cacocum, cerca de Holguín. Les cuenta que el Manco y Juana de la Cruz han alquilado la casona a las autoridades para que puedan disponer de una auténtica fortaleza en caso de ataque, y se han retirado a una de sus propiedades en Gibara, un pueblo que llaman «la España chiquita» o «la Covadonga cubana» porque allí todos son incondicionales de la metrópoli.

El día después de que llegara el padre Rosell, Vidalina no volvió a ver al teniente Manuel Martín en la formación de la explanada. Sintió una ligera desazón. ¿Por qué tendría ella que preocuparse por un soldado capaz de disparar, en la primera oportunidad, contra su propio hermano?

4

Los detenidos, reunidos en el patio, no se atreven ni a estornudar. El secretario del promotor fiscal del Juzgado leerá la ratificación de la sentencia. La reclamación del alcalde de Bayamo fue desestimada. Si no es menos cierto que los castigos han sido benignos, estima el capitán general, es de interés en las circunstancias actuales castigar prontamente los delitos de infidencia. El fallo original debe ser ejecutado, y sus presidentes y vocales están invitados a aplicar las penas con el saludable rigor que la ley exige. El padre Rosell había reclamado que le juzgara un tribunal eclesiástico compuesto por el vicario juez de la Curia, un presbítero y el notario público de capellanías, pero su petición fue rechazada de cuajo.

Mientras tanto, fuera del cuartelillo, la vida sigue otro rumbo. La soldadesca rastrea los campos aledaños. Las tierras de Holguín, ricas en cultivos, daban abundante caña, café, cacao. Crecían silvestres el algodón y la higuereta de reputados aceites medicinales. Se cultivaba el tabaco en los lotes eriales. Abundaban la piña, la naranja de China, la guanábana y de los montes se sacaba el palo de tinte, especialmente el brasil, el brasilete y el fustete, al igual que maderas preciosas como la yaba, el cedro, la caoba, el cuje, el roble, el guayacán, y hasta el almácigo blanco de cuya incisión se obtenía goma, así como del manzanillo, el purgante contra los dolores reumáticos, la perlesía y el tullimiento. Las haciendas fabricaban sus propias telas a partir de las fibras de henequén y del yarey de las palmeras, también sombreros, serones y macutos tan necesarios en el campo. Toda esta economía se había ido a pique, las minas de cobre de Las Parras y las de cristal de roca en Yarayal estaban paradas. Los soldados recorrían los campos exigiendo de labriegos y propietarios que no detuvieran la producción, que la hicieran renacer de las cenizas aunque todo hubiera sido incendiado.

Los días se suceden monótonos. Por mucho que Vidalina mira hacia la formación matutina del batallón no ha vuelto a ver a su teniente preferido. La celeridad con que aparecen nuevos rostros significa que los combates se han intensificado. Le han permitido despedirse de su madre. El testaferro del alcalde y las autoridades militares no pudieron oponerse a una reclama que al parecer hizo doña Victoriana de Ávila, la dama que más obras pías y caridades ha repartido en Holguín. Madre e hija tuvieron diez minutos para decirse lo que nunca se dijeron, tal vez porque nunca fue necesario que se contaran la ternura y el amor que las unía. Tiembla Josefa que se ha avejentado más desde que ha perdido a su hija, su segundo bastón después de Justiniano. Vidalina le ruega que la espere, que no se deje amilanar, ni desfallezca, que cuide de las hermanitas. Estará de vuelta, no sabe cómo, pero jura que no terminará sus días lejos de ella.

Se funden en un largo abrazo. Se separan cuando el guardia insiste, por tercera vez, en que los diez minutos han terminado. Josefa les lanza una mirada de agradecimiento a Antonio y a José que desde la puerta de sus calabozos levantan los brazos en señal de despedida. El dolor ha unido las partes rotas de la historia. La impotencia y el miedo han remendado las piezas descosidas del rompecabezas familiar. De cara a la desdicha todos padecen idénticos miedo y sufrimiento.

5

El sitio más alejado de su casa en que había puesto los pies era la loma de la Cruz, una elevación de doscientos sesenta metros, telón de fondo de Holguín. Allí, un fraile franciscano, sin duda medio turulato, colocó una cruz que veneran los locales desde entonces. A la original, tallada en madera de caguairán, se añadió otra mayor. Los holguineros hacen promesas y, si se cumplen, suben la loma y al pie de las cruces depositan flores. Cuando una de las mellizas se enfermó y ni siquiera las negras curanderas con sus yerbajos y ungüentos podían quitarle el jipío que le brotaba del pecho, Josefa se postró ante la imagen de la Virgen del Rosario, le prometió subir hasta las cruces y dejar a sus pies las mejores rosas de Castilla con tal de que se curara. La virgen patrona obró a favor de Digna. Fue así como madre e hija escalaron su cima.

La orden es irrevocable: «Los condenados, más el cura de Cacocum, irán por cordillera hasta Cárdenas». Atravesarán a pie o en lo que se disponga buena parte de la isla, o sea, más de seiscientos kilómetros hasta la zona de Matanzas. Pernoctarán en cuarteles, cárceles, refugios, dormirán al aire libre, donde la noche les agarre, alejados, cuando se imponga, de sitios poblados. Tres soldados los custodiarán siempre. Un trío que será renovado en cada etapa. Queda claro que responderán con sus vidas por los prisioneros.

Balenilla, el teniente gobernador de Holguín, es un ser engolado, algo gangoso, senil. Se ha tomado la molestia de leerles personalmente la cartilla, con un hálito de emperador romano decrépito. Si lo ha hecho, él que acostumbra a mandar siempre a subalternos y que raras veces se expone, es porque con ellos viajará un cura, personaje de rango que, como quiera que sea, debe inspirar respeto, cuanto más que muchos de los que viven en el pueblo, mujeres y hombres hechos y derechos, fueron bautizados por él.

Avanzan lentamente, Holguín va quedando atrás. La carreta está repleta, los morrales de los guardias, las cajas de provisiones y uno de los baúles que no cupo en el remolque, ocupan prácticamente todo el espacio. La loma de la Cruz, centinela silencioso que los aborígenes adoraron como si se tratase de una deidad, debe oír su súplica: la coronará de flores sembradas con sus propias manos si le permite volver pronto a casa. Ha sentido ganas de hincarse de rodillas y de rogarle, ahora que están en sus estribaciones, que la deje llegar con vida al lugar de su destierro. Del resto, ella, Vidalina Ochoa Tamayo, se encargará, y no habrá guerra, ni Matías, ni auras tiñosas en las tinajas, que puedan terciarle otra vez más el rumbo.

Se arrebujan unos contra otros intentando amortiguar las sacudidas. Atraviesan un montecito que precede a la localidad de Buenaventura. Los guardias han visto una silueta de un negrito correr detrás de un montículo de troncos. Las torcazas cuellimoradas remontan el vuelo en bandada, probablemente huyendo del intruso. Uno de los soldados da órdenes al arriero de detenerse y, mientras dos de sus compañeros se quedan vigilando a los reos, baja y se adentra en el matorral pues cree que se trata de un explorador de la tropa de Vicente García, el jefe insurrecto más audaz y cacique de los campos tuneros. Vidalina vigila el movimiento del guardia, tanto como se lo permiten los senderos trazados entre los árboles, el supuesto explorador no debe ser otro que Joseíto. Conociéndolo como lo conoce, está segura de que logró escapar de Matías, pues como un gato, con siete vidas, es capaz de sobrevivir a una hecatombe.

El padre se da media vuelta y el crucifijo de oro que cuelga de su cuello resplandece. Visto de perfil luce más joven, unos diez años menos. Debió de ser buen mozo. Son varios los curas que se han incorporado al ejército mambí, también los que predican la independencia desde sus tribunas. España ha sido despiadada con todos, hasta con los sacerdotes, tal vez porque en la isla el catolicismo se practicó siempre con sumo desenfado. Los rezos del padre han tenido buen efecto. El perseguidor del negrito vuelve jadeante. Se ha escapado.

«Era un negritillo que corría como guineo. Probablemente, uno de esos curiosos que asoman el hocico al camino para ver qué se les pega.»

No le cabe la menor duda. Joseíto anda suelto. ¿Y si lograse liberarlos? ¿Si reuniese a los mambises de la zona para que los rescaten? Mejor se lo calla. No quiere que los guardias la oigan, que se malogren los planes del amigo.

6

Manuel le ha tomado simpatía a esa pobre señora. Es su deber vigilarla, reportar sus entradas y salidas, quiénes la visitan. Prefiere mil veces Holguín que la intrincada geografía de la sierra, en donde pasó un año desde su llegada a la guarnición de Guantánamo. Lo único que extraña de aquel tiempo es la compañía de Ramón, la complicidad que desde el primer día guió la amistad, sus leyendas del Maestrazgo, su experiencia. La vida de un militar es poco más que eso. Nada perdura. No vale aferrarse a los objetos, menos a las personas. El día menos pensado, ¡zas!, una bala enemiga despacha a tu mejor amigo al otro lado.

Mientras se pasea como un péndulo de un lado para otro un presentimiento lo invade. Esa mujer escuálida y temblorosa, con los huesos apenas forrados de carne, no puede ser una enemiga de España. La ha visto cuando sale a buscar agua a la tinaja, antes de enfilar rápido en dirección de la casa y trancar su puerta. Quién puede creer que semejante desvalida haya distribuido propaganda subversiva, incitado al odio y a la insumisión al rey. Si algo le dio de comer al hijo insurrecto no le parece asunto grave. Un hijo es un hijo y su madre haría lo mismo por él. Tampoco cree que la hija sea una espía, autora de una proclama que pedía separar el destino de Cuba del de la metrópoli. Una muchacha que apenas sabe leer no va a redactar un manifiesto que evocaba los intereses dispares de las dos tierras. Que el hermano haya sido uno de los prohombres de la masonería holguinera, defensor del separatismo y de la insurrección en la región, es posible. Pero ellas... No. Por más vueltas que le da sabe que no es cierto.

La guerra confunde los valores, borra los sentimientos y destierra el honor y la honradez. Hay muchos intereses mezquinos que afloran y lo ha padecido él, a pesar de su juventud, en carne propia. Cumplirá con el deber de defender los intereses de su patria, pero no dejará que le pasen gato por liebre, que lo engañen como a un tontuelo. En Holguín, y en otras partes, la guerra da pie a todo tipo de ajuste de cuentas. La policía derrocha más celo en perseguir a los que puede robar que a los verdaderos conspiradores. Son numerosas las familias embargadas, las muchachas ultrajadas, los hombres fusilados por culpa del celo y el rencor. La guerra también es eso: un cofre de tesoros que cae del cielo para quienes saben aprovecharse. La historia de los saqueos es muy antigua, pero para hacerse del botín se requiere cada vez de métodos más sutiles.

«¿Quisiera un poco de limonada?», el tono dulce de su vigilada lo sobresalta. Su físico contrasta con su voz atiplada.

La puerta se ha abierto y la figura encorvada de Josefa aparece en el vano invitándolo a entrar. Manuel duda un instante, queda impasible unos segundos, asomándose en su rostro un golpe de rubor. Sonríe enseguida e inclina levemente la cabeza en señal de aprobación. ¡Al diablo el reglamento! Se escabulle con precaución y penetra en la sala de la casa. Debe acostumbrarse a la penumbra. Desde que los hijos mayores no están, Josefa sólo entorna una de las cuatro ventanas del costado. Poco a poco, mientras la anfitriona se retira al fondo en busca de la bebida prometida, van emergiendo los modestos muebles de la sala. Su mirada resbala sobre los objetos. Nunca había entrado en una casa cubana. Se asombra de la similitud con su hogar andaluz, la misma disposición de los asientos, igual manera de cubrir las mesillas, de colocar en una repisa en medialuna las imágenes de vírgenes y santos, e incluso de anudar la cortina que separa la sala del pasillo.

«Josefa Tamayo. En lo que pueda servirle», le dice extendiéndole un tazón.

Permanece inmóvil, los ojos devastados por la falta de sueño, observando cómo se lleva el recipiente a los labios. El grato sabor del limón recién exprimido en el agua fresca endulzada le alegra el alma. Afuera se oyen los pasos de un grupo de soldados y un silbido como de un punzón al cortar el aire. Se acerca a la ventana ligeramente abierta y comprueba que son los hombres del batallón. Llevan el típico paso de marcha a pie sincronizada, que Manuel reconoce perfectamente por el monótono entrechocar de las suelas de los zapatos con la tierra, señal de que no andan con prisa, de que han cesado las hostilidades en los cerros. Se queda unos segundos pensando a qué correspondería el silbido que oyó.

Josefa no es efusiva. Sabe medir la distancia que la situación impone. Su pelo, perfectamente recogido, es como un montón de cenizas, y la mirada permanece absorta en un punto que Manuel sitúa entre su cuerpo y el tazón que se lleva a los labios. En mucho le recuerda a su abuela, a la que seguramente no volverá a ver porque al dejar su tierra estaba ya bastante disminuida. Calcula que al igual que ella debe haber nacido con el siglo, cuando España era pasto del invasor napoleónico y aquella isla un apacible vergel al que anhelaban venir todos los mozos de Lora del Río. Si no fuera porque sabe que es su deber limitarse en familiaridad le preguntaría de qué parte de la Península vinieron sus antepasados, y en nada le extrañaría que le dijera que de Andalucía, de tanto que se parece a los mayores de su familia.

«Una madre no abandona nunca a sus hijos. Lo sabe usted que tiene una que, aunque lejos, ruega al Cielo día y noche por que lo proteja. Mi hija Vidalina ha sido detenida. La tienen en el cuartelillo. Es cierto que dio de comer a su hermano y que pagamos las consecuencias. Usted no tardará en tener hijos y sabrá perdonarlos y socorrerlos aunque sepa que no llevan razón en lo que hacen.»

En materia de desobediencia él conoce del pi al pa, como dicen sus paisanos de alguien bien informado. ¿Cuántas veces le rogó su madre que desistiera de la vida militar? ¿Cuántas no le dijo su padre que la familia necesitaba brazos de hombres, no para cargar armas, sino para ser útiles en el cortijo, alimentar a los cerdos en las zahúrdas, nutrir los pajares, vigilar a los jornaleros en la almazara, ayudar en la limpieza de los trojes? ¿No sabía acaso que en un hogar de seis hijas los padres cifraban las esperanzas de una vejez digna en los dos únicos varones? Y él, soñando con pasearse del brazo de una moza, con pavonearse con sus charreteras lustrosas de cadete por la Alameda de Hércules, despertando celos entre los acuartelados. Él, que debe a su frivolidad el abandono de la casa, soñando a los veinte años con ser alférez, ¿cómo no va a entender el reclamo de esta señora?

183

Bastó con que asintiera dos veces con la cabeza, levemente, más bien cavilando que afirmando, para que Josefa creyera que podía confiar en él, que un acuerdo tácito
emanaba del encuentro. Al devolver el tazón vacío y agra-
decerle la bebida, Manuel guardó en su bolsillo la carta
que la anciana le extendió junto a un frasquito con poma-
da de resina de copal, indispensable contra la debilidad
pulmonar de su hija.

7

Joseíto permaneció poco tiempo detrás de las rejas. Matías quiso que lo juzgaran en Bayamo y que don Aurelio le diera el escarmiento que merecía. Experto en deshacer nudos, el muchacho encontró la manera de zafarse apenas la comitiva había dejado atrás el pueblo.

Corría libre por los llanos de la cuenca del río Cauto, en busca de un destacamento mambí al que servir cuando unos paisanos que también habían escapado de Holguín le contaron de la redada de infidentes en la que cayó su amiga. Los trasladarán por cordillera, añadió, siguiendo el camino de Buenaventura.

Conoce esos campos como la palma de su mano. Entre Bayamo, Las Tunas y Holguín no queda corral, finca, caserío, potrero o arboleda que no haya explorado. Es ágil como un lince y desde muy joven sirvió de mandadero en la extensa geografía del valle, el más fértil de la provincia, bañado por multitud de afluentes del río Cauto, el más caudaloso de la isla. Si toma el camino de Arroyo Blanco, cortando entre las lomas de Paso Viejo, antes de llegar a San Lorenzo, podrá apostarse y esperar tranquilamente a que pase el cortejo. Si la suerte está de su lado, pedirá ayuda a dos compadres que viven cerca del Camino Real.

A uno de ellos le consigue novillas a muy buen precio y al otro le salvó a una hermana de la deshonra. Ambos le deben favores. Se encaminó entonces a la hondonada de La Pantoja, donde cultivaban hortalizas y cuidaban de una veintena de panales de abejas. Indagó, entre los pocos que vivían todavía a la vera del camino, pero nadie había visto a unos deportados acompañados por un cura. Tenía tiempo para buscar a sus compadres, explicarles el plan y tender una emboscada.

En la zona operaba el temible Vicente García, jefe supremo de los mambises tuneros, tan ambicioso que el mismo Donato Mármol, conocido por su insaciable sed de poder, no le llegaba al tobillo. García había dirigido la toma de Las Tunas, su pueblo natal, pero las autoridades habían enviado inmediatamente refuerzos y tuvo que abandonar su posición. El castigo al que sometieron a su familia había conmocionado incluso al alto mando colonial. Para doblegarlo, encerraron a su esposa e hijos en su propia casa, sin alimentos de ningún tipo. Al cabo de los tres días ya habían muerto de inanición la hija más pequeña, de cuatro meses, y uno de los varones intermedios. La esposa avisó al marido que, así sucumbieran todos, no depusiera nunca las armas. Sabiendo que más nada obtendrían por esa vía y que la opinión pública jugaba en su contra, los españoles terminaron por liberarlos.

Mucho se hablaba de la ausencia de concierto entre los caudillos, cada cual tirando por su lado, reclutando su gente, llevando a cabo la campaña a su antojo. El fogoso individualismo y las vanidades se han vuelto descomedidos, y la bravura que muestran se debe más a las agallas y al temple que manifiestan que a la experiencia militar o a la logística de combate. Aplican el principio de saquear aldeas, eludir las columnas, quemar las plantaciones y plantar estacadas que entorpezcan el paso del enemigo. Hay mucho de improvisación y chapucería en todo. Atienden el suministro de armamentos y descuidan las reservas de alimentos y de ropas, imprescindibles en una guerra sostenible. Sin contar que pasan el tiempo echando pulsos entre ellos.

Cuando Joseíto llegó a La Pantoja no encontró rastro de que hubiera existido allí una de las fincas más prósperas del valle. Sobrevivía, izada sobre la techumbre de lo que había sido la vivienda principal, la bandera blanca que los propios españoles exigían para identificar las casas de los campesinos neutrales. Desalentado, no tuvo otra alternativa que esperar en el bosquecillo el paso del convoy, sólo un milagro podría darle la victoria, y ese milagro estuvo a punto de ocurrir cuando una cuadrilla de cinco soldados de Vicente García lo sorprendió en su escondrijo. Locuaz, explicó qué pretendía y por qué deseaba liberar a sus paisanos, pero cometió el error de evocar la belleza de su amiga cautiva, de modo que aquel auditorio de curtidos hombres entendió como desbordante pasión de un joven inexperto la llama que incendiaba su voluntad. Se dieron media vuelta, no sin invitarlo antes a que engrosara el mando del caudillo, indicándole la posición exacta de la tropa. Así fue como, antes de unirse a los mambises, esperó en aquel sitio a que pasaran deportados y celadores. Fue entonces que, impotente, los vio recorrer el Camino Real, cuando ya nada podía hacer para liberarlos. Y lo peor: tuvo que huir cuando uno de los guardias trató de capturarlo.

Joseíto tuvo en ese mismo instante la corazonada de que nunca volvería a ver a Vidalina. No se equivocó. Caería mortalmente herido, meses después, en la acción de Raudal de la Lima.

Sexta parte

Miami - Holbox (Yucatán) - La Habana
2008

1

Sentado en el ridículo maleconcillo de la ermita de la Caridad, contemplando las aguas verdosas de la bahía de Biscayne y los yates lujosos que la surcan, Marlon se pregunta qué coño hace en esa ciudad.

A esa hora sus dos hijos están en el *daycare*, su esposa tratando de vender pisos en Brickell a latinoamericanos corruptos, rusos mafiosos y a cuanto ricachón necesite lavar dinero o poner a salvo lo ganado, a veces honradamente, otras no, de gobiernos populistas y de presidentes megalómanos, la mayoría ladrones, padecidos de forma cíclica por las repúblicas bananeras del continente. Y él, repugnado de la vida que lleva, esperando una llamada de Alicate, un delincuente, guajiro nacido y criado en la sierra del Escambray, expresidiario fugado de la cárcel cubana donde cumplía una condena, balsero prófugo acogido gracias a la ley de «pies secos, pies mojados», cabecilla de una banda de estafadores de alto vuelo, desfalcadores de tarjetas de crédito, cacos especializados en robar medicinas en los almacenes de los estados del norte, conectados con el tráfico de indocumentados entre Cuba y Yucatán, y, sobre todo, inmensamente rico en Miami.

Aunque Marlon no se ensucia las manos en las triquiñuelas de Alicate es el consejero de confianza que el gánster escogió para que lo asesore en materia de arte. Al tránsfuga, como a muchos célebres mafiosos de otros tiempos y bandidos de hoy, le ha dado por dárselas de caballero, un modo de sentir que se redime socialmente. Tiene el don de callarse y de escuchar cuando estima que su interlocutor le aporta conocimientos; es un león defendiendo a su gente, al círculo de amigos bajo su protección y les ofrece a todos regalos valiosos, les cubre las deudas, les ayuda a terminar de abonar los préstamos de sus casas y autos, coloca y paga a sus hijos en escuelas selectas, y va por la ciudad dejando propinas astronómicas a simples camareros que le tienden la alfombra roja cada vez que lo reciben. Alicate no habla inglés ni falta le hace. El billete es, le gusta decir, el único idioma universal, el esperanto que permite entenderse hasta con los habitantes de los parajes más recónditos del mundo, aunque anden en taparrabos o vivan como el sultán de Brunei. En ese tema, pocos delincuentes le pondrían un pie delante. En generosidad tampoco. Sabe que tiene que malbaratar de carabina los fajos de billetes con que rellena los colchones de su casa porque todo dinero mal habido tiene que ser volatilizado sin que quede rastro en cuentas bancarias, títulos de propiedad o paraísos fiscales. Fue condenado hace unos años y el FBI tiene siempre bajo lupa sus entradas y salidas del país. Por no tener, ni auto a su nombre tiene. Los *renta* por semana y no queda modelo, caro y lujoso, en el que no se haya pavoneado por las calles de South Beach.

El hijo de Elba lo conoció gracias a la hermana de su mejor amiga, medio noviecita de él por breve tiempo. Cuando Alicate se enteró de que el muchacho era experto en arte y que soñaba con conocer los grandes museos de París, Roma y Madrid, le dio carta blanca para que montara un viaje de un mes en que sería, además de su invitado de honor, muy bien retribuido, y sólo a condición de que le explicara durante el trayecto «lo más importante del arte universal». Marlon aceptó. Organizó un *tour* que duró tres semanas, se hospedaron en los mejores hoteles de las tres capitales: el Crillon de París; el Ritz, en Madrid; y el Cavalieri de Roma y seleccionó con mucho cuidado las mejores mesas en cada etapa. No gastó un céntimo y ganó diez mil dólares limpios que Alicate le ofreció *cash*.

En esa época Marlon no había conocido todavía a Solimar, su esposa, y el tránsfuga daba sus primeros pasos como coleccionista de arte. Desde el principio le explicó que en la jungla con apariencia de cuidado jardincillo tropical que era el condado Miami-Dade, un porcentaje elevado de los cuadros de la pintura cubana eran más falsos que un comunista arrepentido. Para demostrárselo lo llevó a un *warehouse*, propiedad de un antiguo oficial del Ministerio del Interior de la isla, sito en el área en que la ciudad se interrumpe por la proximidad de los pantanos. Allí, conservadores profesionales, restauradores, todo un equipo formado en las oficinas del historiador de La Habana, se afanaban en *salvar* óleos de importantes artistas de la academia y de las primeras vanguardias, y los vendían, una vez maquillados, a los burgueses de Key Biscayne y Coral Gables, deseosos de engalanar los salones inanimados de sus desmesuradas mansiones con algo del país que abandonaron más de cuatro décadas atrás. A cuadro falsificado, certificado de autenticidad asegurada, que avalaban y firmaban a cambio de miles de dólares, los expertos designados por el oscuro y sucio mercado del arte.

«Como ves, esto está en manos de truhanes y, salvo pocas excepciones, los clientes encargan en general las pinturas por pulgadas según el espacio disponible en las paredes de sus casas e, incluso, informan al *marchand* del color de sus muebles a ver si les consigue un lienzo que no desentone.»

Es evidente que a Alicate le parecía lo más natural del mundo que un cuadro, con lo caro que solía costar, combinara con los muebles del *living* o con los del *florida room*; como a nadie se le ocurriría vestirse disparejo o con un zapato de un color y otro de otro, era lógico que los pintores tuvieran cuidado en no estropear la armonía de un recinto en donde se les hacía el honor de colgar sus obras. Pero al ver tan irritado a Marlon, optó por callarse y aceptar como regla el insulto de alguien de mayor autoridad que él en ese tema.

Por supuesto que a Solimar no le gustó nada nadita el *culipandeo* de su marido con Alicate. Por ser cubanoamericana, nacida en la Florida y de padres que llegaron al exilio jóvenes, se expresa, como los *yucas* (siglas de *Young Urban Cuban Americans*) con una mezcla extraña de inglés surfloridano y palabras del argot cubano que usaban sus abuelos en la década de 1950. Culipandeo —le explica a Marlon que por haber nacido en la Cuba del comunismo no sabe qué es— significa *guasabeo, confianseo, huele-huele, juntadera*... términos que resumen la complicidad entre dos personas, tanto en la vida como en los negocios. Para ella Cuba es una palabra hueca, que se limita a las papas rellenas, los tostones y al inmejorable arroz congrí de su abuela, y a aquellos boleros almibarados de Ñico Membiela y Rolando Laserie que ponía por las tardes su abuelo Juliano en el tocadiscos. Antes de que Marlon llegara a su vida, antes de quedar flechada por su atlética figura, sus ojos azules, aquel hermoso mechón de canas blancas a un costado de su pelo muy negro y esa sonrisa de caramelo en su punto, el país del que llegaron sus abuelos con su padre adolescente y los tíos en 1962, se lo había tragado la tierra, y con tantos horrores que desde niña escuchó a propósito de él, y a juzgar por la pobreza que mostraban las imágenes, no contaba ni remotamente en sus planes, la posibilidad de visitarlo.

Al principio aceptaba las invitaciones de Alicate porque casi siempre se limitaban a unos *partys* en su yate, a paseítos por los cayos, sobre todo al Marathon, donde decía que unos amigos le prestaban una casa. Para hacerse el bárbaro (en su jerga), el vanván (en la de Marlon), el duro (en la de Solimar), los había llevado una vez a Bímini en *cigarette*, esa lancha ultraveloz que le pone el corazón en la boca a cualquiera. Y fue al regreso, cuando la Aduana les controló la embarcación, y la manera en que los tuvieron detenidos seis horas revisándoles hasta la médula, que entendió que los asuntos de Alicate no estaban muy claros. Ella, Solimar del Prado y Tarafa, se quitaba primero el nombre antes que volver a aceptar otra escapadita con el misterioso socio de su marido. Luego, con el pretexto de que los mellizos habían nacido, no tuvo que inventar dolores de cabezas ni indisposiciones. Esperaba que Marlon se diese cuenta de que la relación con un tipo tan turbio no le beneficiaba, a pesar de los buenos *bisnes* que hacía con la compra y venta de arte, y la pasta que ganaba gracias a él.

¡Y ese cabrón celular que no acaba de sonar!

Ahora, cuando cae la tarde, se ven menos remeros en la bahía. Los dos *sex on the beach* que se tomó con Alicate, una hora antes en el Dolores But You Can Call Me Lolita, lo tienen medio mareado… «Virgencita, si de verdad existes, que no sea mi hermana Liza la que salga perdiendo en todo esto.»

2

Cuando su matrimonio empezó a cancanear, cuando Solimar se puso con la pesadez de que se alejara de Alicate por aquello de las dudas, porque «cómo coño un guajiro inculto que ni hablaba inglés tenía tanto dinero», que de dónde sacaba un par de zapatos de marca diferente cada día, y los Ferraris, Maseratis y Lamborghinis en que venía siempre a recogerlo al pie del edificio de Collins Avenue en donde vivían, Marlon empezó a sentir que aquella mujercita le estaba llenando el gorro. Sobre él pesaba el compromiso moral y afectivo de sacar a su madre de la isla, sobre todo ahora que, a juzgar por las cartas, se la imaginaba en pleno delirio de abuelos mambises, bisabuelas deportadas, antepasados militares españoles y otras historias descabelladas que le hacían sospechar que algo no andaba bien en su cabeza, y que, dicho en buen cubano, debía haber quedado fundida con el periodo especial, los cables cruzados y echando más humo que una refinería. Y si caro le costaba sacarla por un tercer país, más oneroso sería, en un inicio, mantenerla, sobre todo de seguro médico y casa, hasta que pudiese acogerse, cuando cumpliese la edad indicada, a los planes federales de protección a mayores de bajo ingreso. Con la ayuda de Alicate, la cosa cambiaría.

Pero claro, qué coño iba a entender Solimar de todo esto, si ella había nacido libre, y cuando salió por primera vez de la burbuja dorada de su casa fue para casarse, contra vientos y mareas, desafiando a sus anticuados y burgueses padres, con un recién llegado como él, uno de esos balseritos con el cerebro podrido por la inmoralidad y la mierda, según los suegros, inculcadas por los Castros y su camarilla. A él le importa un timbal, o un pepino como mejor convenga, lo que piensen los Del Prado, y se caga en que tuvieron ni se sabe cuántas mansiones, haciendas y hasta un *trust* con otras familias en La Habana. Lo que sí lo pone farruco, que es como dice en lugar de malhumorado, al punto que le entran ganas de mandar para la pinga a medio mundo, a sus mellizos incluidos, es la pejigueta de su mujer, el ladilleo ese desde que se levanta hasta que se acuesta, sermoneándolo con que si Alicate esto, que si Alicate lo otro, Alicate de más allá, Alicate que te llevará al abismo, desconfíate de él, aléjate, bórralo del teléfono, córtale la luz y el agua, olvídalo, esto, lo otro, aquello, y dale, vuelve, repite, dale otra vez, y el cojón de Cristo. ¡Repinga! Si él, fuera de buscarse unos dólares con lo poco que pudo aprender de arte antes de abandonar la universidad, y de tomarse par de tragos con los socios del barrio que han llegado a Miami, no molesta ni pide nada a nadie, y lo que hace es resolverle montón-pila-burujón-puñao de problemas a cantidad de gente.

Por eso, siguiendo los consejos de Alicate, se ha echado de amante a Cleo, en realidad Cleopatra, una intelectual trastornada que sueña con tender puentes entre la isla y el exilio, le encantan las ropas de marca, la pacotilla y no se anda con escrúpulos de grandes familias, dinero sucio y sutilezas de ese tipo. Al menos, en el rato que pasa con ella, aprende de todo porque, aunque no lo parezca, es sensible a la poesía, sabe mucho de música, le mete a la pintura y tiene un sexto sentido que le permite advertir el peligro. Y en vez de recriminarlo o de estar aconsejándolo, lo que hace es meterle coco al asunto y proponerle soluciones que lo mantengan sin caerse de la cuerda floja.

«Si no fuera porque en el fondo sé que de las que vuelan a donde va el viento, y que lo mismo es capaz de dejarme con la leche en la puntica que pedirme que me meta con ella en una orgía, la querría de esposa, por ser la mujer que idealicé siempre.»

No sabe por qué piensa tanto en Cleo mientras repasa mentalmente la carta de Elba. Su madre tiene que estar muy loca para creer que por una ley de Zapatero le van a conceder a ella, al abuelo y a toda la descendencia la ciudadanía española. Está tan arrebatada que le ha copiado de puño y letra los últimos párrafos del texto legal:

Disposición adicional séptima. Adquisición de la nacionalidad española.

1. Las personas cuyo padre o madre hubiese sido originariamente español podrán optar a la nacionalidad española de origen si formalizan su declaración en el plazo de dos años desde la entrada en vigor de la presente Disposición adicional. Dicho plazo podrá ser prorrogado por acuerdo de Consejo de Ministros hasta el límite de un año.

2. Este derecho también se reconocerá a los nietos de quienes perdieron o tuvieron que renunciar a la nacionalidad española como consecuencia del exilio.

Lucen bien comidos los remeros que surcan la bahía. Se desplazan ágiles en sus embarcaciones estrechas y alargadas desde el continente rumbo a las isletas y viceversa. Lee las camisetas que ciñen sus cuerpos perfectamente torneados, impecablemente bronceados: «Miami Rowing Club». No sabe por qué los remeros le recuerdan a Cleo, y se pregunta si habrá aterrizado ya. Vive en Roma, casada con un cónsul, e *ingresa* en Estados Unidos las veces que le da la gana, ya que su marido es danés y se acogió a su nacionalidad a los cinco años de casada.

Como Solimar es *realtor* maneja llaves de pisos que muestra a sus clientes. Se ha especializado en los que tienen vista al mar, sobre todo en el área de los *blocks*, entre los hoteles Fontainebleau y Casablanca. Por eso, con el pretexto de que va al gimnasio del Eden Roc, su preferido, se da sus escapaditas con Cleo y juega a mostrarle cada vez un piso diferente, haciéndole creer que son suyos —y ella haciéndose la que le cree—, pues en su mayoría, los antiguos dueños dejaron hasta los muebles cuando las hipotecas empezaron a superar el valor real de la propiedad al desmoronarse el mercado. Con su amante todo es más fácil. En medio de su intelectualidad y a pesar de haber escrito unos cuantos libros, se tira como la primera, como Juana que se despetronca, dice ella misma, para el *mall* de Bal Harbour, se da tremendos atracones de tamal en cazuela con carne de puerco en el Versailles y lo mismo la pasa bien en un *show* de travestis cubanos en la discoteca Azúcar que haciéndose la fina, la de los cubiertos y copas de cristal, en las recepciones del The Forge, el restaurante preferido de Alicate, donde no es difícil toparse con Madonna, Lenny Kravitz y Jennifer López al mismo tiempo, lugares de nuevos ricos, de *parvenus*, gentes a las que se le ve por encima de la ropa que el buen gusto lo importaron ayer.

«PO-LI-FA-CÉ-TI-CA, mi chini, como una romana de verdad, que los ariques se quedaron en La Habana hace una tonga de años», le dice separando las sílabas, guiñándole un ojo y alegrándole la noche. A cien años luz de las majaderías de Solimar.

El Miami al que ha llegado Marlon ni se parece al de años atrás. Lo han ido cambiando como parte de un plan maquiavélico que pretende anular la diversión, la diferencia, la originalidad. La gente no se da cuenta, pero ella, Cleo, conoció la ciudad a principios de los noventa, cuando vino varias veces invitada a dar charlas en la Florida International University, y le asegura que en aquella época la gente se emborrachaba de noche en la arena sin que se lo prohibiesen, se caminaba por las aceras sin que implicara presunción de delito, sospecha de proxenetismo o lo que fuera, con la policía pidiendo a cada metro, como ahora, un *ID*. Con la llegada de internet cada cual se fue metiendo en su propia caracola, aislándose, de modo que Miami se fue convirtiendo en una coreografía desalmada, de coches que pasan como flechas transportando viajeros con prisa, la mayoría con los ojos desorbitados porque perder un minuto contemplando el paisaje, significa, en sus mentes robóticas, que se les va el dinero. Ahora, hasta se liga virtualmente y han ido cerrando los *nights clubs* que hacían de la ciudad la meca de los excesos. La conoce mejor que La Habana y casi igual que Roma. Por eso le enseñó que el mejor *mousse* de mango, e incluso de mamey, lo hace Sweet Art by Lucila, una vieja matancera que aprendió la receta de su abuela y esta, a su vez, de los franceses que vivían en «la Atenas de Cuba». Que un *menesier* de guayaba, como los que se hacían en Santiago desde la época de los franceses exiliados de Haití, sólo lo encuentra en Gilbert's Bakery, y la mejor tortilla de patatas en Delicias de España, en la Bird Road y la 57. Que las palmas que ve en parques y avenidas son las hijas de las que trajo desde la isla Gerardo Machado, otro dictador cubano, tras su exilio, después de la Revolución de 1933. Que no hay nada como esperar el atardecer en la apacible caleta del Boat Grill, un restaurante más allá del *toll* del parque del Farito, en Key Biscayne, en días laborables, cuando los propietarios de yates trabajan, y pedir a uno de los camareros dominicanos que atienden la terraza un pargo *grillé* con mucho limón y una jarra de cerveza helada.

También le ha dicho algo que él nunca había pensado, algo que le ensombreció el semblante: «Miami, después de La Habana, es la ciudad que más cubanos vivos tiene, pero también la que conserva en sus cementerios, después de la capital de Cuba, la mayor cantidad de muertos».

3

Lo menos que se imaginaba Liza era que, después de haber pasado las de Caín para salir de Cuba, terminara como terminó, recluida en una isleta yucateca que en otros tiempos estuvo unida a la tierra firme por un puente y, en el presente, desde que un *majache* o tromba marina lo arrancó de cuajo, sólo por un ferri que atraviesa la laguna de Yalahau comunicándola con el caserío de Chiquilá.

No puede contarle más detalles. Su novio le ha asegurado que las cosas saldrán bien, que es mejor esconderse un tiempo allí, donde a nadie se le ocurriría venir a buscarlos, un lugar paradisíaco, ajeno al progreso, a todo lo que huela a vida moderna.

Holbox fue, en tiempos pretéritos, un asentamiento de piratas. En maya su nombre significa «hoyo negro», perteneció al cacicazgo de Ecab y antes de convertirse, a fines del siglo XIX, en el sitio elegido por bucaneros europeos deseosos de establecerse en algún lugar, sirvió de refugio a campesinos escapados de la rebelión de las castas de los mayas en 1847.

En otras condiciones la isleta sería el rincón ideal para olvidarse del mundo: la población no sobrepasa los dos mil residentes, vive fundamentalmente de la pesca y un tipo de turismo adepto a la ecología. Por ello, las calles están cubiertas de arena, no existe el asfalto, no circulan vehículos, la gente se desplaza en carritos de golf que los visitantes alquilan, y el mar aporta todo lo que se pone en la mesa. Los nativos nunca se enferman, lo cual, con tanto yodo que se respira e ingiere, no le extraña. Para Liza, sin embargo, Holbox es un infiernillo. No es fácil vivir imitando otro acento, fingiendo desenvoltura cuando por dentro siente que se caga de miedo. Por suerte, como es pelirroja y tiene más bien un cuerpo de valkiria teutona, la confunden con una de esas alemanas o eslavas desesperadas que abandonan sus países grises con la esperanza de encontrar en el trópico algo que les sacuda el aburrimiento que las consume. En vez de llamarse Liza ha pasado a ser Grechen, un nombre que al principio le pareció más bien de perra, pero al que terminó por acostumbrarse. Imita el acento alemán cuando habla castellano y ruega no encontrarse con verdaderos germanos ya que, a pesar de hablar perfectamente la lengua de Goethe, estos sí se darían cuenta de que nativa de su país no era. Tampoco quisiera vérselas con cubanos porque a uno de su pueblo no se le despinta nunca un coterráneo. Como a un mexicano, viniese de donde viniese, se le reconocería hasta disfrazado de sólo oírlo hablar, un cubano no puede despintarse, y ni siquiera imitarse, por mucho *test* que se aprenda y por muchas horas dedicadas al camuflaje.

Se ha enterado de que en Holbox viven unos cuantos compatriotas. La exmujer de un cantante famoso es la dueña de un hotel ecológico, estilo ranchón, a pocos metros de la playa, y, como es lógico, son varios los empleados cubanos que trabajan allí. Más le vale no acercarse por muchas ganas que tenga de tomarse un buen daiquirí o una piña colada en su punto, con la justa cantidad de Carta Blanca y de azúcar, ni más ni menos, como las que preparaba su padre cuando de niña la llevaban de vacaciones a Varadero.

Adonis multiplica sus ausencias. Habla a menudo de atravesar la frontera de Belice, de unos amigos que pueden llevarlos en yate hasta las islas Caimán, donde lo esperan sus contactos relacionados con agentes del puerto de cruceros que, a cambio de un buen billete, esconderían hasta un elefante en las bodegas de uno de esos rascacielos flotantes. Atravesar México hasta Matamoros, incluso en una de las rastras selladas que los camioneros saben abrir sin que la policía se dé cuenta, sería un riesgo innecesario, sobre todo ahora que el clan de matones de Tomasito y el Ray, versátiles del robo y los atracos, están al corriente del desfalco, y que las fotos de Liza y de él viajan de celular en celular desde hace rato. La pandilla opera en Cancún, conectada con la red de tráfico de indocumentados desde la isla y Centroamérica. Controlan parte de la droga y tienen amplio récord en el robo de yates de lujo y motos acuáticas en las marinas de La Armada y Sunset. Son aliados recientes de Los Zetas, de sobrada impunidad, protegidos por agentes oficiales, y detentores del monopolio de las actividades ilícitas en la península de Yucatán y en las islas de Cozumel y Mujeres.

Nunca ha querido escarbar en sus cosas, en su pasado, pero no tuvo más remedio que confesarle el lío en que estaba metido. La agencia de bienes raíces era un truco, un pretexto para alojar a los clandestinos en villas y departamentos, en realidad una tapadera, gracias a la exclusividad de ventas. Trajeado y carpeta en mano, era el prototipo del individuo de ese giro, y nadie sospechaba que movía miles de dólares de un lado para otro, y que los clientes eran más bien candidatos a atravesar el Río Grande, vía Monterrey o Tampico.

Todo marchaba sobre rieles hasta que se negó a meterse en el atraco de una joyería de libaneses. El negocio con el Ray y su pandilla había sido claro desde el principio: lo de él sería siempre el tráfico de gente y dinero, recibir, cobrar, acompañar, hacer piruetas que despistaran a los investigadores, nunca participar en actos de sangre, violencia, crímenes, robos o asaltos. Lo tenían por alguien respetable, sabían que estaba protegido desde La Habana, que era el único que había estudiado aunque no supieran exactamente qué, pero en ese negocio existe una ley inviolable, tácita, que no figura ni figurará en papel alguno y que, sin embargo, todos acatan: el que se deje atrapar lo paga con el pellejo porque nadie correrá el riesgo de que lo vomite todo sobre la banda. Y lo peor: a las mujeres, raras veces se les perdona la vida porque en la cama los hombres les cuentan todo. Son ellas quienes casi siempre terminan por desembuchar lo que no deben durante los interrogatorios.

Los delincuentes de ahora son gente sanguinaria, nada que ver con los mafiosos sicilianos de las películas de Hollywood. Aquellos eran auténticos caballeros; estos, meras ratas de cloaca. Sin himno ni bandera, en su mayoría presidiarios, se trata de gente marginal, criados por abuelas medio idas porque o el padre era un huésped vitalicio de chirona y la madre andaba de puta en la calle *resolviendo* a como tocara, o vivían ambos progenitores más tiempo detrás de las rejas que sueltos. Ninguno tiene cojones para tumbar al gobierno que los machaca, y tal vez ni siquiera conciencia de que es esa y no otra la causa de sus males, pero en cuanto salen de la isla, se lamenta Adonis, por una extraña asociación en sus cerebros en que creen que libertad rima con libertinaje, son capaces de desmontar pieza a pieza el Capitolio de Washington y de venderlo al mejor postor. Ninguno se andaría con remilgos y ni siquiera la cogerían a ella de puta porque les sobran las esclavas que los complacen y el que más o el que menos tiene una docena de hembras esperándolo con las piernas abiertas con tal de que las cubran desnudas con la cara de Benjamin Franklin o, por lo menos, con las de Ignacio Zaragoza o la de la ilustre Sor Juana.

«Y así está el dominó, mi niña», concluye. «A esta tabla nos aferramos los dos o estos cabrones nos sacan del parque a balazos en un abrir y cerrar de ojos.»

«¡Coño Adonis, me cago en diez, carajo, yo no sé para qué pinga te hice caso aquel día en Mérida!»

4

CARTA DE ELBA A LIZA CON LAS RESPUESTAS AL TEST DE CUBANÍA

— A Lola la mataron a las tres.
— Niño que no llora no mama.
— El gallo de Morón se quedó sin plumas y cacareando.
— A la lata.
— El Caballero de París.
— La mula tumbó a Genaro.
— Borondongo le dio a Bernabé y Muchilanga le dio a Burundanga... ♪ ♫ ♩ ♫ ♭
— Maceo era el Titán de bronce.
— El que no tiene de congo tiene de carabalí.
— Voló como Matías Pérez.
— El bombín era de Barreto.
— Quieren meter a La Habana en Guanabacoa.
— Si tomas chocolate, pagas lo que debes (como en el cha-chachá).
— Ponme la mano aquí, Macorina, ponme la mano aquí... ♪ ♫ ♩ ♫ ♭ ♮
— Acabando con la quinta y con los mangos.

— Menéala, que tiene el azúcar [en esta me doy por vencida].

— Dile a Catalina que te compré un guayo que, la yuca se está ♪ ♫ ♩ ♫ ♭ ♮

— Candela al jarro.

— Chencha era gambá.

— La culpa de todo la tiene el totí.

— A correr liberales de Perico.

La lee mientras se da un buen atracón de helados. Una mestiza de Holbox los fabrica en su casa. Se zambulle en las dos grandes neveras que tiene en su sala y de exclamación en exclamación va descubriendo sabores impensables. Mamey, tamarindo, chirimoya, caimito, anón (que los yucatecos llaman nona), carambola, rambután, pitahaya, huaya (el mamoncillo en Cuba), chicozapote, zaramuyo de sabor delicadísimo, muchas desconocidas para ella, todas deliciosas. Los mejores helados de su vida. Menos mal que la depresión le ha dado por eso, por hincharse de helados aunque se ponga peor que un tanque. Que no venga ahora Adonis a resingarla, a joderle la vida con lo de la gordura, con que si le están saliendo salvavidas, que si debería aguantarse la boca y darle suave, que si va a dejar de quererla y a buscarse otra pues terminará pareciéndose de verdad a una de esas alemanas con cuerpo de vaca que pasean por la playa. ¡Como si en la puta islita hubiera otra cosa que hacer! ¡Como si no bastara con tener que vivir escondida, con temor a que la desaparezcan de la faz de la Tierra!

Dicen que cuando los ciclones pegan en Holbox lo mejor es poner pies en polvorosa. El mar puede tapar la isla y el que se quede puede ser arrastrado por las olas.

208

Con el único que habla es con el viejo Corcholata, la viva estampa de un pirata holandés, quien les alquiló la planta alta de su casa. Nadie conoce su nombre, todos lo llaman por su apodo porque, si no está tirado en el suelo, entonces anda empinado al pico de la botella, o echando el coyotito, como le dice a la siestecita de la tarde. A Liza le impresiona el gris profundo de sus ojos, la tez curtida bajo la que se adivina que es rubianco como muchos descendientes de noreuropeos. A Corcholata, en sus momentos de sobriedad, le da por recortar y conservar los artículos de prensa que hablan de bandas de narcos, pandillas de malhechores, maleantes… todo lo que ha envenenado, le confiesa, el clima de esta tierra antes pacífica, en la que se vivía con serenidad, sin que nadie importunara al otro, en diapasón imperturbable, sin más noticias que el parte del tiempo, la pesquería y lo buenotas que se veían las turistas europeas, todo un «forrazo», sobre todo cuando «se embichaban» en la playa.

Liza ha leído entre los recortes, páginas sueltas de diarios que colecciona el viejo, que en el año que acaba de terminar, el setenta por ciento de catorce mil cubanos que entraron ilegalmente en Estados Unidos transitó por México y que un enganche de barco a barco en aguas internacionales, entre la isla y Yucatán, costaba hasta diez mil dólares por cabeza. La cifra más alarmante era la de los treinta y cuatro asesinatos ocurridos en Cancún en 2007, con unos treinta cubanos y cubanoamericanos implicados. En el verano pasado, uno de ellos, Luis Lázaro Lara Morejón, naturalizado norteamericano, recibió doce impactos de bala, seis en el tórax y seis en la cabeza, en el rancho Maranatha, en una brecha de la carretera que comunica a Cancún con Mérida. La nota la publicó el periódico *La*

Jornada, y explicaba que el cadáver tenía marcas de mutilación, le habían cortado el dedo índice de una mano y llevaba los ojos vendados. La muerte del traficante se relacionaba con la ocurrida el 10 de julio anterior, la del también cubanoamericano Manuel Duarte Díaz, alias el Mani, ultimado a la luz pública a las puertas del Instituto Nacional de Migración (INM), en Mérida. En otro recorte, esta vez en *Los Tiempos,* se daba la noticia del homicidio en plena calle de Cancún, en la entrada del mercado de artesanías Coral Negro, de Maximiliano Reyna Molas, cubano de cuarenta y tres años. Y tres meses después, el de su hermano Juan Carlos, emboscado por un comando en el fraccionamiento residencial de Santa Fe.

Las letras son como un torbellino que se arremolina al leer. Las palabras narco, fayuquero, pistola, encobijado, droga, picaderos, levantón, plomeado, encajuelado, halcón, sicario, burrero, a fuerza de integrarse al lenguaje corriente han ido perdiendo el sentido de horror que las reviste. Le ha tocado preguntar y aprender qué significan, lo que unido a la impresionante variedad argótica del mexicano, la deja con la cabeza dando vueltas.

5

Ha sido triste el entierro de su padre. Excepto tres primos, unos parientes lejanos y seis amigos, nadie más asistió. Los entierros de antes daban ocasión a que se reuniera toda la familia. Llegaban de pueblos distantes familiares que nunca se veían porque acompañar a un difunto a su última morada era, más que una obligación, un acto sagrado. No es que se tratase de un acontecimiento alegre. Nunca lo fue. En otros tiempos, entre lágrimas y sollozos, la gente se contaba sus vidas, informaban de los hijos y nietos que engrosaban los hogares, se intercambiaban recetas, remedios, se tomaba chocolate espeso, se evocaban historias y anécdotas que tuvieron por testigos a los ausentes y que, por tradición oral, se trasmitían a lo largo de generaciones. El mundo mágico de la muerte, aquel bullicio en las funerarias, las reuniones de una legión de amigos, se había extinguido.

La isla es como un árbol podado. Las pocas ramas que quedan están enfermas. La tierra se ha secado a sus pies, las raíces parecen calcinadas. Es como si una fuerza descomunal lo hubiera arrasado todo y, en medio de la debacle, quedaran sólo autómatas a cargo de animar una coreografía de voces, gritos y risas huecas. Consciente del cascarón vacío en que viven, incapaz de gritar a voz en cuello el dolor del mundo que le arrebataron, Elba no sabe si llora por la desolación de su país o por la muerte de Betico.

La primavera del 2008 cierra el ciclo de su origen. Con la muerte de su padre se ha extinguido la generación de los Guillamón, hijos de Gerardo el pinero y de Amparo, la sevillana. Orquídea, Augusto y Silvia que vino desde Varadero, son las caras nuevas en su vida. La primera, se largará pronto a vivir con la hija casada con el banquero; el segundo, quiere reunirse con un primo que dejó de ver hace mil años y que vive en San Diego, California, hijo de Juliano del Prado, en cuya casa se encontraba el día de su detención; la última... bueno, la última, aunque en sus cabales, es una dama de noventa años. Las raíces están calcinadas, nada cobra vida en esa tierra, nadie quiere echarse al hombro la responsabilidad de reconstruir lo perdido.

Agradece a Orquídea la delicadeza de no insinuar que con la muerte de Betico se le dificultará adquirir la nacionalidad española. Más que el alzhéimer, que empezaba a asomar su cara fea en la vida del padre, fue un infarto masivo lo que acabó con él. Elba estaba columpiándose en uno de los sillones herrumbrados del portal de Augusto cuando le avisaron. Inesperado y brutal, el ataque no le dio un segundo de dolor, de lo que, a pesar de todo, se alegraba.

Orquídea ha recibido en su buzón electrónico de Medicuba, una de las pocas redes de internet del país, un *emilio* de Liza. No es el momento de darle a Elba otra mala noticia. Ha venido al velorio por solidaridad y para tomarle la temperatura del ambiente, a ver si es posible anunciarle la mala nueva. Tiene hijos y sabe que para una madre no hay peor dolor que la infelicidad de los suyos. Presiente

212

que la muchachita está hasta el cuello en un mal rollo y desde hace rato se ha dado cuenta de qué pata cojea el tal Adonis. ¿Por qué irse a Belice, a ver? ¿Qué coño van a hacer dos muchachos jóvenes y profesionales en el lugar por donde pasa el tráfico que viene de Centro y Sudamérica, metralla pura, orine de ornitorrinco con caca de gallina vieja? Que no le vengan con cuentos a ella. Se van huyendo de algo, terrible por supuesto, y se imagina muy bien de qué. El *e-mail* de Liza lo deja claro: «Adonis ha tenido unos problemitas con los compañeros de su agencia y tengo que acompañarlo a Belice». Es el *tengo que* lo que no le gusta nada. ¿Por qué *tiene que* acompañar a ese cabroncito si su relación es reciente, ni siquiera están casados, no tienen hijos, no hay barriga de por medio? Los «compañeros de su agencia» ella sabe muy bien a qué se dedican. Los mismos por los que Alexander, el hijo de su amiga Elenita, desapareció desde hace seis meses, y nadie da fe de que haya pisado tierra yucateca. ¡Nueve mil toletones en billeticos verdes le costó la salida a Alex! Nueve mil guayacanes que se ganó con el sudor de su frente robando en el hotel Nacional en donde fue carpetero, sin contar la de gallegos apestosos y de viejos babosos italianos con que (le consta pues le alquiló en ocasiones un cuarto), tuvo que acostarse para reunir la suma. ¡Y de pronto, así como así, desaparecido! ¿Por qué, a ver, si ya él había pagado su viaje, si la mitad del dinero estaba en manos de esos truhanes y la otra la llevaba consigo para pagar al contado en cuanto pusiera los pies en Cancún. Pero ella sí lo sabe y punto en boca porque a Elenita no puede confesárselo. A ese muchachito se lo cargaron porque lo que él no sabía, lo que no estaba en su contrato, era que para que lo ayudaran a llegar al otro lado tenía que meterse por el culo, en condones de látex, varios gramos de la blanca, que terminarían en *Finiquera*, que es como le dicen en la narcojerga a una importante ciudad de Arizona. Y el pobre, al negarse, firmó su sentencia.

Por eso está al lado de su amiga en la funeraria y Dios sabrá por qué se mete en estos trances. Ahí tiene ante sus ojos a Silvia, con tremendo chalet en la mejor playa del Caribe, nonagenaria, sin herederos, con muchas probabilidades de que estire pronto la pata, porque biología es biología y a su edad ya se está prestado en este mundo. ¿Y qué mejor negocio que su yerno le compre en vida el chalet, que ella pueda seguir disfrutándolo a cambio de una mensualidad importante, de una entrada alta que le permita gozar a plenitud de sus últimos años, y que él, por su parte, realice el sueño de tener una casa de verdad en esa playa? ¿Que para qué usted quiere tanto dinero, mi santa? ¡Por favor, doña Silvia, no diga eso donde la oigan! Óigame bien, mi vieja linda, con ese platal usted va a poder ir a Oriente, al lugar de donde salieron sus bisabuelos Zayas y Ochoa, hospedarse en los mejores hoteles, restaurar las tumbas de sus ancestros, las de Cárdenas y las de Holguín, preparar decentemente el sitio donde quiere que la entierren, socorrerá a amigos, se dará gustazos que nunca pudo, podrá publicar los manuscritos de su familia que me ha dicho atesora su biblioteca, comprar las mejores puchas de flores para sus difuntos padres, pagar a alguien que le localice a la parentela que se fue a México. ¡No me vaya a decir, mi puchucha bella, que con todo esto y lo que se me olvida, no sabrá en qué gastar ciento veinte mil cucos!

Tampoco le va avisar a Liza, por ahora, de la muerte del abuelo. Es mejor esperar a que la chiquita se instale, si llega a hacerlo, en Belice. Bastante tiene ya con seguir detrás del papanatas de novio. ¡Ay, Orquídea Villamarzo, si tú deberías haber entrado en una orden y haberte metido a monja! Te has pasado la vida de intermediaria, enderezando entuertos, repartiendo misericordia, haciéndole la vida más llevadera a la gente. Ya es hora de que te dediques a ti, vieja. Prepara bien tu viaje, que en el principado de Andorra vas a vivir como una reina y no tendrás que ocuparte nunca más de nadie.

6

Alicate le había dado cita a Marlon en Vialetto, un restaurante cerca del Miami Senior Hight School en donde va a cada rato porque el *chef* hace unos raviolis rellenos de picadillo y plátano verde sobre crema de frijoles negros para chuparse los dedos. Quiere que lo acompañe a casa de un matrimonio de cubanos de Coral Gables; venden un cuadro de Diego Rivera y otro de Miró. A Marlon le ha extrañado la mezcla de los dos pintores en la colección de quienes, según previas averiguaciones, habían llegado al exilio como *pedropanes* con doce años de edad y, como casi todos los de su generación, eran conservadores hasta la médula.

Apenas entró por la puerta de la mansión —una de esas casas en apariencia elegantes que dan hacia los canales cercanos al hotel Biltmore—, se dio cuenta de que los gordos eran un par de descarados. Con un *spanglish* insoportable, en medio de cuatro frases en inglés surfloridano salpicado de dos o tres «pal carajo» y unos cuantos «te lo dije, mi chino», el tipo, petulante y despectivo, pero dispuesto a ponerse en cuatro patas a cambio de unos billetes, les contó toda una mitología de los orígenes de su colección, de la época en que eran dueños de una fundación de arte en Chicago, de lo mucho que habían frecuentado a los grandes pintores latinoamericanos, desde Rufino Tamayo y Luis Caballero Holguín hasta José Luis Cuevas y Roberto Matta, asegurándoles que se deshacían de algunos porque no iban a tener espacio donde meterlos, ya que iban a vender la casona... «*You know*, después de la partida de nuestros dos hijos nos abruma la soledad de tantas piezas vacías *and we should downsize*, una cosita simple, de esas que echas la llave a la puerta y *bye off we go*, como pensamos hacer, instalándonos varios meses en París.»

La mayoría de los cuadros los habían obtenido estafando a artistas a los que hacían creer que representarían. La técnica era infalible: reunían un buen número de piezas y buscaban un motivo de discordia, algo que afectara la dignidad del artista, lo ponían entre la espada y la pared, tensaban y aflojaban la cuerda, hasta que la víctima se hartaba y terminaba mandándolos para casa de la madre que los parió, diciéndoles que podían meterse los cuadros por el culo, que podría pintar una docena de lienzos mejores que los perdidos. Justo lo que buscaban, pues conociendo como conocían la vulnerabilidad de los latinos, lo rápido que se sulfuraban y abandonaban sus propósitos, preferían sacrificar la amistad, la reputación y algunas relaciones con clientes y amigos del desplumado, con tal de quedarse con un botín que, en pocos años, venderían a precio de oro. Eran los perfectos timadores: sonrisa afable y palmadas en el hombro, estilo alcaldes y viejos lobos de la política de una Cuba republicana que no existía hacía medio siglo, pero que perduraba, con sus taras y peores defectos, en tipejos como ellos.

De la pareja, la mujer era la especialista en frasecitas cariñosas, en profusión de *honey* y *darling* hasta el empalagamiento. Reprendía suavemente al marido cada vez que daba muestras de intransigencia y extendía los brazos como si aclamase la llegada de un papa y ladeaba su cabeza de un golpe seco. En el fondo despreciaban a los que habían salido de Cuba después que ellos, o sea, al noventa por ciento del exilio, y no paraban de decir que a los que habían vivido en la isla después de 1965 les habían inoculado el virus del comunismo. Oportunistas, decían, que vienen a Estados Unidos a vivir del cuento, a trabajar poco, a regresar a aquella mierda en cuanto les daban el permiso de trabajo, gente sin color político ni entereza. Juzgar, los dos juzgaban severo, sin darse cuenta de que en materia de timar, robar, chantajear y hasta sacarle dinero al Estado sólo por dar un tropezón con una pedazo de acera desnivelada, eran ellos los auténticos maestros, los genios de la vieja escuela, los que sentaron las bases para que Cuba terminara en manos de malhechores tan vivos como ellos y, seguramente, igual o peor de ladrones.

El Miró más falso no podía ser. Un cuadro en el que supuesto autor catalán había escrito en francés «París bien vale una misa». Pero Miró nunca hubiera conjugado mal el verbo «valer» y aquel descarado había tenido el tupé de escribir *Paris bien vaux une messe*, usando la primera persona del singular, en lugar del *vaut* de la tercera. Lo había pintado él mismo, imitando al pintor, pero metió la pata. Aquel gordo cara de papaya había vivido unos meses en la capital de Francia, pero su francés era demasiado rudimentario.

Cuando Marlon llamó la atención a Cara de Globo (nombrete que los dos socios le pusieron enseguida, en honor al obeso personaje de la comedia silente de Chaplin doblada por Armando Calderón para la televisión cubana) sobre el error en francés, fueron par de puñales lo que

218

salieron de sus ojillos casi invisibles, hundidos de su carota descomunal y grasienta. Su enorme papada enrojeció. ¡Cómo el balserito de mierda este se permitía discutirle a él, discutirle al propio Miró, la ortografía de un verbo en francés! ¡Habrase visto semejante atrevimiento! «Miró, ¿cómo fue que me dijiste que te llamabas, muchachito...?, Marcos, Marlon, *whatever*, por si no lo sabías, era muy jodedor y le gustaba, como a Dalí, burlarse del público, por eso, infórmate bien, metía la pata adrede, como en esa conjugación.»

Cuando el tipo se dio cuenta de que no podría venderles nada decidió burlarse. Sacó entonces el numerito patriotero de que los de su tiempo habían estudiado civismo en las escuelas y que a los de ahora ni siquiera les enseñaron a respetar al apóstol José Martí. La gorda entrecruzaba los dedos y apretaba los labios moviendo la cabeza en círculos. «Es que nosotros vivíamos en una sociedad victoriana. Bueno, ustedes no conocieron aquella Cuba. Mis padres no me hubieran dejado jugar nunca con los niños de ahora.»

«¿Y la dejaron casarse con un tipo que falsifica cuadros, señora? Óigame, sus padres tenían un sentido muy selectivo del honor.»

De allí tuvieron que salir como bola por tronera. Cara de Globo amenazó con sacar un revólver y defender la dignidad de su esposa, pero en lo que corrió a la biblioteca, donde guardaba el arma, ya los dos estaban encaramados en el descapotable de Alicate, muertos de risa, atravesando la Coral Way, rumbo a los Roads.

«Cara de Globo, asere, qué singao tú eres. Coño, ¿te acuerdas cuando jodieron a Calderón y lo metieron preso por gritar en pleno doblaje en vivo de la Comedia, en medio del corre corre a lo Chaplin: "Esto es de pinga, queridos amiguitos"? ¿Te acuerdas de eso?.»

Marlon no lo recordaba. Tiene veintiséis años, Alicate le lleva diez. En la época de su niñez ya no había *Comedia silente*, el programa matinal de los domingos que entraba a las casas cubanas por el Canal 6. Tampoco conocía la anécdota del viejo Calderón. ¿A quién se le podía ocurrir decir «pinga» en un programa infantil? El tipo se había embalado tanto que se le olvidó la tierna edad del auditorio y en Cuba, en aquella época, años setenta, el poder era implacable con quien se equivocara.

Pararon en el Dolores But You Can Call Me Lolita, del *downtown*. El sitio acababa de abrir y tenía *swing*. A Alicate le gusta sentarse en la barra; Riguito, el *bartender*, era socito de él y le preparaba los mejores *sex on the beach* de Miami, un cóctel de vodka, jugo de naranja, arándanos y licor de melocotón. Se instalaron y, sin que tener que abrir la boca, les puso par de copas con el cóctel y una bandeja de pata negra cortado bien fino acabadito de llegar de Extremadura. Riguito estaba acostumbrado a verlos allí porque después de darles unas palmadas por encima de la barra los dejó solos y únicamente los interrumpió para servirles la segunda copa un cuarto de hora después.

«¡Qué par de descarados los viejos estos, chico! ¿Tú viste cómo se puso cuando le dijiste que el Miró olía a falso?»

«Esa gente debe de estar cagándose en mí mil veces. Se creían que caeríamos mansitos... Compadre, disculpa que te cambie el tema, pero tengo un problemita con la *sister* en México.»

«*Ño*, pero tú no hablas, chico. ¿Qué le pasa a tu hermana? Suelta.»

«*Na*, se enredó ahí con un comemierda, un chamaco que parece que estaba metido en el tema de sacar gente de Cuba por Cancún y parece que el tipo se rajó... no sé bien lo que pasó, pero el caso es que tuvieron que levantar el ancla, asere, y ahora están viendo cómo se van para Belice.»

«Ven acá Marlon, mi hermanito, ¿tú sabes cómo se llama el jevo de tu hermana?»

«Papo, yo nunca hablé con él, pero creo que Adonis. No sé si ese es su nombre de verdad o el que usa en la movida esa. Tú me entiendes...»

En el tiempo que lo frecuentaba Marlon nunca había visto a Alicate ponerse rojo y, en segundos, blanco como un papel. Se llevó la mano a la frente, engurruñó el rostro, dio un manotazo a la copa que cayó del otro lado de la barra y aspiró mucho aire ruidosamente.

«Pinga, pinga, pinga, asere, no me hagas eso. ¿Tu hermana es la jevita que andaba con el comemierda ese? Cojooones. Óyeme bien. Ahora mismo te tengo que dejar. Voy a pasar dos llamaditas. Que la Virgen se apiade de ellos, mi hermanito, vete a rezar a la Ermita por sus vidas, pero creo que a esta hora ninguno de los dos podrá hacernos el cuento.»

7

Silvia vino sola al entierro de Betico, al que no tuvo tiempo de conocer. Aceptó la hospitalidad que le brindó Elba. Hacía cincuenta años que no visitaba La Habana. Está tan consternada con lo que ha visto que necesita reponer fuerzas antes de emprender el regreso a Varadero. No reconoce absolutamente nada, excepto la estatua de Martí en el medio del parque Central, los dos leones del Prado, el Capitolio y la fachada del Centro Gallego. El resto es otra ciudad. O lo que queda de ella.

Sabe lo que es el dolor de perder a un padre, le dice que tiene que ser fuerte, que necesita reunirse con sus hijos. Durante la marcha hasta la manzana en donde enterrarían a Betico pudo pensar en la proposición de Orquídea. Es verdad que no es tema que deba consultar con Elba ahora, el momento no se presta, pero no es menos cierto que un poco de distracción le vendría bien, después de todo. Se decide entonces a hacerlo.

«Muy buena idea, Silvia. Para luego es tarde», le dice Elba. De qué sirve que mantenga esa casa si al final, el día en que no esté, el Estado se quedará con ella y seguramente se la regalará a un protegido oficial. Los muebles de valor se los robarán, con los libros harán una fogata, los recuerdos de familia terminarán en el basurero. Silvia le dice que desde que la visitó se ha dado a la tarea de echar la biblioteca abajo, anaquel por anaquel, cajones y gavetas. Además del carné de viaje de Antonio que leyeron juntas, recuerda otros papeles que su abuelo mencionaba.

«La gente de antes lo guardábamos todo. Vivíamos entre montañas de papeles como si tuviéramos miedo de perder la identidad o, peor, la memoria. En mi casa nunca se tiró una hoja. Lo malo es encontrar ahora lo que busco.»

Elba lo piensa dos veces antes de reservarse que de nada le vale ya probar que desciende de Ramón Guillamón, el militar español que le hizo un hijo a Vidalina, abuelo de Betico y padre de aquel niño que nació sin otro apellido que el de su madre, reconocido después, quién sabe cómo y cuándo. Tampoco le parece justo decirlo porque, a pesar de la decepción de ver morir a Betico sin haber obtenido la anhelada ciudadanía del abuelo, se muere de ganas de saber cómo escapó Vidalina de Nueva Gerona, en qué pararon sus compañeros de infortunio, cuál fue el final de su historia. Cree que, por otro lado, podrá encontrar algo sobre su abuela Amparo, la sevillana que casó con Gerardo, pues por ser nieta de ella la ley sí podría beneficiarla.

Es muy probable que los papeles que menciona Silvia arrojen un poco de luz en esto. Ojalá los encuentre. Ahora lo que más le preocupa es Liza. Hace días que no tiene noticias de ella y tampoco logra comunicarse con Marlon en Miami. A veces se pregunta de qué le valió tener hijos. Como está el mundo, lo mejor es esperar el final sola, como Silvia, sin ser carga para nadie y sin nadie que la desvele por la noche.

Séptima parte

Nueva Gerona, Isla de Pinos
1870 - 1873

1

A la izquierda un muelle rústico. El almacén con techo de tejas es una casa de mampostería a medio terminar. La calle Sierra de Casas discurre entre el embarcadero y la plaza central. De norte a sur corre la de Pinillos. De este a oeste tres, la de la Isabel II, la de la Iglesia y la San Clemente, completan el tablero reticular del precario asentamiento. El cuartel de caballerías funciona también como hospital militar y ha sido ubicado en las afueras del núcleo. La plaza de Armas, con un pozo de brocal y roldana en su centro para que la vecinería se abastezca de agua y un cercado de estacas de guano prieto protegiendo el cuadrilátero, es de las más lastimosas que han visto. A un costado se halla la Comandancia Militar, frente a la que forman filas los reclusos y, en la esquina, la estafeta de Correos. Del otro lado se alza la iglesilla de Nuestra Señora de los Dolores y de San Nicolás de Bari.

Brama el *Nuevo cubano*, vapor en el que navegaron desde La Habana después de abandonar la goleta de Cárdenas, anunciando a golpe de sirena la llegada del único medio de comunicación con el resto del mundo. Llama la atención la cantidad de asiáticos que se precipitan sobre el muelle enclenque. Se disputan por descargar la mercancía.

Son más los culíes (así les ha llamado el capitán) que los toneles y bocoyes por bajar. Los comercios son pocos: una zapatería dirigida por un negro liberto, la sastrería de un vizcaíno, una botica administrada por un galeno irlandés, cinco tenderetes de comestibles, una herrería y tres hornos de pan que funcionan cuando llega algo de harina.

A la colonia de Nueva Gerona la dirige un teniente gobernador secundado por el director de la población penitenciaria, el subdelegado de la Real Hacienda, el administrador de Rentas Reales y el administrador de Correos. El cuerpo militar dispone de unos veinte soldados de batallones de paso y quince voluntarios permanentes que vigilan y le hacen la vida imposible a los deportados. En total, unas novecientas almas viven allí contando a los trescientos proscritos. Muchas familias llegaron engañadas, bajo falsas promesas de prosperidad y, a fuerza de empeño y porque tal vez no tenían a donde regresar, crearon las bases de la incipiente sociedad. Se cultiva plátano, maíz, arroz, frijol y naranjos, y abundan los conucos de viandas y hortalizas, así como los montes cuyos árboles frutales silvestres ofrecen, según la temporada, mangos, guayabas, guanábanas, higos y chirimoyas. Las únicas industrias son una fábrica de aguarrás, un horno para extraer el alquitrán de los pinos y la cantera de mármol, en donde, con un poco de suerte, los deportados encuentran trabajo por mal remunerado que sea.

Las familias distinguidas no pasan de diez. Los Sardá, los Duarte y los Arregui, por ejemplo, son propietarios de fincas en las estribaciones de las sierras, donde abundan los bosques de maderas preciosas como la caoba, el cedro, la jocuma y la quiebrahacha. Los Audebert, de origen francés, descienden de piratas que desafiaron el poderío español y terminaron por sedentarizarse en donde el control de la Corona resultaba menos estricto. Constituyen un núcleo de unas cien personas entre primos y parientes, y como llevan varias décadas en la isla eso les confiere cierta relevancia.

La población religiosa se limita a un curato mantenido por el padre Manuel Cuervo, al que atiende una vieja criada tan achacosa que no se sabe muy bien quién vela por quién. El cura recibe una miserable renta mensual de una onza de oro. Debe sentirse realmente siervo de su Señor para soportar con estoicismo tantas privaciones. La única decoración de la nave es un cuadro de la Dolorosa, de dudosa calidad, y dos esculturas de la Concepción y de san Antonio que un Audebert donó hace tiempo, provenientes de un saqueo en que participara algún antepasado pirata.

El teniente gobernador es un hombre petulante, vive retirado de los negocios públicos en la única vivienda de dos plantas que existe. Se reviste de una gravedad cómica de monarca, aunque depende del capitán general de La Habana. No visita nunca a nadie, no tiene amigos, recibe fríamente a quienes piden audiencia y vive con las ventanas cerradas, siempre cubiertas por banderas españolas. Las pocas veces que sale son para recibir a los deportados recién llegados. Les lee la cartilla, cumpliendo con mucho desgano con el reglamento. Saluda a los congregados en la plaza, con gesto distante, carraspea antes de proferir la primera palabra, el auditorio retiene el aire a la espera de que hable.

En pocas palabras: los deportados quedan libres de circular y de buscarse su propio sustento, sin alejarse más de dos leguas y media del pueblo, a excepción de los que obtengan autorización para trabajar en las canteras de mármol. No causarán gasto alguno al erario público, deben de satisfacer sus propias necesidades, desde el techo y la cobija hasta la alimentación, la ropa y los medicamentos. Sugiere que las mujeres se dediquen a los oficios propios de su sexo: sirvientas en casas decentes, cocineras o costureras. El comercio de la carne está terminantemente prohibido. El gobierno no media en litigios ni ofrece audiencia. Las quejas o súplicas que las vean con el notario, único responsable en tramitar cualquier reclamación a nombre del director de la colonia. Los enfermos se colocarán en cuarentena, pues suele haber bastantes casos de tisis escrofulosa y, al menor síntoma, el sospechoso debe reportarse ante el boticario que lo enviará al barracón de los contagiosos. Tienen libertad para asistir a misa los domingos y rezar en la iglesia mientras no haya oficios. No se permiten reuniones de más de seis deportados, ni relaciones con los soldados de la guarnición, tampoco salidas por mar, por poco que se alejen de la costa. Dos veces por semana formarán filas en la plaza y responderán al pase de lista, así estén sirviendo, previa autorización, en las haciendas vecinas.

Y dicho todo esto, sin permitir preguntas ni aclaraciones, elevó el mentón al mismo tiempo que se llevó solemnemente la mano derecha a la altura de su pecho, y paseando la vista sobre el grupo, como quien mira con desdén una tarea imposible, se cuadró y ordenó que despejasen la plaza, un sitio reservado a los actos oficiales y al pase de lista, en el que estaba prohibido jugar, bailar, beber y hasta pasearse.

2

En la confusión del trasbordo, el abejeo de negros cargando y descargando las naves, se extraviaron los baúles de Luz y Vidalina. El director de la colonia toma nota. Les asegura que sucede con frecuencia. Tratándose, en general, de equipajes que contienen prendas corrientes, suelen despacharlos en el próximo vapor. Las autoriza a que asistan, desde el muelle, al desembarco del *Pinero*, el siguiente barco que cubrirá la ruta.

Josefa decía que «quien nace para tamal del cielo le caen las hojas», pues creía que cuando se venía a la Tierra para pasar trabajos y vivir desgracia tras desgracia, no había modo de cambiar de estrella. Por suerte Antonio y José han conseguido trabajo en las canteras. La labor es extenuante. Tienen que echar a andar una máquina de presión de veinte caballos de fuerza, que a su vez mueve seis carros aserradores con treinta sierras cada uno, una rueda pulidora de diez varas de circunferencia y un molino que tritura el mármol destinado a estuco. De allí salen lavamanos, brocales, lápidas, losetas, fuentes, monumentos funerarios… todo el mobiliario y la estatuaria que adorna las mansiones, los cementerios y los jardines de La Habana. Con ellos trabajan treinta y dos fornidos negros, veinte culíes, cincuenta deportados, más el jefe del almacén, el de la fragua y el dueño, asistidos por seis operarios. A los negros y a los culíes les corresponde la tarea más ingrata, la de sacar a pico limpio los bloques de mármol de la cantera, un monstruo que resplandece al sol, los riscos blancos y moteados lanzando destellos, en apariencia inofensivos, cuando en realidad no existe punta, por acerada que sea, que no rebote al chocar contra su mole pétrea. Los restantes son los devastadores, entre los que se encuentran los responsables de dar formas más o menos uniformes a los bloques, un trabajo relativamente fácil comparado con el de un sacador. Antes de emprenderla con una nueva roca tienen que desbrozar a machetazos la maleza que la cubre.

Antonio les cuenta, a la luz de una chismosa, la historia del negro Prudencio, uno de los sacadores. Nadie sabe cómo llegó a Nueva Gerona, aunque algunos adelantan la hipótesis de que era parte del cargamento de un barco negrero naufragado cerca de las islas Caimán, posesiones británicas en el corazón del mar de las Antillas. Al parecer su primera lengua al entrar en contacto con los europeos había sido el inglés, pues lo hablaba con fluidez, a diferencia del castellano, con fuerte acento anglosajón.

«Llevaba diez años aquí y se había forjado la reputación de ser el mejor y el más vigoroso de quienes arrancaban las vetas de piedra blanca a la montaña. Era experto en cuñas y mazas, y manipulaba a las mil maravillas los picos y las barras, indispensables para hacer palanca y extraer los bloques. Ganaba más que nadie y, como en la colonia no hay manera de gastarse la plata en mujeres, pues ninguna se dedicaba al comercio de la carne, ni de derrocharla en futilidades, no se sabía qué hizo con el dinero acumulado

232

durante una década. Ciertos testigos decían haberlo visto en vuelta de la sierra Las Casas, los cerros que sirven de telón de fondo al pueblo, en donde hay cavernas y parajes inhóspitos que no pertenecen a nadie.

»Vivía en una choza más allá del camposanto donde entierran los culíes a sus muertos, que, por no merecer sepultura católica, no pueden entrar en el cementerio general. No se le conocía otro vicio que fumar un tabaco enrollado por él mismo, un lujo que sólo se permitía los domingos cuando se sentaba en un taburete delante de la puerta de su casa, el semblante siempre sonriente. Eso y fabricar con sus propias manos estatuillas de mármol que imitaban a la perfección la zoología y el mundo vegetal eran sus grandes pasatiempos.

»El rumor acerca de su fortuna crecía y hasta los operarios de la cantera, sobre todo los negros de su propia cuadrilla, lo envidiaban. Fueron ellos los primeros en sembrar dudas, pues no habiendo podido sacarle información ni tampoco averiguar el escondite, un poco por celo, un poco por maldad, contaban a todo el que deseaba oírles la desbordante riqueza que hacía de Prudencio el hombre más rico de la isla. Al pobre negro no podía achacársele pereza, ni error en la faena, ni siquiera tardanzas o ausencias que comprometieran el modesto puesto que ocupaba. Aunque no era devoto de las misas tampoco se le conocía, como sí sucede con los de su raza, por prácticas oscurantistas, objetos de culto prohibidos, fetiches o amuletos de dudosa fe. Nada enturbiaba su civismo, no se le había visto nunca de juerga o borracho en el bar de mala muerte de míster Bruncken, curazoleño de sulfurosa reputación del que se decía que había sido corsario bajo el pabellón holandés.

»A oídos del teniente gobernador de la plaza no tardaron en llegar también las hablillas del botín colocado a buen resguardo, y al que el bisbiseo del vulgo terminó por añadir ya no sólo las pagas de sus años de cantera sino tesoros desenterrados, cofres de oro y joyas que esta isla esconde desde la época en que sirvió de enclave a la piratería. Las leyendas de aquellos enterramientos la han convertido en sitio mítico, y navegantes y colonos la llamaban Isla del Tesoro o, simplemente, la de los Piratas.

»Un mes antes de nuestra llegada», continuó Antonio, «Prudencio encontró, al regresar de su jornada que el suelo de su choza había sido removido y los árboles que la cobijaban, plantados por él cuando armó su vivienda, arrancados de raíz. No estaba ajeno el fornido negro a las habladurías y, en parte, y tal vez había sido este su único error, las alimentaba al dejar correrlas, ya que sentía cierta mezcla de vanidad y orgullo al saberse centro de la atención de todos. Como no era un deportado, resultaba de la incumbencia del teniente gobernador cualquier reclamación que desease elevar a las altas instancias. Por ello, seguro de la injusticia cometida por quienes dejaron su choza como un muladar, los árboles arrancados y hasta el corral donde criaba cerdos y gallinas patas para arriba, creyó encontrar protección en la máxima autoridad.

»De más está decir que el altanero jefe de la plaza, de por sí intrigado por lo que se decía del negro, consideró un escarnio que alguien de tan baja estofa se atreviera a hacer valer sus derechos, sin mostrarse más bien modesto y, sobre todo, agradecido, por poder considerarse un hombre libre. ¡Un negro como aquel, incapaz de aclararle en qué momento y circunstancias obtuvo su libertad! Fue entonces que comenzó una batalla sin tregua contra el infeliz a fin de que probara, con documentos, su procedencia y estatus, ya que, a decir del teniente gobernador, un esclavo no podía estar emancipado sin carta de libertad que lo avalase o acta de bautizo que aclarase su condición. Bastantes cimarrones había ya y no era de dudar que alguno, dándosela de listo, hubiera elegido como domicilio aquella isla, aprovechándose de su aislamiento ancestral.

»Prudencio, incapaz de mostrar ni lo uno ni lo otro, habiendo sido un náufrago, como muchos sabían, de un negrero zozobrado, se dio cuenta de que los vientos no soplaban a su favor. Le dieron una semana para ofrecer las pruebas so pena de recibir una ejemplar sanción. Intervino en vano el cura, hombre cabal, que hubiera con gusto falsificado un acta de bautismo en el libro de su parroquia si esta no hubiera sido fundada mucho después del nacimiento del desgraciado. Inamovible permaneció el arrogante mandamás, contando las horas de libertad de su víctima, frotándose las manos, quién sabe si con la secreta intención de obligarlo a revelarle la guaca de la codiciada fortuna, a cambio de un indulto o de detener el injusto proceso. Nadie sabe exactamente qué conversación sostuvieron los dos hombres, pero el día en que desembarcamos nosotros, cuando nos reunieron en la plaza, ignorábamos que quien nos leía la cartilla acababa de despachar a Prudencio, luego de un encuentro a puertas cerradas en el que le anunció que en dos días tenía que probar su condición de negro libre.»

Vidalina y Luz, aterradas por la clase de zángano que ejerce el poder en la colonia, se mueren de ganas de escuchar el final de la historia. Antonio tiene el don de cautivar a su auditorio y hace pausas breves, con cualquier pretexto, para aumentar la expectación.

«Acorralado por el plazo e incapaz de satisfacer la demanda de la bestia, Prudencio cortó por lo sano y decidió terminar de una vez por todas con aquel suplicio. Nadie como él conocía mejor los bloques de piedra, los picachos y las vetas de la cantera. En el manejo de palancas y soportes no tenía rival, y había sido él, según cuentan los que llevan años en este infierno, quien siempre daba el grito de alarma cuando un monolito se venía abajo y había que retirarse rápidamente por su caída inminente. Hoy se cumplía el plazo y, como cada día durante los últimos diez años, se presentó en el yacimiento. Se le veía tan despreocupado que todos creyeron que aportaría esa misma tarde las pruebas requeridas y no faltó quien bromeara diciéndole que a partir de ese día lo llamarían el Conde Negro, por aquello de que podría jactarse de tener mejor linaje que el engreído teniente gobernador.

»Prudencio no dijo ni media palabra. Se limitó, como siempre, a preparar el terreno de su labor. Debía atacar, junto con sus compañeros, un bloque que desde hacía tres días extraían de la roca, cercenándolo poco a poco, hasta que la montaña cediera. Todos se fiaban siempre de su sentido común, del mucho tacto que tenía para saber el momento delicado en que la masa pétrea se desprendería y rodaría, según la trayectoria previamente trazada, hasta llegar al pie de la cantera. Estábamos los que como José y yo nos ocupamos de moldear el mármol cincelando las piezas, cuando al estruendo habitual de la caída de un pedrusco se sumó el de los alaridos más espeluznantes que nos ha sido dado oír. Abandonamos a toda prisa, peones, operarios y jefes, incluso el dueño del yacimiento, nuestras ocupaciones, y corrimos hacia el sitio de donde parecía venir el patético rugido. La escena que nos esperaba era dantesca. Bajo un pedazo de farallón se veían, prisioneros de la masa compacta de piedra, los miembros de quienes lograron poner a salvo, al menos, sus cabezas. De la cuadrilla de Prudencio no quedaba nadie. Media tarde nos costó remover la gigantesca mole y sacar de allí, uno por uno, a los ocho hombres aplastados, un amasijo sanguinolento de carnes y huesos. Entre ellos, el cuerpo yaciente del negro. Inerte, íntegro, con una sonrisa. La última esbozada por sus labios.»

3

Desde que estalló la guerra no ha tenido un minuto de respiro. Formó parte de la columna del Cobre contra los insurrectos. Concurrió a la acción y toma de dicho punto, batiendo y dispersando al enemigo. En Santiago de Cuba permaneció de campaña hasta salir bajo el mando del coronel Quirós al área de Boniato. Participó en la toma del campamento de San Narciso y recibió una herida de bala, la segunda, en el pie derecho, un rasguño, dictaminó el médico, que lo exoneró de la acción por dos semanas, y a la tercera estaba ya abriendo fuego en el ataque al campamento de Los Ramones. La peor estación, el pavoroso verano tropical, la pasó entre Santiago y Guantánamo, zona que conocía como la palma de su mano. A fines de septiembre fue designado alférez en el Batallón de Cazadores y lo enviaron de operaciones a Vueltabajo, en el centro de la isla. A fines de octubre de 1870 estaba de agregado en el Regimiento de Infantería del Rey, en Nueva Gerona, Isla de Pinos. Obtuvo entonces el grado de teniente por antigüedad, por sus veinte años de servicios.

Ha desembarcado en la Isla de los Deportados. Es un hombre curtido, envejecido a fuerza de tragar pólvora desde que ingresó jovenzuelo en aquella lejana caja de quintos de Castellón. Ha sido ascendido cuatro veces, dos después de la guerra de Santo Domingo y dos en la cubana, y ha escalado lentamente, de soldado raso a cabo segundo, luego a cabo primero, a sargento segundo, a sargento primero, a alférez y, por último, a teniente, siempre por tiempo de servicio. Sin ser un genio, su historial revela una actitud a la altura de su misión, todo lo que se espera de un buen soldado. Valor: acreditado; aplicación: mucha; capacidad: mucha; conducta: buena; puntualidad: buena; instrucción en ordenanza: buena; instrucción en táctica: buena; instrucción en procedimientos militares: buena; instrucción en detalles y contabilidad: buena. Ninguna mancha en su integridad. Es consciente de su perfecto anonimato, de ser una cifra, parte de las estadísticas militares de una España achacosa y enferma, que encabeza el concierto de naciones moribundas, abocada a grandes quebrantos que la minan y la convierten en el hazmerreír de otras potencias europeas. Una España colocada en el umbral de una nueva república que hace caso omiso de la utilidad de la monarquía como factor decisivo para conservar la unidad del país.

No se hace ilusiones con el destino de su patria. Las noticias que le llegan de Cirat no son muy alentadoras tampoco. Muerto el abuelo centenario en un accidente de montería, el hogar quedó a merced de su apocado padre. A María Rosa, su madre, de salud muy frágil, la ayudan unos parientes que pretenden heredar algo de las tierras y los rebaños. España ha muerto para él, como han muerto miles de sus hombres en los combates. Es caudaloso su río de sangre y un velo oscuro es la única brújula que les queda a los que han perdido toda ilusión. Se pregunta para qué ha servido el dinero que ha ganado combatiendo, si ni siquiera dispone de capital y sólo de su brazo, siempre presto a empuñar el arma.

España sangra por una herida que no cierra, ni podrán cerrar sus reyes y ministros porque el mal viene de lejos, de un pasado remoto que Ramón intuye a pesar de su poca instrucción en materia de historia. Si de algo le ha servido ser militar ha sido para entender que las piezas del rompecabezas ibérico no encajarán nunca. La sabiduría ilustrada con que las naciones fuertes de Europa se despojaron de la feudalidad, en España no tuvo más eco que el de un obtuso oscurantismo de predicadores fanáticos infundiendo en el pueblo el miedo al infierno. En vez de sacudirse el manto anticuado que fue su escudo y lanza contra los moros, España se hincó de rodillas ante la cruz y, no contenta de convertir a la Península en un coro de prédicas y rezos, se lanzó allende los mares, abanderada a contracorriente de una doctrina que perdía adeptos entre sus vecinos industriosos, segura, soberbia siempre, dispuesta a obtener la gracia —su propia gracia— por milagrosa obra del Santísimo. ¡Ah, España que se cuece una y cien veces en su propio fuego que devoran sus fantasmas, que se devora a sí misma en grotesco acto de autofagia hasta que no queda nada que satisfaga su voraz apetito y desmesurado ego!

Bástale a Ramón observar el pobre cometido de su empresa, la misión que conduce a los hombres de su regimiento hasta esa islilla antillana perdida en ruta de nadie, para entender, como entiende, la muerte segura de su patria. Y qué decir de una autoridad colonial erosionada, corrompida, que cabildea con Estados Unidos una posible venta de Cuba al industrioso vecino. ¡Qué felonía! Y ellos, los soldados del rey, sometidos al capricho de una banda de tunantes, gobernantes ineptos, veletas al viento, ajenos al sacrificio del pueblo por mantener el pabellón español en la que siempre consideraron la joya de la Corona.

Por suerte ha descubierto detrás de unos ojos azules todo el mar que de niño le fue vedado. Gracias a ello se olvida de sus penas. Son atractivos sus gestos salvajes cuando desliza en sus manos, bajando la vista, por coquetería o respeto, la prenda que le ha remendado. Contempla a aquella muchacha, costurera entre los deportados, y siente lástima. Ahora que el desengaño y el hastío le trepanan el alma, ahora que una fuerza infestada de pulsiones turbias lo impulsa al cambio, siente algo más.

«Vidalina Ochoa para servirle», y sus labios de veinteañera cándida endulzan el tono, haciendo que caiga la poca coraza que le queda. ¿A quién pudo ocurrírsele que un ser de tan sublime encanto y primor perdería un minuto en proclamas, maquinaciones y conjuras contra España? Sólo a energúmenos, a voluntarios de odio acérrimo y malas entrañas que mancillan la autoridad.

El reglamento prohíbe todo contacto entre militares y deportados. Es escandaloso el número de oficiales juzgados en consejo de guerra por desobedecer. No desea correr idéntica suerte. Debe encontrar la manera de acercarse, de socorrerla aunque no se lo haya pedido. ¿Acaso no ordena ese mismo reglamento dar auxilio a los civiles víctimas de atropellos, aunque pertenezcan al bando contrario? Y si es así, ¿por qué no intervino el mando en el asunto aquel del pobre negro, sacrificado por la maldad del jefe de la plaza, precipitando su suicidio?

Nubes de dudas nublan el sueño de Ramón. Los soldados están mal pagados, reciben sus haberes en papel, combaten en Oriente sin ropa, no tienen qué fumar, ni dinero para gastos de menudeo. Las raciones son escasas, poca es el azúcar, el café desaparece, el vino ni hablar. Sin nada en el estómago flanquean el relente que empapa más que una lluvia torrencial y cala en los huesos como nada, atraviesan ríos invadeables. Poco importa si pernoctaron ayer a la intemperie o si pasaron la noche sobre una piedra con el arma entre las piernas. Cuando el agua escasea, el miedo cunde. El enemigo envenena los pozos y deben incluso desconfiar de la que corre libre en los ríos.

No le queda ya ninguna duda: su mundo se ha ido derrumbando y con él todo sentido de decoro, justicia y lealtad.

4

Siguanea Ahao, Camaraco, Guanaja, La Evangelista, Santiago, Santa María, Isla de los Piratas, Isla del Tesoro, Isla de las Cotorras, Colonia Reina Amalia, Isla de los Deportados, Isla de Pinos..., isla de los mil nombres. ¿Cuántos ha tenido ya? ¿Alguien sabe cuál fue el que le dieron sus primeros pobladores antes de la llegada de Colón? ¿Por qué lo cambian cada vez que a alguien se le antoja hacerlo? Al padre Cuervo le gusta hablar con los feligreses de estos temas. Desde que la población ha aumentado con la llegada de los extrañados, y a pesar de las condiciones infrahumanas en que viven, siente que su ministerio se ha fortalecido. Nunca la mano de Dios y su infinita generosidad han sido tan útiles a sus hijos. El Señor en su misericordia ilimitada se olvidó de ellos o quién sabe si con tantos cambios de nombre haya extraviado el de la isla en su lista de dádivas.

Los militares de paso se apiadan del depauperado estado de la parroquia y le dejan algo de sus sueldos para misas y obras pías. Entre los deportados hay hombres de suprema inteligencia con los que conversa de mística, historia y filosofía, temas que pocos pineros, y ninguno de los jefes de supina ignorancia, podrían abordar. La guerra —que

Dios lo perdone— podrá ser muy nociva, pero a su parroquia le ha venido como anillo al dedo. Hasta los sacramentos se han multiplicado. Nunca ha dado tantas misas para difuntos. ¡Hasta tres por día le encomiendan! Hace rato que ha dejado a un lado los escrúpulos que impone su función, pues han sido tantas las penurias que ha vivido allí, tan grande la indiferencia de los prelados de La Habana por su depauperado estado, que nada lo conmueve más que la miseria de su templo. Repartir absoluciones al ritmo del tintineo de las monedas es su prioridad. Y quien más pague, mejor espacio le reservará en el lugar de los justos.

Vienen a verlo las muchachas deportadas, la mayoría por desposar, puras, ignorantes del apetito de lobo de los hombres que las rondan. Le piden milagros que no puede realizar. A cada rato se presenta una que se ha dejado manosear más de la cuenta, aterrada por la sospecha de llevar dentro la semilla del pecado. ¿Qué hacer que no sea confesarla y desear que el Señor se apiade de ella? También han llegado jóvenes con mucho brío. El mejor ejemplo, ese muchacho, un tal José Martí, que los Sardá Valdés alojan en su propiedad de El Abra, tres kilómetros al sur del pueblo, camino de La Fe. Si no fuera porque José María, el catalán dueño de la hacienda, es uno de sus más fieles contribuyentes, se ahorraba la media hora de viaje hasta su finca. Un mocoso de diecisiete años, de figura escuálida y voluntad de hierro, al que no le bastaron el grillete, el trabajo forzado en las canteras de La Habana, la cal quemándole los ojos y las llagas que le dejaron los hierros en los tobillos, para entender que a su edad es mejor alejarse de las conspiraciones. No se explica por qué don José María y doña Trinidad se complican la vida con ese revoltoso. Desde que llegó el pasado 13 de octubre, El Abra gravita

244

en torno a él, como si se tratase de un mesías. El negro Casimiro, a su cuidado, le cuenta las atenciones que le prodigan, los caprichos que le aguantan. Dice que duerme con un eslabón del grillete que llevó debajo de la almohada, un talismán que conserva, no como escarmiento, sino como estrella para no abandonar la causa que anida en su pecho. Y cuando viene a Nueva Gerona regresa con una botella de vino Mariani en su morral. ¡Un caso perdido!

El negro Casimiro lo trae al pueblo en la calesa, una vez por semana, y no para que se postre ante la imagen de la Virgen Dolorosa o se confiese como es debido. Nada de eso. Viene a cazar testimonios. Anota todo lo que escucha metódicamente, y estuvo haciendo pesquisas entre los que laboran en la cantera. Tiene suerte de ser un protegido de un hombre que pertenece al grupo de los catalanes influyentes. Sardá es también arrendatario de la cantera. Como tiene suficiente poder está negociando su traslado a España. La pena de seis años de presidio le será conmutada por un destierro a la metrópoli, tiempo suficiente, piensa, para que se enmiende y saque mejor provecho a su cerebro de lumbrera.

Trabajo le costó, por otra parte, convencer al gobernador de dejar que enterraran al negro Prudencio en el cementerio comunal. Nada confirma que se haya suicidado. Enceguecido por la rabia al enterarse de su muerte, mandó que echaran sus despojos a los perros jíbaros. Se tomó tan a pecho lo sucedido que ha interrogado a cada uno de los hombres que curran en la cantera. Como no ha sacado nada en claro, receloso siempre, sospechando que otros saben dónde escondió el botín, ha decretado el toque de queda. Nadie, excepto los guardias y militares del Regimiento del Rey, puede deambular por las calles de la localidad cuando oscurece. Mucho quisiera él, en calidad de guía espiritual de sus parroquianos, aplacar a esa fiera embravecida, sobre todo porque conociéndole como lo conoce, sabe que no tardará en tomar venganza sobre algún inocente, con tal de quitarse el mal sabor y la frustración por la muerte de Prudencio. De milagro aceptó el entierro. Quién sabe si el remordimiento...

Por todo esto el padre Cuervo ha encontrado por primera vez acicate en el ejercicio de su sacerdocio.

5

Vidalina ha ido consiguiendo, poco a poco, entre militares, desterrados y residentes permanentes, la clientela que le permite ayudar a sus medio hermanos a mantener la covacha de los holguineros, nombre que sus paisanos han dado a la casucha con techo de yaguas y paredes de quita y pon que alquilaron cuando llegaron.

La vida transcurre monótona. José y Antonio en la cantera, Ramona de cocinera de un Audebert y Luz, con Gerardo Llorca, el práctico del puerto, en cuya casa ha logrado colocarse de lunes a viernes. Gerardo es el encargado de guiar las pocas naves que atracan en la desembocadura del río Las Casas, pues hay muchos bancos de arena movediza en el litoral dispuestos a hacerlas encallar. Vive con sus hijos menores y Gertrudis, su mujer, que se quedó paralítica y necesita alguien que la atienda. Ya es la quinta mucama que el pobre hombre contrata, pero los celos, la impotencia, tal vez la frustración de la postrada, la impulsan a rechazarlas a todas. Le molesta lo más mínimo, no hay encargo o tarea doméstica que la satisfaga, siempre encuentra un defecto, un fallo. Luz cree saber cómo darle por la vena del gusto, cómo echársela en el bolsillo. Lo que Gertrudis necesita es alguien que le dé esperanzas, no sólo consuelo.

Ella conoce de remedios, de hierbas. Para sobrevivir en casa de los Llorca, más que atender a los niños de quien tendrá que ocuparse es de la madre. Una asistenta, mitad guía, mitad curandera, más que otra cosa, es lo que necesitan. Así lo entendió apenas traspasó el umbral de la puerta y se brindó enseguida para sobar a Gertrudis con un oleato de romero, hipérico y jengibre macerados en manteca de majá derretida, un preparado que aprendió de la negra que cuidaba los animales en San Andrés de Guabasiabo.

Vidalina, por su parte, recorre las pocas manzanas de Nueva Gerona en busca de nuevos clientes. Un ojal demasiado estrecho, un dobladillo caído, alguna manga por ajustar, zurcir o simplemente cortar, un vestido por entallar, cambios de cierre, parches en todo tipo de prendas, cortinas o ropas de cama. La costura no tiene secretos para ella, la intuición la va guiando puntada tras puntada. Siempre sabe cómo salvar una pieza, cómo adaptarla a un cuerpo por mucho que haya cambiado. Ahora autorizan a los militares, excepcionalmente, a recurrir a las costureras locales. El reglamento estipula lo contrario, pero en esa colonia, alejada de combates y conspiraciones, hace tiempo que las reglas se aplican a medias. Ni la máxima autoridad de La Habana, ni los que forman parte del gobierno han puesto nunca sus pies allí. Por eso siguen enviando deportados y hacen caso omiso de la penuria de trabajo y la falta de recursos que desestabilizan su frágil equilibrio.

Luz consiguió, gracias a Gertrudis, carretes de hilo, agujas de varios tipos y retazos de tela para Vidalina. A cambio del bien provisto costurero tendrá que hacerle algunos arreglitos gratuitos, poca cosa, remiendos, y, sobre todo, el ajuste de sus vestidos pues desde que los músculos se le atrofiaron no hay ropa que le quede bien.

Ramón, a decir verdad, no tiene gran cosa que mandar a reparar. Su uniforme de campaña y el de ir de bonito están siempre impecables. Le encarga entonces dos labores sólo para acercársele y ahora que le ha devuelto el par de calcetines remendados y las trabillas de sus pantalones rectificadas ya no sabe qué nueva encomienda darle. Vidalina la ha contado su historia. No quiso mentirle porque siente que es alguien en quien podrá confiar. Desde el acoso y la venganza de Matías, la desaparición de Joseíto, Justiniano en la manigua, sus visitas nocturnas, el libelo olvidado por el tío en la casa, el calvario de Josefa, el despotismo de don Octaviano y la manera con que la miraba poco antes de concederle el apellido, el penoso viaje en cordillera hasta Cárdenas, la naciente amistad con sus dos medio hermanos…, le ha contado absolutamente todo. Y Ramón, al repasar su propia vida, lo que dejó atrás en Cirat, los compañeros de armas perdidos, su vieja patria lastimada, le confiesa que la vida de ambos bastaría para explicar la historia de ese siglo, plagada de equívocos, de azares, de pérdidas. La de una humanidad sacrificada y triturada por el motor invisible que hace y deshace a las naciones, engrandeciéndolas o reduciéndolas, en la misma medida en que sus fronteras se dilatan o se contraen, según conquisten mares, y desparramen o disuelvan su identidad hasta formar nuevos pueblos.

Se ha tomado a pecho la historia de Vidalina. Negociará entre bambalinas, tal vez por medio de un escribano, el alzamiento de su condena. Le promete, además, llevarla a ver la playa de arenas negras, a ocho kilómetros de donde viven, un sitio que hechiza, pues la erosión del mar y el aire han sido el molinillo del tiempo al convertir en partículas muy finas las rocas de mármol negro de la sierra de

Bibijagua. Irán un domingo, a la hora en que todos duermen la siesta, mientras que los voluntarios salen a buscar el famoso tesoro de Pepe el Mallorquín, con el que todos sueñan desde hace tiempo. Mejor no le cuenta a sus compañeros su secreto. Nadie los ha visto en otro trato que no sea el de un cliente.

Luz los entretiene con historias que le oye al práctico del puerto. Una de ellas es la de Pepe el Mallorquín. Llorca le jura haber visto *La Barca* surcar el mar del lado del poniente. La gobernaba Pepe, realmente llamado José Rives, y bajo su mando tenía a unos cuarenta hombres. Solía carenar en la desembocadura del río Malpaís, un afluente del Santa Fe, un poco más al sur. Era el último pirata del Caribe, pues operaba en aquellos mares muy entrado el siglo, hacia 1820. En aquel entonces Nueva Gerona no había sido fundada y el único caserío de la isla era Santa Fe, en donde vivía una reducida colonia de hombres, sin leyes ni banderas, ajenos a España. Allí armó su *Barca*, una goleta a la que añadió un cañón y, en breve tiempo, se convirtió en el terror de las naves que se acercaban a la costa. Al regreso de cada incursión la vecinería lo recibía con vítores y, poco a poco, Pepe el Mallorquín se fue convirtiendo en una especie de amo y señor, autotitulándose protector de la isla y de su gente. Envalentonado por sus triunfos sobre naos de poca envergadura, se atrevió a atacar a los navíos ingleses que se movían entre la punta de Afuera y los cayos de los Inglesitos, moviendo mercancía entre Jamaica, las Bahamas y los puertos de Nueva Orleans y Veracruz. Se valía de una técnica de lobo de mar para compensar la diferencia de calibre entre su miserable goleta y los espléndidos bajeles británicos: los sonsacaba primero y los obligaba después a perseguirlo llevándolos por caminos en que las naves enemigas encallarían irremediablemente, mientras que la suya de poco calado vencía fácilmente los escollos. Semejante osadía terminaría pagándola muy caro. Los británicos pidieron a España que les autorizaran a eliminar a aquella banda de forajidos que los mantenían en jaque. Un año costó a los hijos de la pérfida Albión vencer al intrépido pirata. Cuando lo lograron lo decapitaron y su cabeza, enviada a Londres, fue exhibida como trofeo. Sin embargo, nunca encontraron el sitio en que él y sus hombres enterraban los tesoros que durante años habían robado. Los escasos testigos de los aquellos enterramientos murieron en la matanza. Y desde entonces los habitantes se lanzan en busca del fabuloso tesoro del último pirata. Hasta ahora, regresan siempre con las manos vacías.

6

«Una goleta nos condujo desde Cárdenas hasta la Casa de recogidas de La Habana y de allí en el *Nuevo Cubano* hasta la desembocadura del río Las Casas. A las mujeres nos extraviaron los bultos y hace apenas dos días que los recuperamos.»

«No sé nada del negro Prudencio, el accidente, o lo que fuera, sucedió apenas llegamos aquí.»

«Mi hermano se incorporó a la tropa de Calixto García. No sé nada de él. Unos paisanos que acaban de llegar de Holguín me han dicho que los españoles han capturado a Juan Serrano y a siete insurrectos de su banda.»

«Dos hermanas pequeñas y una madre vieja, sola y disminuida.»

«Dentro de pocos días entraremos en 1871 y el número de confinados sigue creciendo. Tiene usted suerte de que le conmuten la pena y lo envíen a España, más si su padre es valenciano.»

«Le agradezco proponga mis servicios a doña Trinidad. Quedo en deuda por las excelentes referencias…»

Vidalina no imagina que el jovenzuelo que la interroga y anota lo que dice será, con el tiempo, el cubano más importante de su siglo. Se presentó como siervo de la patria y sus ojos destellan inteligencia. Es locuaz, amable, se toma muy en serio los testimonios de cada deportado. Le ha dicho que apenas pise el suelo peninsular escribirá un manifiesto, pues quiere que el mundo sepa el trato despiadado que padeció en las canteras de San Lázaro.

Hay mucha agitación entre los militares, no tanto por el nuevo año, sino por la noticia del atentado en Madrid al general Prim. Ramón necesita desahogarse. Sabe que Vidalina no entiende nada de política. Le tiene una buena noticia. Ha reservado el servicio del escribano Doroteo Carlos, encargado de redactar la súplica al capitán general. Debe ordenar previamente lo que querrá decir, el letrado tiene muy malas pulgas e insulta a sus clientes cuando no saben enfocar el asunto que los trae. «El servicio está pago y no podré acompañarte, pues sospecharían si nos ven entrar o salir juntos de su despacho», le dice.

Una pareja de voluntarios los había sorprendido ya saliendo de casa del práctico del puerto, en donde con la complicidad de Luz se daban cita aprovechando la ausencia de Llorca y que Gertrudis caía siempre rendida después de las sesiones de sobado. La pasión de Ramón por Vidalina se ha ido inflamando en esa atmósfera marcial que impone la llegada de nuevos militantes políticos, capaces de cualquier cosa, de repudiar, delatar o difamar hasta a los mismísimos militares de carrera con tal de sobresalir, de obtener reconocimiento entre los de su rango. Los más temibles son los criollos, nacidos en suelo cubano, feroces defensores de la Corona, perversos y deleznables hasta la médula, especialistas en hacer leña del árbol caído. Inconfundible a causa de su mechón de canas, Vidalina teme lo peor de esos hijos de mala madre. Si sospechan que entre ellos hay un flirteo se ensañarán contra ambos.

253

La playa de arenas negras. Era un domingo en que el cielo se encapotó súbitamente y desde la cayería avanzaba con lentitud, como oscuro designio, una cortina de agua bajo una masa compacta de cúmulos hinchados. Allí comenzaría todo. Era la primera vez que se alejaba del poblado. Se recogió el pelo en un moño alto, se cubrió la cabeza con un pañuelo y esperó al hombre en quien cifraba su esperanza al pie de un júcaro que servía de hito en el terraplén que se desviaba hacia el plantío de Pastrana, por un lado, y hacia la costa, por el otro. Montados ambos en el caballo, tomaron el camino carretero de sierra de Caballos, el que pasaba por el atajo de perdigón y greda de Coguyagales, frecuentado sólo por los pescadores de carey de Punta Salinas cuando se anegaban los llanos. Ramón, jinete diestro, sostenía de maravillas las riendas con una mano, el brazo izquierdo en jarra con los nudillos de los dedos hincados en la cintura, el ritmo del trote regular. En media hora ya se asomaban a la inmensidad del mar, masa de azul púrpura por la abundancia de algas y de arena negra en su fondo.

«Me temo haberte ofendido con mis excesos de desconfianza», le dijo. Su voz ganaba en tonos pausados, a los que imprimía el mismo paciente primor con que remendaba o daba puntadas con la aguja.

Los rayos que se filtraban entre los grandes cúmulos hacían brillar como ónix los granos de arena. Bajo un pinar, a pocos metros de la orilla, se sentían protegidos.

«Entiendo que no confíes en mí y soy yo quien te invitó a desconfiar de todos los hombres que te brinden auxilio», le responde sujetándole las manos.

Aquel contacto novedoso la dejaba paralizada, consciente del peligro que se agazapaba tras cada movimiento en la delicada coreografía de centímetros ganados por un hombre hacia el que sentía ternura y agradecimiento, aunque muy poco que la hiciera vibrar realmente. Si le dejaba abrazarla tal vez se conformaría con eso. Estrechó Ramón su cuerpo contra el suyo sintiéndose de pronto preso de una ansiedad febril que delataba la turgencia de su miembro. Dio un respingo ella ante la intimidad y la audacia de aquel gesto. Buscó él su boca con los labios, tomándola por las caderas y depositándola suavemente sobre el colchón de agujas que durante siglos se había ido acumulando al pie del pinar. La estremecía la delicadeza con que la sujetaba y la dulzura de su voz susurrándole al oído el amor que lo devoraba desde que la había visto por vez primera en dirección de la parroquia. Con hábiles dedos ganaba, palmo a palmo, terreno sobre su pecho, su nuca, sus brazos, la cintura. Mil manos parecía tener aquel hombre, mil dedos que palpaban, a la vez, cada poro de su cuerpo, como si se tratase de una materia sedosa que la envolvía de la cabeza a los pies. Dibujando él con un dedo la forma de su seno, sin voluntad ella ni fuerzas para resistir, absorbiendo por su boca el poco aliento que le dejaba la presión de aquel cuerpo fornido, tensado, endurecido por las armas y cincelado por centenares de marchas, encogiéndose por el cosquilleo al contacto de su barbilla rasurada y áspera, sintiendo la humedad crecerle desde el vórtice en que se unían sus muslos hasta el pecho palpitante, lamiendo él y besando aquel vientre sumido y replegado como terciopelo por el que deslizaba suavemente sus dedos, acariciando luego su pelo y sintiendo que sus olores se mezclaban, arqueándose ella al sentir la boca de él entre los pliegues de su sexo, apretando Ramón los dientes para retenerse y no estropear la delicia del instante, sintiendo ambos las primeras gotas de lluvia caer sobre las partes descubiertas de sus cuerpos mientras que el bramido de la tormenta, el ruido de las olas barriendo la costa, se confundía con el gruñido de placer al agarrarle con sus fuertes manos las caderas, acunada su frente en el pubis, y sus rodillas como tenazas impidiendo que cerrase las piernas, el primer orgasmo creciéndole a ella por dentro, el corazón latiéndole a él en el mismísimo glande, y en Vidalina la sensación de que una fuerza creadora del Universo desgarraba lo más íntimo de su cuerpo, los jadeos y gemidos fundiéndose en cada embestida, desvaneciéndose el mundo en derredor, aumentando las nieblas del deseo mientras un caleidoscopio de rombos, estrellas y destellos de colores se interponía entre las ramas de los pinos y sus cuerpos, primero temblorosos, luego inertes, exhaustos, adoloridos, hasta cobrar conciencia de su aspecto, de la lluvia que los empapaba y de los rayos que sacaban chispas a la bóveda celeste y retumbaban con el estrépito de mil caballerías al entrar en contacto con la siniestra oscuridad del mar tragándose las dunas negras.

Y un pensamiento que le hiela de pronto la sangre y penetra como cuchillo afilado en lo más recóndito de su cuerpo, el de toda mujer virgen que se entrega a un hombre antes de ser desposada: ¿será esta la perdición de la que hablan? Y un pensamiento él, una idea fija, el terror de que un rayo la pulverice sólo a ella.

7

Carlos Doroteo es hombre de poquísima paciencia. Lo nota enseguida y no por ello piensa retroceder. A regañadientes, resoplando, mascullando ordinarieces, más majadero que un chiquillo consentido, vierte sobre el pliego de papel, a pesar de su miopía alarmante, todo lo que ella desea comunicar al encumbrado capitán general, rodeado en su palacio de La Habana por secretarios que contestan, cuando les da la gana, las docenas de solicitudes que recibe a diario. Evoca en la carta lo injusto de su condena, los peligros de su tierna edad entre los lobos hambrientos de la isla, la desesperada situación de su único oficio con el que apenas logra mantenerse, la desolación de su anciana madre, y, por último, la inutilidad de su pena, siendo ella una infeliz desarraigada, desentendida en política, himnos y banderas, segura de la generosidad de la egregia figura y dignidad de su Excelencia, capaz de aliviar las penas de una servidora incapaz de matar a una mosca, etcétera.

El escribano tiene maña y sabe acomodar las ideas, engalanar los párrafos y calzarlos con fórmulas que ha ido perfeccionando hasta hacer de ellas un único, extenso y perfecto *mea culpa* que despierte compasión en quien tiene potestad para conmutar sentencias. Sabe que una réplica no basta, que si en cinco meses no se recibe una respuesta habrá que insistir con otra carta similar hasta socavar la voluntad férrea de los secretarios. El teniente Ramón Guillamón le ha dejado con qué cubrir los gastos, de modo que puede volver pasado el tiempo indicado. De las deportadas, cinco lo han logrado y ahora viven tranquilamente en la capital. Las mujeres tienen más suerte que los hombres con este tipo de súplicas.

«¡Cuántas quisieran estar en su lugar!», se dice al salir del despacho, un sitio de aire viciado, en el que se mezclaba el olor de la colonia barata que usaba el escribano con el del orines de un viejo gato que estuvo ronroneando durante el tiempo que permaneció allí. ¿Quién puede darse el lujo de desembolsar veinticinco pesetas por concepto de escritura, tinta y papel, más dos con cincuenta céntimos de franqueo y diez pesos de honorarios? ¿La repudiarían por tener un mentor capaz de poner, una sobre otra, las monedas que vencen el primer escollo del largo camino hacia la libertad? ¿Qué pensarán de ella Antonio y José, incluso Ramona, a quien tampoco ha querido revelar su enrevesado plan para escapar de aquella pocilga? Cuando atraviesa la polvorienta plaza Mayor, camino de la iglesia, lleva reflejado en su semblante más preguntas inquietantes que respuestas que le den sosiego.

El regimiento de Ramón ha recibido la orden de abandonar la isla de Pinos y de pasar a Pinar del Río. Sin adornar la frase, ni escoger las palabras, se lo anuncia. Un militar se debe a las órdenes de sus superiores, las acata o acepta que le apliquen las sanciones que dicte el código penal. A la tarde en la playa de Bibijagua se han sumado algunos momentos de intimidad gracias a la complicidad de Luz, la única que lo sabe todo. La *prima venus* había sido su ilusión. Para Luz no hay estupro posible en un acto en que primen por igual sentimientos de deseo y de necesidad, se lo dice ella que ha hecho gozar a los tres hermanos Turellas en San Andrés, la finca adonde fueron a buscarla las autoridades antes de juzgarla y deportarla. A los tres los amó por igual y obtuvo los beneficios que toda mujer desamparada necesita. La cópula, todo acto de concupiscencia o liviandad, queda descartada de su conciencia. Le dice que nada tiene que recriminarse, necesita hilar bien fino y llegar a buen puerto gracias a Ramón. ¿Qué escrúpulos caben en las mujeres de su condición, nacidas sin padres que las reconozcan, sin otra dote que sus cuerpos, ni otra fortuna que la picardía? Desvirgada como ella, le daba la bienvenida a la legión de señoras que tienen que conformarse con vivir de la caridad de sus amantes, presas fáciles, pero libres, ante cualquier seductor que las desee. ¡Que vengan a decírselo a ella que ha visto a más de uno temblar de placer entre sus piernas o alejarse cabizbajo porque en sus hogares les espera la mujer a cuyo lado duermen con más pena que gusto! La honra, eso tiene que metérselo de una vez por todas en la cabeza, es saber llevar con dignidad el libre albedrío, elegir en la medida de lo posible, y según su conveniencia, a quién saciar de pasiones e ignorar de paso los comentarios maliciosos. Luego, en caso de que crea que puede restaurar un día lo perdido, más vale que le quede claro que no hay más que dos caminos: declarar que ha sido violada, cosa de la que dudarían los que la han visto hablando con Ramón, o esperar a que la providencia le devuelva a un hombre dispuesto a desposarla cuando termine la guerra, tal vez al propio Ramón cuando se entere de que ha llevado en su vientre a la sangre de su sangre, al hijo que seguramente siempre deseó y que hasta ahora no había conseguido.

Luz tiene un sentido muy práctico de la vida. De joven

fue enviada al cuartón de los Turellas, a cuatro leguas de Holguín, porque su madre, al enviudar, no pudo mantenerla. En San Andrés de Guabasiabo se necesitaba a alguien que sirviera de comadrona, que zurciera, cocinara y se ocupara de los corrales, lo que fuera, a cambio de techo, comida y algo de dinero según el humor de los dueños. La finca había crecido y disponía incluso de parroquia. Habiendo perdido la virginidad a los dieciséis años en una retozada con un primo, borró el incidente de su mente, le confesó a su madre lo ocurrido y, estando ya su padre muerto, pidió que la mandase a trabajar en donde nadie conociese su deshonra. Una joven sola, desprendida del hogar, no puede sostenerse sin ciertas concesiones. Decidió entonces que en vez de ser ella la dominada le tocaría a los machos arrodillarse para obtener sus favores. Y así fue como, sin darse cuenta, se fue convirtiendo en la amante de los tres Turellas, hombrotes a toda prueba, casados con lánguidas mujeres ausentes en Holguín, al cargo de sus proles, mientras los maridos se ocupaban seis días por semana de la hacienda. Y todo hubiese seguido así si no se hubiese interpuesto en su destino aquel mambí, herido y hambriento, que una noche, huyendo de las batidas, se presentó ante su puerta pidiéndole auxilio.

«Y el malherido, el hombre por el que se me acusó de infidencia, al que escondí, curé y amé durante la semana que lo protegí en la finca, el único sitio en donde a nadie se le hubiera ocurrido buscarlo por ser sus dueños peninsulares, ese hombre por el que todo este tiempo te he querido como se quiere a una hermana, y del que hasta hoy he callado el nombre, el mismo que nunca hubieran descubierto de no haberse escapado su caballo, y por el que estaba dispuesta a empezar una nueva vida, ese hombre, es tu hermano Justiniano.»

Octava parte

Cuba
1871 - 1878

1

Lo único pomposo del pueblo es el nombre de su iglesia: Santa Florentina del Retrete de Fray Benito. El resto se limita a un camino de tierra empinado hasta el templo y, a ambos lados, unas casuchas de madera con techo de guano. La iglesia había nacido del proyecto abortado de establecerla en el lugar por donde desembarcó el almirante Cristóbal Colón, en Bariay, la ensenada que sirvió de varadero al genovés, pero el área inundable arruinó la vida de los feligreses y tuvieron que mudarla tierra adentro.

Cuando a Manuel Martín le asignaron la construcción de un fuerte en ese poblado, lo menos que imaginaba era que allí encontraría a la mujer que llevaría de vuelta a su añorada Lora del Río, la futura madre de sus tres hijos, de los que sólo una, Amparo, llegaría a la edad adulta. El fuerte de mampostería con aspilleras para fusilería y troneras para los cañones tenía dieciséis metros de circunferencia. Era uno de los once torreones fortificados —dos de mampuesto y nueve de madera— que coronaban las colinas aledañas, rodeados por trincheras y atalayas. Se sentía a gusto en aquella zona. La Demajagua, Yabazón Arriba, Cazallas, Corralitos, Colorado, Candelaria… eran los pequeños caseríos que se iban formando al pie de los fortines y, entre ellos, se movía a diario prestando brazo o supervisando las obras.

Desde que perdió de vista a Ramón ha tenido pocas noticias de él. Supo que de Santiago salió hacia isla de Pinos, desde donde le escribió dos misivas cuando estaba de guarnición en Holguín. Un soldado recién llegado a Fray Benito le ha dicho que estuvo en su compañía, operando en la trocha de Júcaro a Morón, en los campos villaclareños, donde los combates se habían acentuado. Lo había perdido de vista desde que entró en la jurisdicción de Santa Clara, teatro de grandes operaciones militares.

Las mujeres de Fray Benito tienen las facciones aindiadas. Le fascinan sus ojos negros y almendrados, el pelo que les crece muy lacio y lo llevan suelto hasta más abajo de la cintura, la sonrisa dulce y ese andar de gata montuna que denota en ellas su diablura. Son ágiles al moverse y pasan como si nada bajo las alambradas, suben las lomas, abren brechas entre los matorrales. No les molesta la presencia de los soldados, al contrario, se acercan, les ofrecen coquitos rayados, deliciosas pastas de maní y frituras de calabaza. Se diría que se han puesto de acuerdo para desafiar a las autoridades, aunque en realidad no abundan en la zona los instigadores contra España. Los del caserío se reconocen entre ellos como primos y se llaman de ese modo al cruzarse. En su Lora andaluza sucede lo mismo, aunque la familiaridad suele acentuarse durante las romerías, las fiestas patronales y las procesiones. Hay, sin embargo, una sutil diferencia entre las mujeres de ambos pueblos: en Fray Benito lucen más ligeras, como si la desnudez ingenua de los amerindios que poblaron aquella tierra se manifestara a flor de piel, aunque también en la superficie de todas las cosas, en las palabras, el tono, la música y hasta en el trinar de los pájaros.

264

2

Manuela desciende del primer Pupo que se asentó allí. Una leyenda familiar alimenta la creencia de que la familia entronca con el conde de Bailén, Juan Ponce de León, engarrotado y quemado vivo en la hoguera por el Santo Oficio de Sevilla, en 1559, declarado hereje, apóstata y dogmatizador, por haber recibido unos libros de ideas protestantes de parte de un tal Julianillo Hernández. De los tres hijos varones del conde, a uno, a don Rodrigo, se le perdió el rastro. Se decía que había huido a las Canarias siendo muy joven y que uno de sus hijos, Alejandro, había pasado a la isla de Jamaica, en donde se cambió su ilustre apellido por el de Pupo. Tras la caída de la isla en manos inglesas había terminado estableciéndose en la villa cubana de Bayamo.

Un andaluz sabe muy bien quienes son los Ponce de León, familia de grandes privilegios otorgados por Carlos I con descendientes sevillanos de rancio abolengo. Imposible que aquella hermosa guajira oriental, de abuelos criollos cuya riqueza no ha sido otra que un poco de ganado, un conuco cultivado y escasa instrucción, cuente con tan encumbrados personajes en su genealogía. Pero no se atreve a desmentirla. Primero, porque le ha contado la historia con candor, sin una pizca de soberbia, como algo natural repetido de generación en generación; segundo, porque un caballero no pone nunca en duda la palabra de una mujer. Le importa poco que se crea heredera del mismísimo duque del Infantado. Él no podrá prometerle villas y castillas, ni ríos de leche y miel, pero sí llevarla, si lo acepta, ante el altar. Y en cuanto termine esa cabrona guerra, la paseará por su tierra sevillana, le dará mejor vida, hará que chupe las naranjas de su huerta, las más dulces del Universo.

A Manuela le arrebata aquel apuesto militar de pelo bermejo, ojos refulgentes, tez bronceada, porte erguido, gestos delicados, incluso, su manera de hablar, casi cantando, tragándose sílabas enteras, acelerando el ritmo o mermándolo como en una tonadilla. Hierve en su propio hervor y él se ha dado cuenta, sobre todo porque no cesa de ir a la hondonada, camino del fortín, unas veces por plantas aromáticas, otras por gajos de guayaba que impregnen de olor el lechón por asar, pretextos para acercarse a él. Por recato se hace acompañar siempre por alguna de sus primitas del clan de los Zaldívar, dejándole la misión de detallar su reacción cuando cruzan palabras, para que luego le cuenten a pie juntillas todo y más. Dispuesta está, si fuera necesario, a escaparse a donde sea, a dejar atrás casa, familia y amigos, por tal de convertirse en su mujer, de darle ese amor que la oprime por momentos y hasta la asfixia.

El padre de Manuela, don Jesús Pupo de la Cruz, comparte con sus hermanos en Potrerillo una hacienda comunera dedicada a la crianza de cerdos. No suele intervenir en las decisiones de su esposa cuando del casamiento de los vástagos se trata. Su hija Rosalía se casó con Eduardo Ruiz, un filipino, coronel del ejército español. Otra, Cristina, escogió en cambio a un teniente mambí y ahora pasa las de Caín con los críos porque la prioridad del marido no es otra que la independencia de Cuba. El precedente de esta hija le ha abierto los ojos. No es negocio que se casen con revoltosos. La guerra dura ya seis años, no le ve el fin. Manuela sabe que su padre no se opondrá. Por eso, durante la noche de San Juan que se aproxima, tocará el guamo, instrumento heredado de los indios taínos. Las notas de su soplido provocan un efecto embriagador en la persona a quienes van dirigidas, haciéndolas caer rendidas de amor. En su casa se conserva el guamo de su abuelo materno, quien lo manipulaba como nadie, sacándole tonadas de alegría distintas de las que expresaban luto o pesar. Por lo mucho que ha oído al viejo Nepomuceno tocarlo, se cree capaz de hacerlo. Es la primera vez que va a desafiar la absurda ley que impide que esa extraña caracola de mar sea tocada por labios de mujer.

3

Durante los primeros cinco meses pudo disimular la barriga. Luz inventó un fajín que, una vez adaptado, ocultaba el bulto. Ramona, al corriente ya de todo, se sumó a la alianza. Entre mujeres es fácil complotar. Antonio y José no deben enterarse de nada. Gracias a Llorca y a la amistad que lo une con doña Trinidad de Sardá, consiguieron que Vidalina se instalara lejos el pueblo, en la finca El Abra. Trinidad espera su cuarto hijo y ha empleado a Vidalina en la fabricación de la canastilla del bebé. Las dos mujeres pasarán el embarazo juntas.

Movilizado en Pinar del Río, del otro lado del mar, Ramón le escribe con frecuencia. Ya sabe que Vidalina lleva en su vientre a su único hijo y no quiere que nazca desvalido. Duda que pueda asistir al parto. Además, ningún cura, ni siquiera el padre Cuervo, se atreverá a casarlo con una deportada. La guerra obliga al pragmatismo. Cuando la pólvora es el olor del día a día, cuando la vida pende de un hilo, el romanticismo, las tontadas, todas esas nimiedades, deben ser enterradas. La prioridad es ayudarla a mantenerse, a cuidar del crío. El resto, apellido, altar y qué dirán, se los pasa por el mismísimo forro. Escribirá ante notario una carta de reconocimiento de su paternidad. Si una bala llegara a expulsarlo de este mundo, el niño no tendría que vivir con el estigma de la bastardía.

Los días más plácidos han sido los de El Abra. La armonía es absoluta, la naturaleza conspira a favor de ese estado de gracia, un gozo interior casi eufórico, que Vidalina desconocía. Nada altera el ritmo de las horas, cada cual en sus labores, feliz de trabajar la tierra, de cuidar de los animales, de las plantas, del huerto. Trinidad toca el piano como una diosa. Sus dedos danzan sobre el teclado acariciándolo. En poco tiempo ha confeccionado preciosas dormilonas, baticas, mantas bordadas, baberos, pañales…, toda la lencería de cuna. Lo que más gusto le ha dado es el faldón de cristianar, con capa y capota.

Luz viene a verla los domingos acompañada por Llorca, mientras Ramona cuida de Gertrudis. Hay mucho revuelo en la pequeña colonia porque se ha fugado un convicto. En la Comandancia saben que si el prófugo se aventurara en los intrincados parajes del sur, le esperaría una muerte segura: hasta la costa meridional sólo hay pantanos infestados de cocodrilos. No es ese, sin embargo, el motivo de mayor revuelo. Lo que ha estremecido realmente a la isla es la publicación reciente en Madrid de un folleto virulento del joven José Martí titulado *El presidio político en Cuba*. A Nueva Gerona no ha llegado ejemplar alguno, el encargado de decomisar las obras censuradas tiene orden de impedirlo. Dicen que es un documento incendiario contra las atrocidades de España. «Ojalá no perjudique al señor Sardá haberle dado asilo a ese ingrato», exclama Luz. Vidalina ya entiende por qué quiso entrevistarla.

Salvador, uno de los peones de la finca por quien siente gran simpatía, encargado de la caballeriza, las saluda con prisa. Una yegua está parida y le toca ayudarla en el parto, pues el potrillo viene atravesado y el pobre animal está desesperado.

Vidalina vuelve a la aguja y Luz cree ver en su semblante una ligera sombra de angustia.

4

El olor a pólvora lo persigue. Al principio esporádico, ha ido enseñoreándose del aire. Un quinto le había dicho que su padre, antes de morir, le confesó que cuando la pólvora se impregnaba en los poros sin que se logre arrancar su olor, más vale, por prudencia, alejarse de la línea de fuego.

Nunca había estallado un cañón tan cerca de él. Era una pieza de campaña, boquete de veinticuatro centímetros, con cierre de tornillo cilíndrico, cargado por la culata con proyectil de tetones, un modelo francés probado en la guerra franco-prusiana, declarado reglamentario por decreto de la Corona. El artillero debía de estrenarlo y lo traía desde La Habana hasta el cuartel de Pinar del Río para defender la posición en caso de que la guerra incendiara también el departamento occidental. Lo manipulaba un hombre de sobrada experiencia, veterano de la campaña dominicana. La munición era la adecuada, un cañón como aquel sólo se gripaba por exceso de lubricante o por barro acumulado dentro y, por ser nuevo, las dos posibilidades quedaban descartadas. Estaba a unos veinte metros del artefacto cuando la detonación lo paralizó. Por un momento creyó que desafectos al régimen habían dinamitado los cimientos del cuartel, haciéndolo volar en pedazos. Sólo pudo ver tres cuerpos saltando por el aire, como títeres de trapo fulminados, desmembrados, cayendo en forma de partículas ensangrentadas sobre los que se hallaban en el perímetro.

El nerviosismo es visible. Se cree que ha sido un atentado, única explicación posible, dado que el arma había sido transportada de cuartel en cuartel desde la bahía de Cabañas hasta allí. Han decretado la estricta vigilancia de los puntos de acceso al pueblo, cualquier criollo, por poco que parezca desafecto, será incluido en la lista de sospechosos.

Desde entonces la pólvora se le ha pegado a la piel. La siente en las yemas de los dedos, debajo del uniforme, en las axilas, las entrepiernas, en las zonas más íntimas de su cuerpo, cuando se retira los calcetines. Gana terreno en vez de ceder, así ponga el mayor empeño en restregarse con fuerza, en rasparse de los pies a la cabeza con estropajo. Nunca antes, ni siquiera cuando ha sido alcanzado por un rayo, ha sentido algo así. La madera chamuscada, la piel quemada, el carbón, no tienen nada que ver con ese olor.

Al episodio del cañón se ha sumado algo más. La noche de San Juan es y ha sido siempre sagrada, la candelada aporta suerte al que la avive. Los oficiales son los primeros en encender con devoción el fuego la víspera de cada 21 de junio, sin distinción de grados, vengan de donde vengan. Los catalanes prefieren celebrarla durante la verdadera fiesta del santo, dos días después, pero se pliegan a la mayoría de la guarnición por ser menos. En Cirat, el viejo Guillamón era el responsable de la fogata mayor, montada siempre a un costado de la parroquial, velando por que

272

las llamas fueran alimentadas con ropas viejas, objetos o papeles de recuerdos nefastos, exorcismo individual que purificaba a la comunidad aportándole un año sin sequía ni sobresaltos. Quienes sabían hacerlo escribían en una hoja lo que deseaban olvidar y al filo de la medianoche buscaban las aguas de un río, una fuente o un arroyuelo, y se zambullían allí practicando el antiguo ritual del baño de luna. Es la noche en que se vence la oscuridad, la luz del astro reflejándose en los cuerpos, el triunfo de la claridad que desafía las tinieblas. Las hierbas medicinales deben perfumar la atmósfera al combustionar junto con los troncos y gajos secos.

Pero en esta noche de San Juan en Pinar del Río los maderos apenas prendieron. Los hay, según el árbol, más o menos reacios a arder y cree que debía haberlos probado la víspera. Ahora es demasiado tarde, el monte de noche es una boca de lobo, los perros jíbaros merodean y atacan cuando están hambrientos. La siguaraya es un árbol santo, respetable, que no se puede cortar ni dañar, pues con sus hojas se cubre al que cae en trance y ayuda a que el espíritu del muerto se agarre fuerte y comunique. Es también abrecamino, rompecamino y tuercecamino, el polvo de su madera rallada rompe pasiones, en ponche con aceite de palo, vino seco y yemas de huevo desbarata los maleficios; la decocción de sus hojas cura el dolor de riñones y, mezclado con incienso, dientes de ajo, piedra de imán, lino de río, maíz, malvate y agua de lluvia es un resguardo eficaz. Es muy bueno si se le cuida y da buen uso; pero si se quema o resquebraja sin pedir permiso, el espíritu que lo habita perseguirá al atrevido y no parará hasta que lo haga pagar la ofensa. Los negros libertos que trabajan en el cuartel, contratados por el jefe de la plaza, lo saben de sobra. A ninguno se le ocurriría echar gajos de siguaraya en una hoguera, y menos incendiarlos. Ese árbol tiene un dueño poderoso: el dios del trueno, de los siete rayos, de las siete potencias, el potente Changó. Ni lo cortan, ni lo transportan, y la llama la encenderá quien tenga los pantalones bien puestos. Lamenta haberles desoído.

La siguaraya se ríe de la paja seca y del alcohol con que Ramón intenta reanimar la llamarada. Una vez consumidos por las pocas brasas que han prendido, la corteza impermeable repele la candela al punto de extinguirla. La contrariedad aumenta en la medida en que avanza la noche. Los pocos compañeros que han logrado una hoguera digna utilizaron otros maderos. Los que como él cortaron siguarayas, ni una llama. Sobre el muro de un torreón en ruinas se ven las siluetas de los gallegos brincando nueve veces sobre sus fogatas encendidas, las sombras dan vueltas en espiral, se retuercen, diseñan espectros como en un aquelarre siniestro de premoniciones poco halagüeñas; con un bramido de fondo que propician las ramas al crepitar y que recuerda el eco espeluznante que desde los montes del Maestrazgo resonaba en las paredes de piedra de su casa en Cirat.

No sabe si sueña, si vela por que la lumbre prenda o si se ha quedado absorto contemplando las sombras chinescas de los gallegos, los únicos que han logrado encender la pira. Al alba se da cuenta de que los palos han quedado intactos, que la camisa que llevaba cuando fue herido, la que deseaba ver convertida en cenizas para que el fuego de San Juan ahuyentara a la muerte, ha permanecido intacta entre los ramajes incólumes de su hoguera.

274

5

Un cabecilla insurrecto ha atravesado con ochocientos hombres la trocha y tomado un fuerte estratégico. El paso franco de oriente a occidente ha quedado abierto. El enemigo incendia y destruye cuanta finca encuentra a su paso. La situación es grave. Su batallón debe abandonar Pinar del Río y desplazarse hasta el centro. Dividido en varias columnas, el regimiento atraviesa la gran llanura que se extiende entre La Habana y Matanzas. Como el capitán de la suya ha enfermado súbitamente le corresponde pasar al mando a un tal Mariño, un advenedizo del que todos se preguntan cómo y dónde obtuvo sus galones. Son doscientos hombres bajo las órdenes de un inepto.

A la altura de Manicaragua son testigos de un espectáculo atroz. Cerca de uno de los meandros del río Arimao, veinticuatro cadáveres de españoles, tendidos en la tierra, exhiben, como reses desolladas, heridas descomunales desde la garganta hasta la ingle. El olor nauseabundo impregna el aire. Villanamente mutilados, descuartizados sin ningún respeto, los cuerpos fueron objeto del mayor escarnio: muestran el rostro cubierto de mierda de caballo, a otros les crecen ramilletes de flores plantados en la boca o a flor de piel, en las entrañas. Ninguno, excepto el capitán, muestra impactos de balas en su cuerpo. Fueron ultimados con armas blancas.

Dan tierra a los infelices, se ordena la persecución de los malvados. Se reparten en tres grupos para peinar los alrededores. Medio día después se reúnen de nuevo. Sólo encontraron a dos desertores que, agazapados en una arboleda, juraron haber renunciado a la banda.

Un enemigo invisible los acecha. Escasean las reses y cuando logran capturar una hay que enterrar la carne porque el sol abrasador la malogra enseguida. Sin sal la carne se vuelve dulzona, produce arcadas y náuseas, al punto que muchos prefieren renunciar a su ración, incapaces de tragar. Lo que rehusaron comer salvaron sus vidas. La epidemia no tardó en declararse, llevándose en menos de dos días a unos treinta hombres. Sin medicamentos, los sobrevivientes se bebieron el ron que había, esperando a que las lengüetas de fuego que ascendían desde sus vientres les limpiaran los residuos infecciosos de la carne descompuesta.

Los detenidos conocen mejor que ellos la vegetación. Tal vez para ganarse la confianza de los españoles les aconsejan que beban agua caliente con ají guaguao, un remedio que reconforta el estómago y evita la infección. Son varios los que lanzan alaridos de dolor, provocados por los intensos retortijones. El remedio les provoca la mejoría esperada.

Ha estado lloviendo, la marcha se vuelve penosa. El barro gredoso bajo los pies impide que caminen calzados y los caballos se hunden hasta los corvejones. Descansan en las cercanías de un riachuelo y, al día siguiente, encaran una escaramuza de poca monta, dos docenas de insurgentes que atravesaban, también en busca de alimentos, un potrero. La victoria gratificante los envalentona. El enemigo, inferior en fuerzas, se ha desparramado abandonando sus acémilas, algunas armas y cantimploras con aguardiente de caña.

Los mambises suelen atacar en las horas de descanso, actúan bajo la consigna de no dar tregua, de cansarlos. Los aventaja el conocimiento del terreno y la costumbre de lidiar con el clima y la maleza, talón de Aquiles de los peninsulares. Poco importan las privaciones comparadas con la inclemencia de la naturaleza. El práctico ha desaparecido. Mal signo. Andarán sin guía, a merced de lo que aconsejen los paisanos casuales. Ramón se huele que sufrirán una emboscada, pues la zona está plagada de adversarios solapados.

Por fin llegan a la finca de los Hurtado de Mendoza. Todavía se ve el humo desprenderse de los fogones cavados en el suelo, señal de que allí se estuvo cocinando hasta hace poco. La tropa exhausta saluda con gritos de júbilo el hallazgo, los ocupantes anteriores han dejado suficientes condumios, incluso varias paletas de res cruda, salada y desgrasada, a la espera de una parrilla o de un buen pincho. Las cuadrillas mambisas merodean por allí, el terreno es boscoso, desconocido, ha sido desertado por las familias de agricultores desde que se perforó la trocha. Los soldados que no ingirieron la carne envenenada de la novilla se hallan al borde de la inanición, el exceso de calor acrecienta la sensación de vahído, los labios resecos, la tensión nerviosa en su clímax. El capitán Mariño da a probar la jugosa carne a los dos prisioneros.

«¡Si está envenenada, que lo paguen esos perros!», exclama.

Dejan pasar un tiempo razonable, el requerido para que un veneno, de alcance medio, provoque los primeros síntomas. Nada. Con regocijo se apropian de los enormes trozos, los reparten en porciones y reaniman el fuego. Unos aportan gajos, otros se echan en las hamacas y sobre las poltronas de la gran galería techada, antesala de la casa. El terreno al pie de la propiedad forma un declive de unos cien metros hasta culminar a orillas de un arroyuelo. La vivienda en lo alto de la colina, dispone, en su parte trasera, de un llano en donde el dueño construyó los establos y cultivó varias parcelas.

Ramón pide permiso para que los hombres de su sección puedan asearse en el arroyo. Esa carne abandonada, el saco de sal en la cocina, las mazorcas de maíz fresco en uno de los establos, todo en su lugar, sin rastro de violencia o forcejeo... Su olfato nunca falla. Son muchos años en la guerra. Sabe que esa finca es una encerrona, pero se muerde la lengua porque el capitán lo sancionaría si se atreviera a contradecirlo. La imagen de la hoguera menguada durante la noche de San Juan, los libertos advirtiéndole de la maldición de los palos, las sombras de los gallegos saltando, se atropellan en su mente mientras se desnuda. El agua del riachuelo es un bálsamo, corre cristalina y fría sobre su piel.

Un primer disparo atraviesa el aire seguido de una nube de pájaros que levanta el vuelo. Siente el mismo olor de pólvora que no ha logrado arrancarse del cuerpo. Cree que el tiro se le ha escapado a uno de sus compañeros. Ve a cinco de ellos correr desnudos en dirección de la arboleda, del otro lado del arroyo, abandonando armas y uniformes. A la primera detonación se suman ráfagas desde el interior de la vivienda. Rueda, pendiente abajo, la cabeza de Mariño, la sangre borboteando del cuello segado como desde una regadera. Lo que más teme de los cubanos es la carga al machete, el cuerpo a cuerpo contra el que una bayoneta resulta ineficaz, y ese grito terrorífico de «¡a degüello!» que precede la furia con que se lanzan contra el adversario. Ripostan débilmente los suyos, los que pudieron incorporarse, siendo la posición del atacante, apertrechado en la casona, mucho mejor que la de ellos. Imposible saber cuántos son y, lo peor, de dónde salieron, pues habían revisado palmo a palmo cada rincón de la finca.

Una nube de polvo avanza hacia él. Se le ve avanzar, a la par del ruido, cada vez más cercano, de un galopar de caballos. Si acuden a socorrerles se verán acorralados entre dos fuegos. Si, por el contrario, se trata del enemigo, mejor que se encomiende al Cielo. Tinto en sangre, el arroyuelo traduce a plenitud la barbarie del combate. De pronto, el temido grito. Los caballos patalean, uno acaba de desplomarse en su curso, los ayes de los heridos sobresalen sobre los fogonazos, se oye la voz del escolta del capitán Mariño ordenando una retirada imposible.

Se les viene encima el fuego cruzado. Ramón ovilla su cuerpo, como un feto, hunde la cara en el barro, los cascos de los caballos pisotean la tierra a escasos pasos, todo huele a pólvora. Un dolor agudo irradia desde el centro de su espalda impidiéndole voltearse, la caballería se aleja, el ruido se va apagando lentamente, no oye los disparos, apenas el vocerío de los hombres y el curso del agua entre las piedras. Se ve de niño jugando con las trenzas de su madre, sus manitas recorriendo sus mejillas, la luz del sol enegueciéndolo, a su padre esquivando la mirada desde el rincón donde solía sentarse, a María Rosa plantándole un beso sonoro en sus mejillas. Es lo último que siente.

6

En Fray Benito la noche de San Juan ha dado lugar a una velada especial en que se juntan los del pueblo con la soldadesca. Es como si allí la guerra no existiese, como si se tratase de un acontecimiento lejano que no les concierne. A las fogatas añaden algo de música. Los guajiros han traído tortas de casabe, a base de yuca, impregnadas de hierbas aromáticas. Se las comen rellenándolas con puré de plátano y masas de cerdo. Saben a gloria.

Manuela estuvo ensayando durante un mes el guamo. El instrumento, como si adivinara que lo tocaba una mujer, le ofrecía resistencia. Se ha empeñado en revivir una tradición familiar descuidada por los hombres y sólo su madre y las hermanas la animaron, al menos sirviéndole de público en lo que separaban las piedrecillas de los granos buenos de frijol. Como muchas de las casas, la de los Pupo ha conocido situaciones difíciles que han calado profundo en la memoria familiar. Los varones saben que es el momento de hacer negocios en Gibara, uno de los pocos puertos en que no ha mermado el tráfico de mercancías. Deben afincarse en la compra y venta de lo que escasea en Holguín para sacar provecho mientras dure el conflicto. Cuando la actividad cese, cuando decaiga la demanda, nadie se acordará de ellos, sea cual sea el gobierno, el de una Cuba libre o colonizada. Los pobres no deben tener consideración con las banderas, pues al poder nunca le ha preocupado que las cosechas se malogren, que escasee la carne, que un huracán los deje sin techo. Los hermanos de Manuela no creen en himnos. La Historia siempre se pone de parte del que más tiene. En la familia no hay insurrectos. Don Fino Pupo, el patriarca, les ha enseñado a prever el futuro, a amasar el dinero devaluado para invertirlo luego en las tierras abaratadas.

Tal vez por eso ninguno se opuso a que Manuela tocara el guamo, ni tampoco a que los españoles celebraran con ellos la noche de San Juan. La joven ha podido lucirse con la caracola y la ha hecho sonar como nadie, logrando dominar su sonido ronco, que reproduce el ruido del mar, como si se tratase de una premonición, de un viaje sobre las olas, a donde nadie de la familia ha llegado, quien sabe si hasta esa vieja Europa de mítico nombre con la que, de tan inaccesible, ya nadie sueña.

Las llamas han danzado respetando la cadencia de las notas, o al menos eso le ha parecido a Manuel que contempla arrobado la hermosura de Manuela, el fuego encandilándole las pupilas, haciendo que de su piel emanen destellos dorados. Es el instante en que las miradas se vuelven intensas, en que se cree en la pasión duradera, y conmueve la alegría de los enamorados, pues otros que han pasado por similares situaciones observan lo que una vez tuvieron por puro júbilo, convertido hoy en ilusiones rotas. Ambos gozan de ese juego de seducciones, ajenos al que pretenda aguarles la fiesta, y suena el guamo como la sirena de un barco, imitando luego el eco de las profundidades de una caverna, más tarde ligero, enseguida con florilegios coloridos, notas desconocidas que ni siquiera los más viejos han oído, música celestial que viaja desde la noche, perdiéndose en los arcanos de la memoria, cubriendo con su manto conciliador el ánimo de todos.

Entonces caen en la cuenta de que se aman sin haberse hablado nunca, comunicando sólo con los ojos, subyugado él por las esquivas coqueterías de ella, respondiendo con actitud grave al fingir que le reprocha que se escude en el guamo para desviar la mirada que tanto reclama. Con guerra o sin ella, sin importarle cuántos estén muriendo en los campos de batalla, así tenga que sacrificar los mejores años de su carrera, las órdenes, las distinciones y los grados, pedirá formalmente la mano de esa diabólica criatura. En su patria son las gitanas las que rezuman zalamería, las que se mueven desinhibidas, hablan con dicharachos y dictan con ojos lisonjeros lo que las palabras a veces no consiguen, pero allá, en su querida Andalucía, no hay modo de arrimarse a una de esas, primero porque sus padres y hermanos le tirarían la puerta en las narices; segundo, porque los hombres de esas hembras no las pierden de vista, ni dejan que se vayan con un payo y, si lo hicieran, cobrarían con sangre la afrenta.

Tendrá en Manuela el acicate necesario, la fuerza que empezaba a fallarle, el deseo de adquirir prestigio, reconocimiento, de destacarse en acciones que le aseguren a ella y a su progenitura una vida lejos de las incertidumbres, coronada por la estabilidad que dan el dinero y los honores. Dejará en manos de su futura suegra la elección de la fecha, de los testigos, de los detalles que convengan.

Manuela aprieta contra su pecho el guamo, lo acaricia pensando en Manuel. A partir de esa noche no se desprenderá nunca de la caracola.

7

«Salvador», por su padrino el señor Ibáñez, «Gerardo», porque es nombre que siempre le ha gustado, y «Antonio», en honor a Antonio Tamayo Zaldívar, el abuelo materno, padre de Josefa. El sacerdote sabe quién es el padre de la criatura, pero sin previo matrimonio debe inscribir al párvulo como hijo natural. Vidalina ha esperado mucho para bautizarlo, esperanzada en ver desembarcar a Ramón. No puede prolongar más la espera. Es peor que el niño viva impío a que sea bastardo.

La canastilla que le ofreció doña Trinidad aviva los comentarios de las mujeres del pueblo. Los ojos, nadie podrá negarlo, los ha sacado de Ramón, y el cuerpecito, a pesar de su pequeñez, tiene algo de taurino, recuerdo también de su corpulencia. Es muy temprano para vaticinar si llevará o no el mechón de canas de los Ochoa, pues es bastante pelón el muy descaradillo, dice Luz, mientras acaricia las plantitas de sus pies, haciendo que el niño reaccione agitando sus bracitos en el aire.

Al fin ha vuelto a la casa de sus medio hermanos. Luz y Ramona le han inventado un cuento. Les han dicho que Vidalina se comprometió con una criada de los Sardá, fallecida al dar a luz, a cuidar de su bebé como si fuera suyo.

Antonio y José se miraron algo incrédulos, como si sospecharan del timo. Pero no tardó doña Trinidad en secundarlas. La voluntad de disimulación de las mujeres suele ser férrea, y las cuatro juntas derriban murallas. La señora de Sardá corrobora la mentira. Posee una autoridad y una moral sin límites. Ella tiene cuatro hijos y no puede asumir a otro párvulo, se ocupará, eso sí, de que al niño no le falte nada. La complicidad entre todas es indestructible, se fue forjando durante los siete meses que residió Vidalina en su casa.

Dos proscritos de Holguín recién llegados, tan famélicos que parecen un par de espantajos, traen noticias. El abyecto jefe de la policía, el Matías de los mil demonios, fue degollado, nadie sabe cómo ni por quién. Lo encontraron en los corrales de Purnio con la cabeza a cinco metros del cuerpo. También tienen que darles una mala noticia, algo que no saben cómo anunciar, pues no quieren entristecerlos. Tal vez se trate de una historia inventada por gente habladora, quién sabe.

Vidalina lleva días con un mal presentimiento, siente una corriente fría recorrerle el cuerpo. El más joven de los proscritos se decide a hablar. Hubo una batida grande en vuelta de Marcané. Mandaron refuerzos de Santiago y trajo muchos muertos e igual cantidad de heridos y prisioneros. La mala noticia es que entre los capturados estaba Justiniano. Lo que no podrán afirmar es que le hayan dado paredón, pero se le culpó de la muerte de Matías.

Ya sabe al fin el motivo de su desasosiego. No necesita corroborarlo. Ha muerto su hermano querido. No por gusto vio a una pareja de auras tiñosas trazar tres círculos sobre la ceiba antes de abandonar El Abra. El dolor se le anida profundo. Necesita quedarse sola, alejarse de la casa.

No quiere que intenten consolarla. Justiniano ha muerto. La causa de su destierro ya no tiene razón de ser. Para Luz el dolor también es inmenso.

Tres auras tiñosas, tres círculos, tres noticias terribles. Faltan todavía dos.

Novena parte

La Habana - Miami - Fray Benito
2008

1

Excelentísimo Gobernador Superior Político:

D.ª Vidalina Ochoa Tamayo, natural y vecina de Holguín, de estado soltera y de 20 años de edad, ante Vuestra Excelencia respetuosamente expone: que suponiéndola en comunicación con su hermano D. Justiniano, de quien se decía que estaba en la insurrección, fue sometida a consejo de guerra y como era de esperarse, no se pudo encontrar ninguna prueba que sirviera de fundamento o justificación de aquella sospecha, porque realmente su conciencia estaba tranquila, y en su consecuencia, libre ella de la falta grave en que suponían que había incurrido.

Sin embargo de lo expuesto, Excelentísimo Señor, la suplicante fue condenada en primero de junio de mil ochocientos setenta a ser extrañada, y con tal motivo fue trasladada a esta Isla donde llora sus desgracias que casi la hubieran conducido a la miseria, de no haber contado con el auxilio de personas caritativas que le han favorecido, pues en esta población el trabajo de la costura a que únicamente puede dedicarse no proporciona ni lo más necesario para las precisas atenciones de la vida.

Hoy, Excelentísimo Señor, han variado las circunstancias que tanto la perjudicaron, y mucho más porque es notorio, según publicó un periódico de La Habana, que su antes dicho hermano D. Justiniano fue fusilado hace ya como seis meses en Holguín.

Cree por consiguiente la suplicante que ya deben tener fin sus padecimientos, si V. E. condolido de su triste y angustiada posición se digna por uno de los actos que tanto recomiendan y caracterizan a los dignos gobernantes como V. E., disponer se le ponga en completa libertad para trasladarse a la ciudad de Holguín, donde tiene, después de la muerte de su querida madre, parientes de quienes está segura que recibirá allí mismo los recursos bastantes para su subsistencia y demás atenciones. Con lo manifestado:

A V. E. suplica se sirva otorgarle su benevolencia, disponiendo que pueda libremente trasladarse a la ciudad de Cárdenas, ya que no tenga a bien permitirle su regreso a la ciudad de su naturaleza y antiguo domicilio. Gracia que confía alcanzar del buen corazón de V. E.

Nueva Gerona, veinte y cuatro de enero de 1873.

Excelentísimo Señor, a ruego de la interesada por no saber firmar, Carlos Doroteo Pérez Pentón.

Qué pena no haberla compartido con Silvia. En la carta aparece estampado en el margen superior derecho el apellido de Ramón: «Guillamón». En esa fecha, Gerardo ya había nacido y resulta curioso que la carta no lo mencione. La vida de esta mujer está repleta de zonas oscuras. El niño nació en Nueva Gerona, fue bautizado en su iglesia como Ochoa (tiene la fe de bautizo), pero aparece luego, en el índice de los mambises del Ejército Libertador de la guerra posterior, la del 1895, como Gerardo Guillamón Ochoa, hijo de Ramón y Vidalina. En su historia subyace un siglo de olvidos e injusticias.

Orquídea se lo ha dicho muy claro: «Mi yerno no quiere un solo libro de la biblioteca de Silvia y yo no puedo ocuparme de eso. Cuentas con mi autorización para echar a la basura lo que te apetezca. La desmantelas y ni me preguntes que yo de papeles viejos nada sé».

El fin de una biblioteca es un paso más hacia la muerte de un país. Un siglo había permanecido aquella en manos de la familia de Silvia, desde el primer Ochoa que llegó a Cárdenas. El yerno andorrano tiene prisa, como la mayoría de los hombres de negocio de hoy, quiere vender la casa después de la muerte de la anciana. Asomó las narices en Cuba, por primera vez desde que se casó con la hija de Orquídea, evaluó la propiedad que sólo conocía por fotos y estimó revenderla. A Elba no le ha gustado la manera en que, sin consideración alguna hacia la difunta, pidió que sacaran «esos trastos, chismes y librejos». Quería el espacio libre. Un diseñador catalán iba a transformarla, así le sacaría más.

«Rápido, que no confío en las leyes cubanas que cambian más que una puta de cliente», dijo. Y mirando a Elba: «Y tú que sueñas con hacerte española, debes saber que España se va a la mierda. Te lo dice este que conoce, como si la hubiera montado, la banca de su país. A vosotros los cubanos os han contado un paraíso de mentirejas. ¿Por qué crees que vivo en Lérida y doblo el lomo en Andorra? Asegúrate de llegar a donde tu hijo en la Florida y olvídate del resto. A mi país no lo arreglan ni partidos ni gobiernos nuevos. Su enfermedad es vieja. ¡Deja que se muera España y ocúpate mejor de hacerte americana! Esos cabrones yankis sí que saben montársela. Crisis o no crisis, la cosa siempre funciona con ellos, nena».

Ya no necesita remover cielo y tierra. Silvia le ha dejado cien mil dólares de los ciento veinte mil de adelanto que le pagó ese miserable. Apenas pudo disfrutar de las mensualidades que completarían su usufructo. Ahora es la heredera universal de la difunta, del dinero, los muebles, de aquella formidable biblioteca que con el dolor de su alma tendrá que desperdigar, donar a instituciones que no sabrán cuidarla. Los valiosos muebles de caoba, los maravillosos objetos que durante un siglo poblaron el universo de esa familia, terminarán en otras casas.

Continuará armando el rompecabezas de la vida de su bisabuela por pura curiosidad. Ahora tiene con qué pagar a funcionarios, traficantes, agentes y, sobre todo, con qué empezar una nueva vida en otra parte. A Vidalina la saca ella de la oscuridad o se quita el nombre. Si no logra ponerla en un altar, hará que sobre su tumba sobreviva algo más que una lápida borrosa en el cementerio de Gibara. Llenará de plantas que florecen todo el año las jardineras vacías. Ese será el mejor perdón que puede pedir a su triste isla, a esa tierra en la que dejará abandonados, el día en que se largue, a su legión de muertos. Esa porción insignificante de mundo en la que se ha sufrido tanto, por tan poca cosa.

2

Alicate se sabe a contrarreloj. Ni siquiera se despidió de Marlon, a quien dejó acodado en la barra del Dolores ahogando su angustia en otro *sex on the beach*. Puede que algunos lo crean sanguinario, un perfecto hijo de puta, un tipo sin escrúpulos ni bandera, y es cierto que puede serlo contra quien se le meta en el medio, con quien venga a hacerse el *vanván*, el vivo, pero con sus amigos, con sus colaboradores, lo que él llama «la familia», es el sentimental más grande que ha dado madre al mundo.

No quiso preguntarle a Marlon si acaso su hermana se hacía pasar por alemana. Prefiere no perder un minuto. Los sicarios que trabajan con él, los que operan en Yucatán y extienden su influencia hasta Belice y Honduras, acaban de pasarle la cuenta a un infiltrado que tenían en Cancún. Tienen encerrada a la novia, una pelirroja tan apetitosa que los tiene a todos, le había dicho el Taco en un mensajito de texto esa mañana, con la pinga parada. Y si no fuera porque hay reglas que hasta los criminales respetan, ya se la hubieran bailado uno por uno, en fila india. El Taco es su punto en Corozal, un inmundo bochinche, a escasos kilómetros de la frontera entre Belice y Chetumal, capital del alijo de cigarrillos falsos, licores copiados, medicinas, imitaciones de juguetes de marca, a donde llegan contenedores repletos procedentes de Asia y Sudamérica. Allí su grupo se deshace de parte de los productos farmacéuticos que roban en los laboratorios gringos.

Corozal, lo sabe él mejor que cualquiera, es tierra de nadie, catalogada como zona libre es el escaparate comercial de la venta al menudeo, sin restricciones, leyes, impuestos, aranceles. Ruedan sin cesar las camionetas tipo *van*, muchas con letreros que anuncian iglesias pentecostales y evangelistas, destinados a burlar la vigilancia de los aduaneros mexicanos. La policía no lleva armas porque las armas están en manos de los traficantes y lo que entra por el puerto se queda la mayoría de las veces sin revisar.

Si la banda inflige un daño a un colaborador el acuerdo es que la familia del perjudicado reciba una compensación financiera que evalúan según el perjuicio. Alicate tiene pocas esperanzas en que la novia del cretino de Adonis, un tipo que él siempre consideró apocado y pusilánime, haya sobrevivido. El Ray y su gente no corren nunca el riesgo de salvar la vida a la mujer de quien se equivoque. En ello va la supervivencia del grupo y saben que la cama es el peor confesionario del mundo, pues ahí no hay hombre que se aguante la lengua cuando se le entrega una mujer.

Marlon no ha sabido qué rumbo tomar. Sale del Dolores y se dirige, siguiendo el consejo de Alicate, a la Ermita. Mira con ansiedad la pantalla acuosa de su móvil. Si a Liza le pasara algo a su madre le daría un infarto. Con qué cara podría anunciarle una tragedia semejante. No quiere imaginarse tampoco los reproches de Solimar, los «te dije que te alejaras de esa gente», los «no me extraña para nada», con que lo martillará hasta el fin de su vida. Y ni hablar de la reacción de la familia del Prado, de sus suegros sacándole en cara a la hija el haber escogido a «ese balsero cabeza loca» con tantos buenos partidos entre las familias cubanas «de verdad».

La ermita de la Caridad es un templo extraño. La de la isla, en El Cobre, se halla al pie de las montañas de la sierra Maestra, es neoclásica y el amarillo de su fachada resalta con el verdor de las montañas. En cambio, la de Miami, a orillas de la bahía de Biscayne, es blanca y su forma cónica recuerda los caneyes en que vivían los caciques de las aldeas taínas antes de la llegada de Colón. Como nadie recuerda haber visto un caney en su vida, y como ese pueblo se extinguió apenas iniciada la Conquista, la gente cree que se trata de un *tipis*, la tienda en que vivían los indios sioux o dakotas, los pieles rojas de las películas *western*.

A Marlon le cuesta concentrarse. No conoce las oraciones, ni siquiera sabe rezar un padrenuestro o el avemaría. Su educación ha sido atea, las veces que ha entrado en un templo ha sido por interés artístico, desconocía incluso la existencia del sitio. En el mural que sirve de fondo al altar hay unos sesenta personajes. Reconoce a Cristóbal Colón, al padre Félix Varela, al padre Bartolomé de Las Casas, a próceres como Carlos Manuel de Céspedes, Ignacio Agramonte, Máximo Gómez y Antonio Maceo... A excepción de Mariana Grajales, madre de los Maceo, y de la Virgen, no hay otras mujeres. Se diría que la historia del país la han escrito hombres huérfanos y solteros, sin ninguna mujer que les brindara su apoyo, que pagase en su lugar con desengaños, miedos, calamidades. Ni en un culto mariano como el de la Caridad se libraban las mujeres del anonimato. Hay, eso sí, un ejército de próceres, aventureros, religiosos, políticos, y hasta un papa, que en el momento de ser pintado el mural mandaba en el Vaticano. Pero de mujeres, casi nada.

La misa no ha comenzado y el abejeo de fieles no para. Unos traen flores, otros ponen velas, los visitantes intentan entender qué hace en un templo católico tal cantidad de laicos pintados en un mural que ocupa todo el campo visual.

El móvil suena. Marlon salta como un gato por sobre los bancos. Le avergüenza el ruido del aparato en un sitio como aquel. Oye la voz de Alicate. Por el tono al decirle «*brother*» sabe lo que va a decirle.

«En lo que pueda servirte me dices, *brother*...» Silencio. «No llegué a tiempo. El comepinga del novio quiso escaparse de Corozal. Tu hermana lo siguió. Los partieron en el muelle. No llegaron a poner un pie en la lancha. Me dices qué quieres que haga, si te recojo ahora, lo que digas. Hay cien mil dólares para tu mamá y cincuenta mil para ti. *You know,* papo... Es la ley. Te toca bailar con la más fea. Así fue como me mataron a mi mujer cuando empecé en esto. De pinga, *brother.* ¡Cojones, dime algo!»

3

Orquídea lamenta ser la única de su círculo de amigas con acceso a internet. Cuando las noticias son buenas es la primera en alegrarse, en volar a anunciarlas. Pero cuando son malas, como ahora, se enferma, le entran sudoraciones, trembleques, no para de llorar y nada la consuela.

«Coño, mira que te lo he dicho, mujer. Acaba de cerrar esa cuenta pal carajo, que nosotros estamos con un pie en España y no la necesitamos. No tienes por qué ser la mensajera de toda La Habana. Estoy por pensar que a ti te gusta el brete ese y estar enredada en el dime que te diré.»

El marido le pelea. Arsenio no se mete en nada, tiene una paciencia de santo, son la noche y el día. Cuando ocurre algo desagradable, cuando tiene que dar una mala noticia, es él quien le levanta el ánimo y le saca las castañas del fuego.

«¡Ay, papi, por qué, a ver, por qué no te hice caso! Para qué me metí en esto. Cómo le anuncio a esa pobre Elba que le mataron a la hija. Cómo decirle que recibirá cien mil guayacanes más, como me dijo Marlon, si la vida de un hijo no tiene precio!»

«¿Y el mangansón del hijo no ha tenido cojones, chica, para llamar a la madre y anunciárselo él mismo? ¿Por qué no agarra un chárter y viene a verla para decírselo, ya que no quiere, como te dijo, hablar de *eso* por teléfono? ¿*Eso* qué, a ver? ¿Los negocios sucios en los que está metido?»

«¡Ay, santa Barbarita, por tu vida, ayúdame, dame fuerza, tú que reinas en tu torre de tres ventanas bien alta, sácame de este lío, vieja!»

«Olvídate de santa Bárbara, y arranca y llama de una vez a esa mujer. Acaba de salir del mal rato. Si quieres te acompaño, no vaya a ser que se desmayen las dos y, en vez de una, tengamos tres muertas. O, mira, mejor todavía... ¡Coño, vamos a invitarla a almorzar a casa mañana, que venga con el amigo de Guanabacoa con el que anda, el preso, tú sabes.»

«Augusto...»

«¡*Equilicuá*! ¡Ese! Que vengan los dos.»

«¿Aquí? ¿Al *château*?»

«¿Y a dónde si no, mami?»

Orquídea vive en un edificio del malecón habanero cuyos balcones tienen forma de sarcófago. El antiguo dueño lo construyó en los años cincuenta porque vio, desde la orilla, cómo se ahogaba su único descendiente, arrastrado por las mismas aguas del Golfo de México que se reflejan ahora en la textura brillosa de sus barandas. Cuando habla de su apartamento dice, aunque no sepa ni jota de francés, el *château*: «Te dejo, mi amiga, que el *château* me espera», «mi amor, seguimos luego, que tengo el *château* de patas pa'rriba», «el *château* está en su punto con la noticia» (aquí el «*château*» incluía al marido y a nadie más pues la pareja vive sola), «oye, que si yo no pongo orden en el *château*, se me convierte en el platanal de Bartolo». Y el *château* para aquí y el *château* para allá, desde que hace unos años el suegro andorrano los había sacado del derrumbe de la

298

calle Dragones en que vivían y los puso a vivir en una propiedad horizontal, frente al «sofá de La Habana».

El hijo de Elba tenía su *e-mail* y le había pedido su número. No hizo falta que la conversación —si podía llamársele conversación a los sollozos, el llanto y las palabras entrecortadas del muchacho— durara mucho. Lo sabía todo de antemano y no se había equivocado. Todos en Babia menos ella. La misma historia que con Elenita, su amiga. Por suerte su hija había encontrado un buen hombre, honesto, con trabajo estable en un banco, alguien capaz de codearse con la crema y nata de los inversionistas, gente de poder, de políticos y personalidades de Cataluña, pejes gordos, alcaldes, diputados, dueños de empresas que le confían operaciones y cuentas. ¡Lo mejor de la sociedad española!

«¡La de dolores de cabeza que estaríamos pasando, chini, si nuestra Yordankita no hubiera encontrado a ese hombre de ley!»

Orquídea marca el número de Elba. Se santigua mientras suena. Le pregunta cómo va, qué de nuevo sabe de Vidalina, trata de adoptar un tono natural, nada que la ponga sobre aviso o luzca sospechoso. Le gustaría invitarla al *château*. Una comidita informal. Arroz a la marinera, el plato preferido de Arsenio, con langostas de la bolsa negra, que invite a su amigo Augusto, sí, chica, el de Guanabacoa, cuál si no, me cayó de lo más bien el día en que me lo presentaste en el funeral de Betico, no dejes pasar esa oportunidad, una buena mujer tiene derecho a rehacer su vida y ese hombre es bueno de verdad, ahora o nunca, que para lo que nos queda en el convento no vale la pena cohibirse, yo no…, ya sabes, tengo a mi chini lindo y no lo dejo ni por Brad Pitt, bueno es un decir (y se oye que le tira un sonoro beso a su marido que está cerca oyendo la conversación), mijita, que los hombres están cada día peores, la calle está que arde, ¡candela brava!, todo es interés, la gente lo que viene es a ver qué te tumba, se acabó el querer, nadie quiere a nadie, por lo menos Augusto es hombre de bien, a buena hora mangas verdes, no vaya a ser que después sea demasiado tarde, y a rey muerto rey puesto, ya va siendo hora de que te sacudas la cabronada que te hizo el padre de tus... (¡ay, por poco mete la pata, qué lengua la suya, Dios mío, mentar la soga en casa del ahorcado!), nada, nada, tú sabes, el cabrón que te dejó por otra, que la vieja gallina hace gorda la cocina, y sé de lo que hablo, y, por favor, no traigas nada, qué cosa es eso de traer ni traer, la boca solamente, que mi chini y yo tenemos ese *freezer* atestado de comida, y ni sabemos ya qué hacer con tanta, se nos van a echar a perder, echen para acá, los espero, besos, besos, besos, querida... muá, muá, muá. (Cuelga).

«¡Uf, qué lengua la mía, chini, por poco la meto hasta el fondo y le menciono a los hijos!»

4

Es como si el mar se hubiera desbordado tragándose calles, edificios, parques, como si diera brazadas desesperada, a favor o en contra de la corriente, lo mismo da, no porque quisiera alejarse del peligro de ser engullida, sino porque la fuerte marejada la batuquea a su antojo, dejándola indefensa, exhausta, sin asidero, a la merced del movimiento circular de la onda, de su fuerza centrífuga, que brama dentro y fuera de su cabeza, y como si el mundo cambiara en fracciones de segundo, la superficie del agua, los pocos residuos de la ciudad sumergida, los objetos flotantes, presentándose ante ella con esos contornos difusos y monocromáticos que sólo revelan las radiografías.

El agua. Siente la resaca salada en sus labios. La línea del horizonte, el cielo, el golfo, una masa compacta y un zumbido agudo que la aturde. Mil puñales se remueven en una herida profunda, invisible, que la recorre como un cinturón de fuego, desde la garganta hasta el vientre. Una cascada de voces extrañas se agolpa en sus oídos, le llega desde afuera y a la vez sospecha que es ella quien balbucea frases y sólo retiene palabras dispersas: error, muerte, imposible, cómo sucedió, por qué a mí, castigo de qué, venganza, quién pudo hacerlo, miserable mundo, a dónde ir, pesadilla, infiltrado, cuerpo arrojado, pocas ganas de vivir, hija, prófugo, gobierno, hija otra vez, fin inesperado, hija, odio, fuerzas, hija, mi hija, destruida, hija, alma, hija... y como un eco, una palabra etérea, vacía de sentido, ahogada en un mar de lágrimas, en ese mismo mar al pie del balcón, qué arroz con langosta, qué comida ni que ocho cuartos, si lo que quiero es lanzarme de este octavo piso, terminar con este infierno, gritar, empastillarme, dormir sin parar, abandonarme, olvidarme de todo, qué dinero ni dinero, en la flor de su juventud, de la belleza, sin darme nietos, sin haberse casado, con un mundo por delante, un porvenir, planes, imposible que estuviera en cosas que me ocultaba, esa no era mi Liza, no, quién puede conocerla mejor que su madre, tiene que ser un error, me llamarán de un momento a otro, me dirán que ha sido un equívoco, no es ella, despertaré de este mal sueño, pellízquenme, no me dejen seguir durmiendo, zarandéenme, sáquenme de este túnel oscuro, del fondo de esta ola que se traga a la ciudad, que me traga, que me lleva, me arrastra, me aleja, déjenme, déjenme, sí, la embajada de México, alguien debe explicarme, los padres de ese muchacho, por qué no me dijiste nada, por qué te lo callabas, una amiga tiene el deber de alertar, suposiciones, cómo suposiciones, ¿y ahora, qué?, el fin, una broma de mal gusto, un experimento, díganme que lo hacen para ver si soy fuerte, que nada me amilana, díganme algo, aunque sea mentira, no se queden callados, ¿verdad que puede ser un error, que la tomen por otra?, no es ella, no puede serlo, déjenme acabar con esto, qué nietos, qué hijo, lo que quiero es morirme, morirme de una vez, ¿me oyen?, ya estoy muerta, no me des pastillas, no me calmo, ¡ay Cristo!, me estoy muriendo, he muerto, acabo de morirme aquí mismo aunque me crean viva...

La tierra. Estás en la tierra, la pisas, hay un hijo que te espera, nietos creciendo, una nuera, una bisabuela y una abuela esperan que saques sus vidas de las tinieblas, los pies en la tierra, nada está confirmado, no pierdas la fe, todo debe ser aclarado, alguien tendrá que presentarse ante ti, darte razones, cálmate, qué mar ni qué olas, aquí nada se ha tragado a la ciudad, estamos contigo, no te abandonaremos, somos parte de esta tragedia, unidos, de aquí no te mueves, te quedas con nosotros, a la casa no vuelves, comerás algo, la langosta está deliciosa, por tu bien, esa fortuna será útil, tienes una misión, mucho por delante, la vida continúa, la tierra seguirá girando, ahuyenta los malos pensamientos, tiempo al tiempo, es una pena echar el enchilado tan rico que quedó a la basura, espera a que el cónsul te explique, alguien debe saber qué pasó, de dónde sea, lo que sea, pero que expliquen, aclaren e investiguen, nadie ha encontrado el cuerpo y sin cuerpo no hay deceso, ni luto, ni entierro, hay que estar atentos, si está viva, si sólo es un rumor, te necesita fuerte, olvídate de los balcones, de aquí no se tira ni una colilla, qué muerta ni muerta, viva, estás viva, estás, eres, somos tus amigos, contigo nos quedaremos lo necesario, debes reponerte, comer algo, calma, tranquila, llora, llora todo lo que quieras, mi vida, llora si te hace bien, llora hasta vaciarte, y grita, pero tranquila, no te agites, llora, desahógate, suelta todo lo que tienes por dentro, ya pasará, paciencia, agüita, una pastillita, eso te calmará, ya verás, tranqui, confía en nosotros…

Déjenla que duerma. No la despierten. Hablemos bajito. Con lo rico que se veía ese arroz marinero. Ustedes me disculpan, pensarán que soy un insensible, que no tengo corazón, que no me importa el sufrimiento de otro, ¡claro

303

que me importa!, yo no quisiera verme nunca en la misma situación… Este arroz debe ser una delicia, si no como me desmayo y aquí el único que necesita fuerzas para impedir que esa mujer se nos tire por el balcón, soy yo. Así que me van a disculpar. Si ustedes no quieren comer, no coman. Me llevo el plato a la cocina. Esas langostas costaron un carajal y no me da la gana de echárselas a los gatos. Es mejor que coman algo, no sabemos hasta cuándo va a durar esto. ¿Pragmático? Piensen lo que quieran. Yo sé por dónde le entra el agua al coco. Mejor no digo lo que pienso de la niña y el noviecito. Oká, oká, me callo. No he dicho nada. Quién sabe si nos escucha aun rendida. Me buscan en la cocina si me necesitan. Les dejo arroz. Mima, tú siempre exagerando con las cantidades. Mira qué clase de buque de comida me has servido. Eres una exagerá.

El aire. Yo vivo del aire. Floto. Usted debe conocer mi historia, ella le ha contado. La prisión, la soledad, los años perdidos, la vejez prematura, la ausencia de familia. Claro que me ocuparé de ella, que no la abandonaré. Me queda un primo por parte de madre. En California. Inmensamente rico, me quiere ayudar y me ha pedido que me vaya a vivir con él, que empiece de nuevo, lejos. Yo no quería. ¿Sabe? Después de vivir lo que he vivido, me da lo mismo quedarme que irme. Entre nosotros no había nada. Ya estamos viejos, nos sentimos cansados. Han sido muchas tardes rememorando, haciendo el recuento de lo que hubiéramos sido si nuestros caminos no se hubieran bifurcado. No voy a decirle que nuestro amor permaneció intacto. No premeditamos nada. Dejamos correr el tiempo, hablábamos del pasado, de personajes de antaño. Poco a poco la nacionalidad española dejó de interesarle. Llegó un momento en que poco importaba. Le picó, nos picó (me incluyo), el bichito de la curiosidad. Yo vivía esas búsquedas como en una novela. Silvia, las cartas de los parientes, los expedientes, entrevistas, certificaciones de las parroquias, respuestas afirmativas o negativas. Y lo que ignorábamos lo íbamos inventando, llenando los huecos que ya no podrían ser completados, las incógnitas nunca despejadas. Y empezamos a querernos otra vez. Ya no, por supuesto, con aquel amor de quinceañeros, de ilusos jóvenes. El nuestro, el amor con canas, como riéndonos le llamamos, surgió más puro que el de antes, sin sexo de por medio, sin familia o intereses sociales. Un amor puro y hasta da vergüenza a mi edad reconocerlo. Nadie que no lo haya conocido puede entenderlo. Y pensamos casarnos, era nuestro secreto. Usted iba a ser la primera en saberlo, pues la queremos de testigo. Por haber sido preso político me dejan emigrar cuando desee y una persona de mi elección puede acompañarme. La muerte de Silvia atrasó nuestros planes. Ahora esto... No sé ni qué pensar. Qué decir. Cómo consolar. Lo único que sé es que de su lado no me muevo. Y sin ella no me voy.

5

No es el momento adecuado. La herida sigue abierta. No habrá cicatriz que cierre hasta que el cuerpo no sea enterrado. Lo que mostraron a Marlon no se sabe muy bien lo que es. Cadáveres calcinados, tres en total, encontrados en una caseta, a punto de embarcar hacia la isla de Roatán. Queda poco o casi nada de esos cuerpos, exceptuando fragmentos de prendas, periódicos chamuscados, residuos de alimentos en conserva, bolsas de *chips*, saquitos de cacahuetes vacíos... Nada personal, ninguna pista concreta que revele la identidad. Considerando que en ese amasijo de huesos estén Adonis y Liza, ¿quién es entonces el tercero? El informe de los médicos legales precisa que se trataba de un hombre de unos treinta años, de sangre india, un metro sesenta y siete de estatura, aproximadamente setenta kilogramos. Aunque los restantes indicadores corresponden a los amantes, no garantizan que se trate de ellos. Esperar de las autoridades locales más detalles, una pesquisa seria, minuciosa, es una quimera. Se lavan las manos como Poncio Pilatos, la muerte es un acto cotidiano, más tratándose de clandestinos, aves de paso. Lo que quieren es deshacerse de las pruebas, no desean escándalos, sobre todo ahora que algunos periodistas y dos o tres funcionarios de la justicia están hablando más de la cuenta.

Augusto ha traído a Elba a vivir a su casa, en lo que les llega la salida definitiva del país. Es él quien trata con Marlon, por teléfono, pero mantiene a la madre fuera de todo. Se ocupa de su correspondencia, de pagar las facturas, de los detalles de la casa, para dar tiempo a que se recupere. Del Archivo Militar de Segovia han llegado sendos sobres. Son los expedientes militares de Manuel Martín Corona y de Ramón Guillamón Centelles, los dos bisabuelos de Elba. El primero es el padre de Amparo; el segundo, el de Gerardo. La hija de Manuel y el hijo de Ramón se casaron cuando sus padres ya habían muerto.

Augusto nunca ha visto un expediente militar. En la primera página se ofrecen los datos generales del interesado: nombre, apellidos, lugar de nacimiento, fecha, progenitores. Luego, en un recuadro dividido en columnas, los despachos o nombramientos, junto con los empleos, grados obtenidos y el tiempo de servicio. La tercera subdivisión contiene los aumentos por abonos de campañas dobles y, al dorso, los cuerpos y situaciones a las que ha pertenecido desde el ingreso en el ejército. Luego, en una nueva página, se leen las notas de conceptos dadas por el jefe del cuerpo que inscribe la capacidad moral y la disciplina, así como la estatura y el estado civil del interesado. La parte más enjundiosa es la de las vicisitudes, guarniciones, campañas, acciones de guerra y servicios. Todo detallado según los años. Al final aparecen cruces y condecoraciones obtenidas y las licencias temporales. En el caso de Manuel, recibió la Cruz de la Orden Militar de San Hermenegildo, firmada por don Alfonso XII. Y por el mismo monarca, la Cruz de primera clase de la Orden del Mérito Militar, por recompensa de servicios de guerra como teniente de infantería en la Guerra de Cuba y en las operaciones practicadas en la Comandancia General de Holguín. También contiene dos apartados. En el primero, la partida de su casamiento con Manuela Pupo González, en Fray Benito, el 16 de octubre de 1876. En el segundo, el expediente instruido en Arcos de la Frontera, en mayo de 1882, averiguando quiénes son sus herederos tras haber fallecido por «catarro pulmonar», mientras servía en el Batallón de Depósito n° 27 de allí.

El expediente de Ramón es menos voluminoso. Además de las mismas subdivisiones que el anterior, en la última hoja da cuenta de su fallecimiento en Cuba, región de Las Villas, en acción de combate, mientras servía en el Regimiento de Infantería de Nápoles.

Leyendo las hojas de servicio Augusto se da cuenta de que ambos coincidieron en la guerrita de Santo Domingo y en las campañas de Guantánamo y Santiago de Cuba, en la misma época. Los expedientes no ofrecen datos más allá de la estricta vida militar, maniobras, marchas, acampadas, construcciones de fuertes, reforzamientos de líneas, ascensos, pagos, medallas, distinciones, pases, conducta… No se describen los perfiles psicológicos, ni se habla de las relaciones entre militares. Augusto presiente que ambos hombres se conocieron, sin imaginar ni llegar a saber nunca que sus hijos se casarían un día.

Se muere de ganas de contarle todo a Elba. Ha pasado dos noches transcribiendo los documentos, descifrando la caligrafía, un auténtico dolor de cabeza. La tinta a veces fallaba y hay palabras a las que le faltan letras. La instrucción sobre la herencia de Manuel en Arcos de la Frontera basta para probar que Amparo, la abuela de Elba, nació en Andalucía. Hay también una carta de Manuela dirigida al capitán general del distrito pidiendo que, una vez fallecido

Manuel, la repatríen a Cuba, en donde la esperan padres y hermanos, pues no tiene a nadie en España que la acoja y ayude.

6

Marlon se negó a ver los cuerpos calcinados. Recogió los retazos de ropa y pidió al instructor del caso un poco de pelo de los cráneos, por el tema de las pruebas de ADN. El hombre se mostró reacio, pero ya Alicate le había advertido que allí no había impedimento, mientras enseñase el filo de la billetera. El procedimiento era siempre el mismo. De todas formas, cuando de dinero se trata todos se entienden.

«Usted debe tener una familia grande que mantener, seguro que por aquí los tiempos están duros, no es que yo tenga mucho, pero sé que se ha tomado a pecho este asunto, me gustaría darle una recompensa, sé de su integridad, no quiero que se ofenda, pero estos mil dólares a lo mejor le ayudan. Tómelos y déjeme llevar una muestrica de esos cabellos. Nadie le reclamará nada. Su gente queda limpia y cada cual seguirá su camino.»

El tipo lo miró con la boca haciendo un puchero y tratando de tocarse su nariz chata con el borde del labio superior. «Suelte lo que tenga y agarre, pues, la muestra de pelos. Si alguien se entera del trato, de Belice no sale, y si le va con esto a un periodista chingado dígale adiosito a su gente, porque le buscaré aunque se esconda debajo de las piedras.»

Alicate se ha portado como un caballero. Luce extraño el sustantivo para definir a un delincuente, pero se ha tomado la muerte de Liza en serio y todo ha corrido por su cuenta. Marlon no quiso aceptarle un céntimo, de hecho no fue él quien abrió la cuenta con cien mil dólares a nombre de su madre, ni la otra a su nombre. Le ha dado lo suficiente para el viaje a Belice, a Mérida si lo desea, e incluso a Holbox. «El dinero no devuelve a un muerto, pero abre puertas y hace que perdamos menos tiempo», le dice. Es mejor estar triste con las necesidades cubiertas, que compungido y muerto de hambre. Por lo menos, su vieja podrá viajar dignamente, instalarse en California, visitarlo en Miami, ir a donde le dé la gana, como si quiere irse a España al asunto de los ancestros, su mayor anhelo, según tenía entendido. «Y un consejo de hombre y de hermano: a la jevita esa, a Solimar, déjala pa la pinga, asere, con una chiquita así, metida en todo, no se llega a ningún lado, y menos nosotros que somos sobrevivientes y llegamos a este país remando.»

El consejo de Alicate retumba todavía en sus oídos. De todas formas Solimar se largó a casa de sus padres con los mellizos, abandonándolo en el momento en que más la necesitaba. A ella qué podría importarle Liza. Lo único que le interesa es la pacatería heredada de no se sabe quién. Ha estado averiguando sobre su familia y se ha enterado que algunos Del Prado son conocidos por haber sido grandes estafadores desde la república de los generales y doctores. Otros fueron fundadores del tráfico de cocaína en el Miami de los sesenta. Burguesía de la vieja, fachada y apellidos nada más. Que se vaya a donde le dé la gana, pero a los niños no va a poder impedirle que los vea. Él no tiene nada que ver con la muerte de Liza y ni siquiera sabía que la banda de Alicate se relacionaba con los capos yucatecos. Tal vez Alicate esté en lo cierto. Es mejor una mujer como Cleo, liberada, aunque casada por interés o por lo que sea. Suelen ser más agradecidas, cariñosas y comprensivas; saben lo que es aguantar a un viejo baboso, a un marido con plata, odiado en la cama, insoportable en la vida. Esas, cuando se entregan, reviven y hacen revivir hasta a los muertos, gozando por el último poro, sin tapujos, con descaro y soltura.

A ver cómo sale con el divorcio. Allí los hombres pierden hasta los huevos cuando se separan y ha visto a varios amigos quedarse con una mano adelante y la otra atrás porque los jueces gringos fallan siempre a favor de las mujeres, les quitan todo a los hombres y hasta tienen que darle *child support* a sus ex por mucho que hayan sido estas quienes abandonaron marido y hogar.

7

Fray Benito no debe haber cambiado mucho desde que Manuela y Manuel vivieron allí. Hace apenas dos meses, Ike, un potente huracán, con ráfagas de hasta ciento sesenta kilómetros por hora, tocó tierra cerca, en la punta de Lucrecia. Los pueblos de Banes, Antilla y Mayarí quedaron arrasados. En Gibara los destrozos fueron cuantiosos y todavía se ven escombros de paredes y techos que no aguantaron los embates de aquel bólido.

Ni Amparo ni Gerardo conocieron a sus padres. El de Amparo falleció a causa de afecciones pulmonares en Arcos de la Frontera, Andalucía; el de Gerardo, en el campo de batalla, cuando tenía apenas tres años. Vidalina nunca habló de su pasado. Manuela, por su parte, también fue parca en cuanto a lo vivido con Manuel en España, después de casada y antes de enviudar. Ambas mujeres, tal vez por respeto mutuo, a pesar de haberse frecuentado por casarse sus hijos, no hablaron nunca de sus historias.

Si existió alguna vez una foto de Manuel, que Amparo en calidad de nuera le hubiese podido enseñar a Vidalina, permitiéndole reconocer al pelirrojo que formaba fila detrás del cuartelillo de Holguín, nadie tuvo nunca conocimiento de ello. Había cosas que sólo se hablaban entre mujeres y la tierra se las tragaba con sus muertes.

En Gibara, del puerto que en otros tiempo gozó de una febril actividad, no quedaba casi nada. La iglesia en donde se casó Vidalina con otro hombre al serle conmutada su pena de destierro es uno de los pocos edificios restaurados. A veinte minutos de allá, tomando un camino que atraviesa cañaverales y potreros, se encuentra Fray Benito y, coronándolo, la parroquia testigo del casamiento de Manuel y Manuela. El ciclón se ha llevado su techumbre. Sólo sobreviven las paredes laterales, el campanario enarbolando la cruz, el gran portón de la nave con un vitral de medio punto, un rosetón de vidrios coloreados y la pequeña escalinata que conducía a la antesala del templo. Por suerte, los libros sacramentales fueron puestos a salvo por Neji Toledo, la encargada del archivo.

Elba se deja llevar por Augusto. Lo observa todo silenciosa, como si tratara de transportarse al tiempo en que Manuela sentía por Manuel los primeros flechazos del amor. Una anciana les indica que el barrio de los Pupo y Zaldívar existe todavía y, como el pueblo ha crecido con el tiempo, es un arrabal que forma parte del núcleo principal. El decano de esa familia, un tal Gumersindo Zaldívar, es un señor centenario que nació cuando Manuela y sus hermanos se habían marchado de allí. Su padre y el de Manuela eran primos hermanos. Su propia madre le contaba que nadie había tocado nunca el guamo como aquella mujer, de embrujadora belleza, y tanto, que su marido se la había llevado a España.

La mirada vidriosa del Gumersindo brilla por momentos. El guamo siempre se quedó en casa de sus abuelos, pues Manuela no quiso llevárselo y, de regreso, nunca lo reclamó. A nadie le interesan hoy esas cosas y el instrumento permanece cubierto de polvo. A los jóvenes del pueblo sólo les importa conseguir pacotilla, ya sea porque se la mandan desde Miami o porque se prostituyen con turistas extranjeros de visita en las playas cercanas. Los viejos como él viven de sus recuerdos, pero no tienen ya a quién contárselos. Si ella es realmente la bisnieta de Manuela Pupo, si ha levantado la hojarasca de su tumba y visitado el cementerio de Banes en donde está enterrada, y si ha restaurado sus lápidas y cruces, entonces nadie mejor que ella para heredar el guamo.

Elba apenas se atreve a tocar aquella caracola, pulida y barnizada, muy similar a lo que llaman cobo en otras partes, pero con una pátina que revela su antigüedad. Imagina los labios que durante más de un siglo lo soplaron, los de Manuela haciendo brotar el sonido característico. No sabe si debe aceptar el regalo. Augusto la convence. Promete que aprenderá a tocarlo aunque tenga que remover cielo y tierra para encontrar un maestro. Gumersindo no quiere oír hablar de dinero, es una ofensa, gracias a Dios tiene siempre qué comer, cría sus propios animalitos, siembra y recoge de su conuco viandas y hortalizas. A Elba se le parte el alma. La casa tiene el piso de tierra. La cocina consiste en una hornilla de carbón y alrededor de la única mesa hay cuatro rústicos taburetes. En lo que hace de sala, sólo se ven dos sillones desvencijados y un cuadro del Sagrado Corazón. Es todo lo que posee, pero sólo lamenta que el ciclón se llevara el cobertizo en donde guardaba los aperos de labranza y la montura del caballo que todavía cabalga. Si tuviera menos edad lo levantaría él mismo, como había hecho siempre.

Augusto logra convencerlo. Serán ellos quienes repararán el cobertizo en pago a su generosidad. Elba siente como si un bálsamo le suavizara su corazón endurecido desde la muerte de Liza. Sólo entonces se atreve a acariciar el guamo arrebujándolo contra su pecho.

Décima parte

Miami (Florida) - San Diego (California)
Lora del Río (Andalucía) - Cirat (Castellón)
2010

1

Como lo pronosticó Alicate, Marlon perdió tras el divorcio la tutela de los mellizos. Entregará a Solimar parte de su salario y tendrá derecho a tenerlos un fin de semana de cada tres. Por suerte, ha encontrado, por primera vez desde que llegó a ese país, un trabajo decente. Ya no será el consejero de un traficante, sino el curador oficial de una fundación privada de arte contemporáneo que patrocinan varias galerías del distrito de Wyndwood, pretendida meca de exposiciones del sur de la Florida, en donde se dan cita las supuestas últimas tendencias, los artistas más cotizados, los coleccionistas de todo el orbe y, sobre todo, como siempre sucede en ese mundillo, un tropel de especuladores y de neófitos, más preocupados por los modelos último grito del zapatero Christian Louboutin y por las horrendas carteras de Louis Vuitton que por el arte expuesto en las galerías.

Ha aprendido a convivir con la «fauna *miamesca*», ese cóctel que reúne en materia de especulación y de *bullshit*, lo más frívolo del mundo latinoamericano con la estupidez más flagrante de Norteamérica. Los *opening* son una pasarela de labios siliconados, nalgas y tetas rehechas, pieles estiradas, inmaculados dientes artificiales, muequitas, poses y mucho tipo pretencioso, con ese estilo *négligé* que da la impresión de haberse echado encima una camisa y un pantalón de lino sin pensarlo dos veces, cuando en realidad han dedicado horas a estudiar los detalles más insignificantes del porte. Esa noche, la peor de todas, vienen también los que no han comido en una semana, dispuestos a arrasar con las bandejas del *catering*, a vaciar las botellas, a llevarse incluso quesos, chocolates, pasteles, lo que sea, con tal de sacar provecho de la invitación. Esos tampoco dedicarán una mirada superficial a las obras expuestas, pendientes, casi siempre, del ballet de camareros, del momento en que traerán los dulces, para saltar como fieras antes de retirarse, una vez agotados los comestibles, sin felicitar ni siquiera al artista homenajeado. Unos y otros piden sistemáticamente la lista de precios, no pensando en comprar algo, sino porque les gusta compararlos con sus referentes inmediatos: el valor de sus autos, el hipotético precio de sus casas, del yate, de algo material que hayan adquirido o que pretendan comprar en lo venidero.

A Marlon le ha costado bastante acostumbrarse a la estridencia de esa subcultura marginal, ruidosa y aparatosa, donde ostentación y falso lujo esconden la inmensa insatisfacción de muchas vidas rotas, pasados oscuros, traumas profundos y, sobre todo, la ausencia absoluta de raíz. Ha llegado, con el tiempo, a tomarles lástima, protegiéndose, eso sí, de las dentelladas que dan, al disputarle una porción de espacio o la ganancia de las ventas.

La tristeza por la pérdida de Liza la ha compensado con el trabajo, con saber que su madre está sana y salva, en California, compartiendo vida con Augusto, un hombre que le cayó del cielo cuando no lo esperaba. Nunca perdonó realmente a su padre. Sobre todo, por haber abandonado a Elba justo cuando la edad le impedía renovarse, cambiar de rumbo, empezar de cero. Pudo conocer a su padrastro cuando pasaron ambos por Miami, antes de que fijaran residencia en la costa este, en donde Augusto tiene amigos y un primo que curiosamente es tío de Solimar.

El capítulo de Cuba ha quedado, una vez más, pendiente y sospecha que así será siempre, aunque se largue a vivir a una isla solitaria en medio del océano. Al principio, a su madre le costó entender que no mimaría a sus nietos, como tantas veces anunció en las cartas que escribía desde La Habana. Tuvo que convencerla de que aceptara lo sucedido con su esposa y obligarla a vivir todo lo que le habían vedado: viajes, mundo, pareja, una ciudad de verdad..., por mucho que extrañe y sufra los bajones inevitables por el tema de Liza.

Una prueba de que su exmujer es un caso perdido es que ni siquiera conoce a Nene del Prado, siendo este su propio tío. Cleo es diferente. Ha seguido viéndola, pues a veces pasa fugaz por Miami, otras se queda más tiempo. Ha aprendido a tomar lo que la vida le ofrece, sin complicaciones, sin esperar de nadie lo que no será capaz de dar. Cleo viene cuando le da la gana, se largan a algún sitio lejos de la ciudad, mientras el trabajo lo permita... Un fin de semana, a veces a algún cayo o, como hace unos días, cuando llegó por sorpresa, a Sanibel, una islita paradisíaca, con una playa que es manto de caracoles, donde la gente da los buenos días, se desplaza en bicicleta y pueden verse los atardeceres violáceos más bellos del golfo.

Es una mujer inasible, difícil de comprender, como si tuviera varias vidas. Cambia con la misma facilidad con que deja una prenda por otra. No cabe duda de que es talentosa, aunque carezca de concentración, consistencia y, probablemente, de capacidad para entender sus propios trastornos. Tampoco desea cambiarla, ni moldearla a su antojo, intenta sólo anticipar sus saltos de humor, las razones que la impulsan a ser voluble, a vivir en un cachumbambé emocional. No cree que renuncie a las comodidades que le aporta su marido romano, por mucho que el tipo sea impotente o baboso. Mientras le ofrezca libertad, mientras pueda escaparse, ambos se hacen de la vista gorda. Es lo que se llama salvar las apariencias y, por qué no, la estabilidad que él no posee, la de un verdadero hogar. Poco importa. Lo único que pondría fin a una relación libre como esa sería un ultimátum de su parte. Espera que llegue el momento en que Cleo entienda lo incómodo que es vivir al lado de un hombre que no ama. Ella lo quiere a su manera, un poco felina, radiante y luminosa, velando que cada encuentro sea inédito, similar y diferente a la primera vez que se metieron en la cama y se amaron hasta el amanecer.

A veces piensa que está deprimido y no es consciente. Un amigo opina que sufre de una depresión prolongada, de causas difíciles de detectar, que algo se rompió en su vida y que es mejor que busque qué le falta, qué no le satisface, qué desearía tener y no tiene. Se pregunta si debe hacerle caso. Una vocecita interior le dice que el amigo no está errado. Tal vez no quiera mirarse en su propio espejo, descubrir el rostro feo de la vida, la carota desaliñada que se asoma apenas baja la guardia. Son cosas en las que prefiere no pensar. Su vida, como la de muchos, pende de un hilo muy fino. Si a Alicate le diera por hablar, hasta la cárcel no para.

2

El día en que vinieron a buscarlo ni se tomó el trabajo de forcejear. Hay oficios que implican la aceptación de una eventual derrota, encarar a la justicia y, sobre todo, buscar un buen abogado que reduzca al máximo la condena. Lo sabía desde el primer robo a un laboratorio del estado de Maine: un camión de Cymbalta, Prozac y otras pastillas antidepresivas que los drogadictos utilizan como sustituto de las drogas.

Tuvo en Cartucho a un excelente consejero. O más: a un verdadero padre espiritual, un guía insuperable, con veinte largos años de estafas, robos y falsificaciones, ileso en cincuenta redadas e igual número de encerronas. Entrenado desde los doce años por una banda de sicarios de Medellín, su mentor supo siempre que la fortuna le llegaría si lograba establecerse en Estados Unidos y dejaba atrás la Colombia de los años ochenta. Se instaló en Miami en la época de las «grandes familias», las que aún viven en la opulencia sin que nadie haya podido o querido averiguar desde entonces cómo construyeron, en poquísimo tiempo, el imperio que poseen todavía. Tal vez por conocerlas a fondo, Cartucho navegó con suerte, incluso en medio de turbulencias, como cuando a los americanos les dio por limpiar el sur del estado y convertirlo en el acuario de delfines y orcas, en ese jardincito tropical y jungla de loros, monos y gays en que se transformó una década más tarde.

Cartucho se lo había repetido mil veces. «No te tires nunca donde no des pies, no te asocies con quien no te mire a los ojos, no quieras abarcar lo que no te quepa entre los brazos.» De los tres consejos siguió los dos primeros y falló en el tercero. La ambición rompe el cántaro. Nació descalzo, en su casa no había con qué comprarle zapatos; vivió hasta los diecisiete años entre las lomas del Escambray, sin agua corriente, con la electricidad administrada por una planta que funcionaba sólo tres horas diarias y un ramillete de primitos disputándose por las pocas chucherías disponibles. Había nacido pobre, en el culo de Cuba, y cree que eso justifica su apetito insaciable, los deseos de comprar y acaparar, de mostrar el poder.

Si es un gran sentimental será porque se tiene lástima. ¿Cómo no entristecerse al mirar la foto en que aparece con nueve años, la mirada triste, descalzo, andrajoso? Recuerda perfectamente aquel día. Su padre lo hostigaba, se burlaba, le preguntaba si había comido rana porque tenía la boca sucia por la pulpa de un mango que había estado chupando. Y para reírse de él, por pura crueldad, le hizo aquella foto que ahora le partía el alma al verla, quizá porque le hace recordar a su pobre madre maldiciendo su mala suerte, lamentándose por haberle parido cinco hijos a ese hombre de tan pocos huevos.

Por eso, con la plata que roba a quienes le sobra, ha puesto a su familia a vivir como reyes. A su madre la llaman la Duquesa en aquellas serranías y le ha construido una mansión llena de lujos y comodidades. Sus amigos, la gente buena y pobre que conoce, los necesitados, disfrutan también de lo que él tiene en exceso. Más roban los políticos y no reparten, y nadie los juzga. Se tragan millones mal habidos sin dar una triste *quarter* a quien nada tiene. Que él le robe a los poderosos laboratorios, a los *hijodeputas* bancos de crédito, a los cabrones de las tarjetas, son galones de los que puede jactarse. Qué deleite recordar el palo en aquel almacén de Maine, el hoyo abierto en el techo, un simple montacargas sacando de su vientre noventa y cinco millones de dólares en medicinas.

Donde no tenía que haber metido sus narices era en lo de sacar gente de Cuba. La cosa con México estaba mala y había muchos ya en ese negocio. No tenía que haber ido a Cancún y, si lo hizo, fue por ayudar a Marlon, por ver si averiguaba qué coño había pasado exactamente con su hermana. Quién le iba a decir que estaba escogiendo el peor momento. Los mexicanos acababan de encontrar a cincuenta y ocho hombres y catorce mujeres, setenta y dos cadáveres de sudamericanos en total, en el ejido del Huizachal, municipio de San Fernando, Tamaulipas, masacrados, lanzados como muñecos en un galpón abandonado. Dos de los secuestrados habían podido escaparse e informaron enseguida a las autoridades lo sucedido. La noticia provocó gran revuelo y, aunque ese tipo de crimen da para hablar dos días hasta que un nuevo horror termina destronándolo, el caso fue que aquel había durado más de la cuenta y hasta se hablaba de lo ocurrido en la sede de Naciones Unidas. El coyote encargado de encaminar a esa pobre gente se había gastado en drogas la plata sagrada con que se paga a Los Zetas el derecho de paso. Entonces pagaron justos por pecadores.

Lo de Liza se le había quedado por dentro. Quiso ver con sus propios ojos, hablar con los jefes en Cancún, con la gente de la red. Para algo ponía él los yates y conseguía en Cuba a los transbordadores, controlando desde Miami el movimiento del billete, la única fuerza que lo movía todo. Había tomado las precauciones necesarias: viaje de turismo banal, hotel de categoría media en la avenida Yaxchilán, una jevita que le servía de pantalla, el perrito de la muchacha. Todo lucía lo más natural del mundo, lo que haría un par de estudiantes antes de que empezaran los cursos de septiembre. Dinero, sólo el necesario, no más de cinco mil cada uno, menos de lo que estipula la ley, y una tarjeta con un depósito de diez mil. Un viajecito de pobres. Nada que ver con el lujo al que estaba acostumbrado. Se le caía la cara de vergüenza por no poder llenarle de botellas de champán y ramos de rosas la habitación a la chiquita, como había hecho siempre con todas.

Lo de Liza se le había quedado atravesado y quiso matar a dos pájaros de un tiro. Sacarse esa historia de la cabeza y regalarle a Marlon la verdad de lo ocurrido. Ni siquiera pudo montarse en el avión. Apenas puso un pie en el aeropuerto de Miami, el FBI lo cargó sin darle tiempo a decir ni pío. Suavecito y sin aparataje. En silencio. La novia de vuelta a casa, el problema no era con ella. Él, directico para el tanque donde, desde entonces, espera el juicio.

El cabroncete del juez no quiso ponerle fianza por temor a que se largara, como muchos, para Cuba. Le revocó su estatus legal de residente permanente y tal vez le aplique la condena de deportación cuando cumpla. Lo que sí tiene claro (lo ha tenido desde siempre) es que él no es hombre de chivatear a nadie. ¡Que los putos gringos le metan los años que quieran! Antes que denunciar a alguien prefiere cortarse la lengua. A él no hay hombre que le descosa la boca.

3

Los Del Prado fueron ricos en Cuba y siguieron siéndolo en Miami. Juliano, el *pater familias*, emigró en 1962 con su mujer y sus cuatro hijos: tres varones y una hembra. El menor es el padre de Urano, Iris y Solimar; el del medio fue un *dandy* y falleció en un accidente de coche en París, en 1975; el tercero vive en San Diego desde 1985. En cuanto a la hembra, entró en las órdenes y es oblata misionera de María Inmaculada, en el Perú. Al morir el viejo heredaron los tres que estaban vivos. El de Miami dilapidó la fortuna en un abrir y cerrar de ojos y sólo conservó la mansión familiar en Coconut Grove, el de California la multiplicó en menos de un año, y la monja hizo cesión de su parte en favor del arzobispado arequipeño. Entre los hermanos hay poco roce. El de California se casó y divorció en Malibú, no tuvo hijos y se cansó de prestarle dinero al menor, pues, además de no devolvérselo nunca, le acusaba de haberse llevado la mejor tajada de la herencia.

La familia perteneció siempre a la rancia burguesía insular. Tenían tierras en Matanzas, miles de cabezas de ganado, gran cantidad de bienes inmobiliarios y tres mansiones en la avenida Primera del aristocrático reparto de Miramar. La Revolución les confiscó todo, excepto las tres mansiones que terminaron por perder cuando se fueron de Cuba. La casa de Juliano se convirtió, desde 1959, en un foco subversivo. Se reunían allí muchachitos de buenas familias para tejer planes fantasiosos de acción, sabotajes y bombitas. Eran conspiradores de salón de té y galletitas María. Mucho croquis, mapas, planos detallados, pero de acción nada. El día de la redada eran unos veinte. A la mayoría, el tribunal revolucionario le echó entre quince y veinte años tras un juicio expeditivo, pues para entonces la libertad de expresión se reducía a la mínima expresión y apenas quedaban periódicos independientes y periodistas que denunciaran los atropellos del nuevo régimen. Misteriosamente, de aquel juicio, sólo Juliano del Prado y su hijo mayor (los otros eran menores todavía) quedaron absueltos. El viejo se había codeado con Meyer Lanski y Santos. Traficante en la época dorada de la mafia italonorteamericana en La Habana, conservaba importantes vínculos con los *podestà* de la banca y del juego, y hasta una habitación reservada el año entero en el Waldorf Astoria de Nueva York. Era lo que se dice una pieza indispensable del tablero cubano.

El caso fue que los Del Prado volvieron a ser ricos a los dos años de haberse ido de Cuba y eso en una época en que los que los magnates empobrecidos por el exilio vivían contando los céntimos o, como decían incluso décadas después, «limpiando culos de viejos» en un *home* porque necesitaban dar de comer y educar a sus hijos en el país de adopción.

Ahora casi no se habla de aquellos años sesenta en que Miami poseía la mayor tasa de crimen organizado *per capita* de Estados Unidos, gracias al clima de permisividad y al perfecto marco de impunidad que la lucha contra el comunismo implicaba. La población aumentó en medio millón por los cubanos llegados en sólo diez años y la ciudad se convirtió en la segunda antena de la CIA, después de la sede de Langley, Virginia. Empezaban a florecer los primeros negocios, siendo los restaurantes y pequeños establecimientos los primeros que inauguraban ciudadanos de Latinoamérica en el sur de la Florida. Little Havana era todavía el epicentro de todas las actividades. Y aunque el tema del narcotráfico y del lavado de dinero pasó, poco después, a manos de colombianos, los pioneros en aquella actividad ilícita habían sido los de la isla, muchos establecidos en la ciudad desde antes del triunfo del castrismo. La conexión Miami-La Habana era mucho más antigua de lo que se creía. Los archivos del Departamento de Criminología atesoran expedientes asombrosos.

La vida da muchas vueltas y nunca sabemos a quién tenemos delante, decía Cartucho a Alicate. El sobrenombre lo había adquirido por ser hábil en el arte de trasladar, de un lado para otro, cocaína y marihuana, pues no siempre había jugado en las grandes ligas, y al principio era un simple *pusher*, de los que iban de puerta a puerta cubriendo los pedidos de los consumidores. Los cubanos llaman cartucho a las bolsas o fundas de papel kraft con que se envuelven las compras en las tiendas. Y en esos mismos cartuchos disimulaba él el polvo blanco o la hierba debajo de unos gramos de frijoles, de arroz o de cualquier golosina. Era la época en que los Escandar, antiguos propietarios del club habanero Las Vegas, los Cairo, Heliodoro Corrado, Ramón Betancourt, Sabugo, entre otros distribuidores, abarcaban el mercado local. Cartucho, revólver en mano, con dos o tres asesinatos a sangre fría en su currículo, llegó a tener su propia red de *couriers*, las abuelas de las mulas de hoy, que captaba en Colombia entre las mujeres de origen modesto. Mil dólares eran entonces una fortuna y los cobraba una de aquellas pasadoras de coca cuando lograban burlar la aduana norteamericana.

Ya octogenario, Cartucho es la biblia y la memoria viva del tráfico que levantó, ladrillo a ladrillo, aquella ciudad: la imagen de tarjeta postal que exhiben hoy los catálogos de las agencias. Fue Alicate, cansado de oír las quejas de Marlon, quien tuvo la idea de pasar por la «planta procesadora» de Cartucho, su prodigiosa memoria, al abuelo aristócrata de Solimar.

«¡Y, bingo, mi hermano!», le reveló satisfecho. «El abuelo de tu mujercita amasó más de un millón durante el primer año que vivió en Miami pues dirigía la banda de los *portorros* y desde San Juan metían aquí la cocaína casi por tubería.»

Entre las fotos que Liza olvidó al salir del apartamento que compartió con Marlon, hay una en la que se ve a Juliano del Prado en medio de la muchedumbre. La fecha en el margen es veinte y nueve de diciembre de 1962 y al dorso se lee: «Día en que el presidente John F. Kennedy habló a los cubanos en el Orange Bowl de Miami honrando la memoria de los caídos de la gloriosa Brigada 2506 que desembarcó en bahía de Cochinos».

«Si algo honra la memoria de ese viejo mamón, que en paz descanse, es que de lo ganado con la droga hacía donaciones a los que se entrenaban para desembarcar en Cuba. Siempre fue patriota, claro está, y es verdad que ayudó a más de uno y que le debo mis primeros pasos en esta ciudad», le confesó Cartucho.

Por supuesto, Marlon no contará nada de esto a Solimar. Le devolverá la foto del abuelo olvidada para que siga idolatrándolo y para que sus mellizos crezcan creyendo en ese héroe de leyendas. ¿No es acaso así como la Historia pone sobre un zócalo a cientos de tunantes? ¿Quién puede cambiar su curso? ¿De qué sirve desmantelar, a estas alturas, estatuas y mitos?

4

Cuando la cosa se puso mala con Colombia, que a los americanos se les metió entre ceja y ceja ayudar a Uribe a limpiar el país, Nene del Prado fue de los primeros en proponer que se trasladaran las operaciones a México. Como a los gringos también les dio por joderles el puente, seguro y discreto, entre Panamá y Cuba, y para quemar las pistas el gobierno cubano fusiló a dos de sus mejores generales, lo más aconsejable era cambiar de ruta.

Eso sucedió en 1989 y Nene recuerda con nostalgia los años precedentes. Fue una época dorada aquella en que su padre vivía aún, en que Miami ostentaba el título de paraíso del blanqueo y hasta sentía cerca su isla natal, de la que había salido con veinte años, no tanto ya por la posición geográfica, sino porque parte de aquella mercancía transitaba por ella, antes de entrar en la Florida y seguir rumbo a otros estados.

Siempre fue desprendido con el dinero porque nunca le había faltado y sabe que nunca le faltará, pero desprendido era una cosa y botarate otra. Cuando se mudó para San Diego pidió a su hermano que lo acompañara. Entre los dos era más fácil controlar el traslado. Nunca le perdonó que se rajara, que lo abandonara todo, traicionando el legado y la memoria de su padre, y que se bajara los pantalones en cuanto el FBI y el Departamento de Estado tomaron cartas en el asunto y decidieron convertir a Miami en el escaparate de flashes y neón para turistas tontos, vertedero en donde terminan su viaje los expulsados de América Latina.

En la época de Nene los diferendos se arreglaban a fuego limpio en plena calle de South Beach. La llegada de los marielitos, entre ellos de un buen lote de delincuentes convictos, aportó suficiente mano de obra y permitió que los cubanos retomaran el cauce acaparado por los colombianos en aquel negocio. Juliano estaba feliz de volver a soltar cuatro pingas, tres cojones y dos carajos, y que los hombres bajo sus órdenes entendieran el matiz de sus imprecaciones. «Coño, chico, qué rico es volver a mandar pal carajo a alguien y que te entienda», decía a su hijo en la hora sagrada de su copita de Louis XIII, entusiasmado por la «renovación del personal» y, sobre todo, por eliminar de su léxico cotidiano las palabras verga, vaina, tenaz, pereza y mamagallo, jerga colombiana que lo ponía de mal humor.

Y cuando todo volvió a marchar sobre rieles, cuando el billete empezó a entrar a chorro, la fortuna a triplicarse sin tener que sudar mucho, el comepinga (porque otro calificativo no cabía), imbécil, comerraspa, cretino, comemierda, necio, comecatibía, guanajo, bobo... (muestrario completo de lo que significa lo mismo) de su hermano, se echó para atrás, empezaron a temblarle las piernas, que si su hija recién nacida, que si su mujer se enteraba, que si ella venía de la exquisita familia de los Tarafa exiliados en Puerto Rico, que si la suegra era una Dama de la Acción Católica y el suegro Caballero de la Orden de Malta, conde de no sé qué coño, que si esto, que si aquello, que

333

si lo de más allá... ¡Pinche güevón, carajo!, que para eso lleva codeándose treinta años con los mexicas de la costa oeste. Eso sí, a la hora de pedirle plata, de sacar en cara la memoria familiar, no ponía reparos, ni temía manchar el abolengo de su esposa y el porvenir de sus hijos. Hasta que le llenó el gorro: «O te metes conmigo en esta mierda y te mudas para San Diego conmigo, o te olvidas de que tienes un hermano que hasta ayer te sacó las castañas del fuego».

Y así fue. Hasta el sol de hoy. Dinero, sólo el que le mandó a su madre durante los años de su viudez. Por no conocer, ni siquiera conoce a Urano, a Iris y a Solimar, sus tres sobrinos, nacidos cuando ya se había largado de Miami. Lo poco que sabe de ellos es por su hermana la monja de Arequipa, que le escribe religiosamente, valga la redundancia, y le informa de antiguos amigos y parientes.

Tal vez por eso ha querido ayudar a Augusto, de sus primos el que más quería, aunque hubiera dejado de verlo desde la tarde fatídica en que los detuvieron a todos en la casona familiar de la avenida Primera de Miramar, hace ya más de cuarenta abriles. Al pobre primo le metieron veinte años, a otros cinco más, cinco menos, y si su padre y él salvaron el pellejo fue porque Juliano conocía a los nuevos lobos y tenía cartas guardadas, muchas, con qué chantajearlos. Mientras los padres de Augusto estuvieron vivos, él, Nene del Prado, los ayudó económicamente. Las campañas internacionales clamando por la liberación de Augusto las financió siempre con su bolsillo. A menos que su hermana no se lo haya contado en cartas, es probable que el primo ignore estos detalles. Poco importa. Lo que cuenta ahora es que cuarenta y ocho años después lo ha traído a California acompañado de Elba, su esposa.

Con setenta y dos en las costillas ha vivido y hecho lo

que le ha dado la gana y, aunque cree que nadie se retira nunca del todo de un negocio como el suyo, ha visto lo suficiente y no quiere terminar con la boca llena de hormigas. Él es un sobreviviente de mundos extinguidos. Los que tomaron el relevo, los traficantes de hoy, son unos crápulas. Gentuza mezquina. Cero principios, cero códigos de honor. Nada que ver con sus hombres, incapaces de matar por ver correr la sangre, de tocar a una mujer con la punta de los dedos, de cometer los horrores que cuentan los medios. Los problemas interclánicos de antes se arreglaban entre hombres, se respetaba a las mujeres, a la familia, se permitía a las viudas enterrar a sus maridos, se compadecían de los padres que perdían a sus hijos, se les hacía llegar suficiente dinero para que no tuvieran que mendigar. Los mierdas de ahora, la ralea humana de los cárteles mexicanos, son excremento puro. Gente sin educación, cultura, elegancia, ética. A veces ni saben hablar, no pueden servirse correctamente de los cubiertos, no sostienen una conversación coherente con nadie. ¿Cómo se ha podido caer tan bajo?

Por eso quiere publicar su propia historia: *Las memorias de Nene del Prado*. No en vida, por supuesto. Ya las tiene escritas y corregidas. Las dejará a cargo de alguien capaz de sacarlas cuando él estire la pata, cuando el cáncer que le ha anunciado su médico lo mande al otro mundo. Ese alguien será Augusto. Es el único favor que le pedirá por haberlo sacado de Cuba. Jura que nada les faltará. Sólo alguien como él, ajeno a su ambiente, puede cumplirle sin juzgarlo moralmente. En ese libro encontrarán todos unas cuantas verdades. En sus páginas sobran los nombres que dejarán a medio país boquiabierto.

¡Nene del Prado tiene con qué poner la tierra a temblar después de muerto!

5

«Es un *gentleman*», le comenta Augusto.

Desde que llegaron a San Diego se han sentido como en casa. Y les parece raro, pues la ciudad no tiene nada que ver con la que dejaron atrás. El mar, único indicador común, es de otra naturaleza. Color, ondulamiento, temperatura, reflejo, movimiento... Qué de diferencias.

Nene es dueño de una de esas mansiones en que suelen vivir los poderosos de Norteamérica. De por sí, la casa de invitados es descomunal, más grande que cualquier residencia de lujo en otras partes del mundo. Todo es excesivo. Por él, les ha dicho, como si desean instalarse allí hasta el fin de sus vidas. No es de meter las narices en lo que otros hacen o dejan de hacer. No necesita que le den conversación, que compartan su mesa, las salidas, la rutina... Los trajo por una vieja deuda de familia y porque cree que la vida le ha dado demasiado y es bueno compartir con quienes sufren. De la deuda les hablará otro día. Tendrá cada uno su propio auto y un chofer los llevará a donde deseen mientras no tengan la licencia. Elba no necesita gastar un solo dólar de su dinero. Mejor usa el que tiene en viajes, en darse buena vida. Les aconseja que tomen un crucero que los lleve a Hawai. Es impresionante ver la lava incandescente vertiéndose en el mar, en un combate en que triunfa el agua sobre el fuego, gracias a la paciente labor de las olas. U otro que recorre la Baja California hasta Guerrero Negro, en donde emigran las ballenas. Al paso que va el planeta, esos mamíferos descomunales y nobles perdurarán sólo disecados en los museos de ciencias naturales, o en películas y fotografías. Ha ido unas seis veces hasta el cabo San Roque. Ahora debe ocupar el poco tiempo de vida que le ha dado el médico en arreglar ciertas cosillas. Dios no le dio hijos ni una mujer que sirviera. Lo que nunca le perdonará al hijo de puta que descojonó Cuba es que desbaratara los cimientos de la familia, dispersándola, diezmándola, borrándola de la faz de la Tierra. Sin el exilio, su hermano no se hubiera accidentado en París, el de Miami no sería un mequetrefe y los sobrinos tal vez fueran menos tontos. Ya verán ellos lo que es el cambio de llegar a los setenta, una edad que no perdona. Al principio se dirán que han visto lo suficiente. Será sólo un pretexto para achantarse, justificar la pereza, la ausencia de expectativas. Es el momento más peligroso de la vida. Tienes un pie en la tumba y no lo sabes. El cuerpo no quiere seguir y el cerebro nos juega tretas justificando nuestra desidia. De pronto, hasta ir el mercadillo se convierte en una proeza y basta con permanecer arrellenado en un buen butacón, un libro en la mano, el control remoto del televisor cerca, y, a más dar, una cenita temprano, con los pocos amigos que van quedando, o de preferencia en casa…

Tal vez no sea oportuno remover heridas. Cuando una madre pierde a un hijo sin darle sepultura el luto es eterno. Por eso, se permitió hacer unas gestiones en Belice y recuperó con alguien influyente la urna con las cenizas de Liza. Lo que su hermano no pudo, o tuvo miedo de hacer, ha querido remediarlo. Es poca cosa. Él ha enterrado a sus padres, a su hermano el del medio... tres seres entrañables. Descansan en un cementerio de Miami y cada vez que los recuerda le tranquiliza imaginar que encontraron sosiego allí. Cuando va a la ciudad, visita la tumba y una paz interior lo invade, como si presintiese que desde ese sitio aguardan por él. Una madre necesita ese espacio, ínfimo o recóndito, al que la mente viaje para dialogar con el ser querido que ha perdido. Al pensar en la suya, termina siempre el recorrido bajo las palmas reales de aquel cementerio, bajo la brisa cálida del trópico, el canto de los pájaros, las voces con el acento de su tierra, los murmullos de quienes visitan otras sepulturas. Saberla en ese lugar lo apacigua. Es lo que desea para Elba. Por eso quiso recuperar la urna. Ahí tiene la llave del mueble en donde la conserva. Queda libre de hacer lo que desee con las cenizas. Y si quiere darle sepultura puede contar con él para cualquier trámite.

«Una gran persona. Lo mejor que pudo sucedernos», añade Elba.

A sus pies, la playa de Windansea, la cala de La Jolla... Augusto escarba un poco de tierra arenisca. Deja caer un terrón acantilado abajo hasta que se deshace en partículas y salpica el mar. Elba lo abraza segundos antes de que el océano se trague por completo el disco solar.

6

Frente a la estación, una breve alameda. A pocos metros, en un bar que conserva el espíritu de los antiguos *cafés de gare*, un mozo uniformado, con un empaque que no corresponde con la época, la clientela y el lugar, les sirve un cortado. Es el segundo del día desde que tomaron en la estación sevillana de Santa Justa el tren que los trajo a Lora del Río.

Poco después, una empleada del ayuntamiento les ofrece un mapa de la localidad. En pleno mes de julio la calzada desprende, aunque sólo sean las diez de la mañana, un velo humeante, dispuesto a derretir las suelas de los zapatos de quien desafíe el asfalto. Elba y Augusto no cesan de admirarse de lo bien que funciona todo, comparado con La Habana, en cada rincón. Han estado en Arcos de la Frontera, en donde murió Manuel Martín Corona, y del paso del bisabuelo por allí sólo quedó un triste certificado de defunción que le extendió el Registro Civil.

El pueblo de Lora, de una blancura inmaculada, exhibe todavía los restos de una de esas fiestas que acaparan prácticamente la totalidad del calendario andaluz. Resplandecen al sol las fachadas de las modestas casas, siguiendo un trazado rectilíneo que se curva a veces, casi siempre antes de desembocar en un edificio importante o plaza. La sinuosidad de ciertas calles imita el curso del Guadalquivir y el olor a campo, a bosta de vacas y caballos, a olivar productivo, traicionan su pretendida urbanidad, recordando su ancestral vocación ganadera y agraria. Es admirable el campanario de la iglesia de la Asunción, con aires de minarete, similar en altivez a las palmeras de la plaza de Andalucía.

A esa escenografía de encalado y ladrillo llegó Manuela Pupo, del brazo de su esposo, al terminar la Guerra de Cuba. En el umbral de la casa de Manuel debió de ser observada, por la suegra y las cuñadas, de la cabeza a los pies, decepcionadas tal vez porque un teniente de América no trajera más bien a una de esas damiselas herederas del Potosí, en lugar de aquella pobre cubana, de acento y gestos desenvueltos, poco dada al recato. Allí nació Amparo, única sobreviviente entre sus hijos, destinada a casarse, dos décadas después, con Gerardo, fruto del efímero amor entre Vidalina y Ramón. Poco vivió Manuela en ese pueblo. Y poco le duró el matrimonio con Manuel, fallecido tres años después, en el Batallón de Depósito de Arcos de la Frontera. Tenía cuarenta y dos años cumplidos, y dos y medio en aquel lugar.

Muchos archivos de parroquias, iglesias y conventos se convirtieron en pasto de las llamas durante revueltas y guerras civiles. Las revoluciones siempre pretenden hacer tabla rasa con todo. España con su eterna *damnatio memoriae* como voluntad tumultuaria de borrar de su memoria, en perfecta cacofonía anárquica, los orígenes de una nación construida a fuerza de conversiones forzadas, anexiones, expolios, atropellos, pérdidas e identidades travestidas para burlar las expulsiones, la hoguera, la delación, el terror y el éxodo, debe ser reconstruida uniendo las piezas sueltas de su propio rompecabezas.

Perduran las hojas de los padrones de vecinos de Lora. Gracias a ellos, Elba y Augusto localizan, en la calle Santa María, la casa adonde siglo y medio atrás llegaron, procedentes de Cuba, los recién casados. Los exaltados anticlericales de la República no dejaron un solo libro sacramental en la iglesia. Impresiona ver los agujeros de las balas en las grandes hojas de los padrones, salvados por puro milagro. La numeración de las casas ha cambiado varias veces desde entonces y la archivista recurre a planos antiguos para definir el sitio exacto en que se encuentra hoy la vivienda familiar de Manuel. La esperanza de dar con los descendientes de sus hermanos los lleva al número 65 de la calle anunciada en el censo.

No es timidez lo que la obliga a dejar pasar unos minutos antes de tocar la campanilla que cuelga de la reja del típico zaguán andaluz. Más bien se trata de un temor a despertar recelo, a que se burlen cuando le diga al dueño de la casa que allí nació la abuela que nunca conoció y un bisabuelo militar que luchó por la Corona durante la primera Guerra de Cuba. ¿Vivirán todavía los sobrinos nietos de Manuel? Hay pueblos de los que nadie huye. Otros, lo saben mejor que nadie los cubanos, se vacían hasta de sus almas.

Llama a la campanilla. Un tintineo leve, apenas perceptible, recorre la antesala y el patio interior de la vivienda. Se siente un frescor que viaja desde la fuente, en medio de jardineras donde crecen hermosos geranios. Sólo se oye el ruido de las ruedas de un auto sobre el pavimento de la calzada. Augusto le indica con los labios que espere antes de insistir. En poco tiempo, un hombre muy mayor se les acerca lentamente, arrastrando sus pies, hasta pararse del otro lado de la reja. No parece molesto por una visita inesperada en la hora sagrada de la siesta. Observa fijamente a Elba, escudriña su cara, los ojos engurruñados, como si hiciera memoria, como si el rostro de aquella mujer le dijera algo.

Elba hunde sus dedos en el antebrazo de Augusto. Los dos piensan lo mismo. El anciano, imposible negarlo, se parece muchísimo a Betico. Es lo que se llama un aire de familia, quizá más que un aire.

España podrá destruir archivos enteros, reescribirse las veces que quiera, desmembrarse, unirse otra vez, negarle incluso la parte de ciudadanía que le toca a los de América, pero la sangre hablará siempre más que los papeles, y lo que la une a aquel hombre del otro lado de la verja, del otro lado del océano, da para reírse a carcajadas de todos los olvidos, de centenares de piras y rebeliones, y sobre todo, de las innumerables e inútiles guerras.

7

En Cirat quedan varios Guillamón. El decano de estos ronda los cien años. Recuerda las historias que le contaba su abuelo —el Cute, le decían—, quien tenía el extraño poder de atraer a los rayos sin quedar carbonizado. Su madre se casó con Luis Guillamón cuando este enviudó de María Rosa, su primera esposa. Si la memoria no le falla María Rosa sólo tuvo un hijo varón que se marchó a la Guerra de Cuba y nunca más volvió. Su entrañable abuelo lo mencionaba a cada rato, sobre todo al final de su vida. Decía que padecía del mismo hechizo que él, un mal que sigue aquejando a muchos en el Maestrazgo. El maleficio de los rayos perdona a veces a alguna que otra generación, pero siempre termina por manifestarse en la siguiente. Su abuelo decía que se había despojado de él en el santuario de La Balma, pero ya nadie sabe nada de exorcismos y son puros fantoches los que ofician hoy allí. Deben ir a la poza y si tuviera menos años él mismo los acompañaría. La leyenda de la novia del salto unía a su abuelo con Ramón, pues ninguno de los dos había logrado ver la cara del amante y sólo la de la bella despeñada. Son viejas historias que ya nadie evoca. Le pedirá a uno de sus nietos que los acompañe al salto, pues no pueden abandonar Cirat sin ver aquello. Si prefieren probar suerte con lo de las visiones tendrán que esperar dos noches por la luna llena.

En verano el pueblo revive, pues en general sus moradores no pasan de trescientos. Los jóvenes se han ido a Tarragona, Castellón de la Plana, Valencia, estudian o trabajan fuera y sólo regresan dos o tres veces al año, por Navidad y durante las fiestas estivales de San Bernardo y las de Semana Santa. «Debéis regresar en octubre para ver el *embolat*», les sugiere el dueño de la casa rural en donde se alojan. «Es la vieja tradición del toro de fuego, bellísima, por mucho que echen pestes los de la Sociedad Protectora de Animales. Por suerte, los políticos de aquí piensan otra cosa. El tema de los votos, ya sabéis, lleva la voz cantante y el pueblo pide que continúen las fiestas.»

Dos días más tarde se ponen en marcha. Pueden darse el lujo de salir pasadas las cuatro, pues la noche cae tarde en verano. No ha parado de tronar y los amenazadores nubarrones cubren las cumbres del Maestrazgo. El abuelo del chico le ha puesto una vela a la Virgen de los Dolores, pues si el cielo no llega a despejarse no verán nada en la poza. Y seguramente querrán ser testigos del rostro de los amantes engarzados eternamente en el agua.

El nieto del decano, de unos dieciséis años, podría guiarlos con los ojos cerrados, pues conoce palmo a palmo el Alt Millars, la zona montañosa que rodea al pueblo, pero tratándose de dos personas mayores no fuerza el paso. Les advierte que si hay un poco de levante la borrasca no bajará de las cumbres. Las botas de senderismo y los chubasqueros se los prestó el dueño de la casa rural. Llevan también bolsas de dormir, ropa impermeable, unas botellas de agua y algo de comida. Tendrán que acampar esa noche, luego de nueve kilómetros de marcha a la ida y antes de otros nueve, al día siguiente, a la vuelta.

Dejan a un lado el barranco de las Salinas, más la poza negra en donde la gente se baña en cuanto el termómetro lo permite. El paisaje de la vega del río es hermoso. Pasan por el pilón de la Roya y su oratorio campestre antes de tomar la dirección de Noguerica. La subida, bordeando laderas abancaladas, requiere mucha concentración. El guía, viendo a Elba sofocada, le recuerda aquel dicho aragonés de que para las cuestas arriba quiero mi burro, que para las cuestas abajo bien me las subo. Lo difícil es abrirse paso entre la frondosa vegetación, con las coscojas preñadas de frutos, los pinos como un ejército de testigos silenciosos con el viento en sinfonía constante de agujas. Van camino del mirador, dejan atrás la fuente de la Jarica. Del macizo emerge una cortina de luz proyectada por el sol en su huida, detrás de la sierra de Javalambre. Si subieran hasta lo alto del Campero verían los límites de la provincia de Teruel. El sendero se vuelve cada vez más tupido, por momentos se cubre de aliagas. Ven las ruinas de un corral y toman un camino estrecho con barandilla que los lleva hasta el caño de Fuente Torres. La visibilidad disminuye a medida que se acercan al trillo que conduce a la poza. Los relámpagos eclipsan la luz de sus linternas. Tienen el corazón en la boca, pues se oye la tronada cada vez más cerca y ni rastro del levante que se lleve el mal tiempo. Augusto le dice por lo bajo que si el muchacho es de los que atraen los rayos están fritos.

Se agarran bien fuerte uno del otro, la bajada es resbalosa. Ha llovido mucho ese verano, algo inusual, prueba de que el clima está cambiando. Ya oyen el ruido del chorro al caer. Tras un recodo aparece, de pronto, la poza.

Las nubes tapan la luna, sin el haz de sus linternas poco se ve. Sacan de sus morrales los aperos de acampada, se instalan a escasos metros de la orilla, en la única parte lisa que encuentran. La visibilidad desde allí será perfecta, a condición de que el astro emerja. La excitación interior crece a medida que se acerca la medianoche. La tronada se intensifica y aparecen las primeras gotas de una lluvia que pujaba por caer. Apostados, sin moverse, esperan a que un rayo les ilumine la superficie.

Elba saca el guamo de su mochila. No se ha separado de él desde que Gumersindo se lo ofreció. Ha aprendido a dominarlo. El sonido no es de experto, pero rebotan las notas contra las paredes del farallón y no se puede decir que desafine. El espejo de agua ha empezado a ondular. Un claro de luz se abre paso poco a poco entre las nubes. Siente que no debe parar de tocar. La luna aparece espléndida en su redondel perfecto. El viento comienza a estremecer los arbustos. Es el levante tan esperado, el único que puede acabar con el temporal.

Se pega a Augusto hasta quedar fundidos los dos. Tiembla ligeramente, ignora si debido a la emoción, al frío o a la humedad. De pronto ve el primer rostro. Si sus ojos no la engañan es la cara misteriosa de la tercera foto conservada por Betico en el álbum familiar, la que algunos creían que se trataba de Vidalina. No sabe si Augusto verá lo mismo, si logra, como ella, distinguir el mechón de canas blancas a un lado de su cabellera. No se atreve a parar de tocar por miedo a romper el encanto. Borroso primero, nítido después, emerge al lado de la hermosa joven el rostro de un desconocido. El parecido con su padre es asombroso.

«¡Ese es Ramón!», exclama. No le cabe la menor duda. No puede ni quiere que le expliquen qué significa todo esto. La vida es un gran misterio. Son más las preguntas que las respuestas. Las dudas les ganan a las certezas. Bastante se ha preguntado ya todo este tiempo. Es hora de vivir en paz, de dejar que sus muertos descansen para siempre.

Arroja el guamo a la poza. Las aguas se remueven. Las ondas se calman lentamente aquietándose el espejo. Los rostros de los amantes se desfiguran borrándose poco a poco. Primero el de ella; luego, a muy corto intervalo, el de él.

La lluvia ha cesado del todo. Se oyen los últimos truenos a lo lejos.

Agradecimientos

Debo al Archivo Histórico Nacional de Madrid, sección de Ultramar, el expediente 1583 de extrañamiento de la holguinera Vidalina Ochoa Tamayo que puso fin, casi siglo y medio después, a las conjeturas familiares acerca de su deportación a Isla de Pinos durante la guerra de 1868 en Cuba.

Agradezco al Archivo General Militar de Segovia, y en particular a su coronel director, Don José Ignacio Vázquez Montón, los expedientes de los españoles Ramón y José, dos de los protagonistas de esta historia, quienes alcanzaron los grados de teniente y capitán, respectivamente, durante la mencionada guerra.

A la alcaldía de Cirat (provincia de Castellón) y al archivo municipal de Lora del Río (provincia de Sevilla), gracias por permitirme hurgar en registros civiles y padrones de vecinos que me ayudaron a empatar los hilos de una historia rota por éxodos y guerras.

Mi gratitud también al escritor Juan Cueto Roig por la primera lectura del manuscrito de esta novela y sus observaciones.

Y a todos los que en España y América hacen que los lazos perduren más allá de cualquier desavenencia.